Papierfresserchens MTM-Verlag

Impressum:

Alle weiteren Personen und Handlungen des Buches sind frei erfunden. Ähnlichkeiten mit lebenden oder verstorbenen Personen sind zufällig und nicht beabsichtigt.

Besuchen Sie uns im Internet:
www.papierfresserchen.de

Oberer Schrannenplatz 2, 88131 Lindau
Telefon: 08382/7159086
info@papierfresserchen.de

Erstauflage 2016

Lektorat und Herstellung: Redaktions- und Literaturbüro MTM
www.literaturredaktion.de
Cover: Katharina Bouillon

Druck: Bookpress / Polen
Gedruckt in der EU

ISBN 978-3-86196-598-5– Taschenbuch

Nico Salfeld

Die vier Diamanten und der Fluch des Dondrodis

Inhalt

Es sind schwere Zeiten für alle Völker. Nicht nur über Leffert ziehen dunklere Wolken auf als je zuvor. Auch die Völker der Elfen, Zwerge und Elben stehen vor schwierigen Zeiten.

Während die Elfen um ihre Freiheit kämpfen, versucht Mondri seinen Vater zu finden.

Gleichzeitig sind die Zwerge in Aufruhr. Wo ist ihr Bote hin verschwunden? Alles deutet auf eine Entführung. Haben vielleicht diese Elben etwas damit zu tun?

Aldri hat ein großes Geheimnis. Wenn er es preisgibt, ist das gesamte elbische Volk in Gefahr. Wenn nicht, sein eigenes Leben. Trifft er die richtige Entscheidung?

Und wer ist dieser mysteriöse Gefangene in den Verliesen Richards? Das Wissen, welches er besitzt, entscheidet über das Schicksal der Welt. Kann er es vor den Klauen des bösen Menschenherrschers beschützen? Eine Wand der Finsternis zieht über die Länder hinweg. Ein Kampf um das Überleben der einzelnen Völker hat begonnen.

Wer wird ihn verlieren und wer geht als Gewinner hervor?

Spitze Ohren

Langsam schlich Mondri durch den Wald. Immer deutlicher vernahm er die Stimmen der Menschen vor ihm. Es waren Waldarbeiter des Königs. Schon seit dem Morgen fällten sie die größten und mächtigsten Bäume. Doch warum, das wussten die Elfen nicht. Aus diesem Grund hatte ihr König ihn, Mondri Spitzohr, ausgeschickt, um zu erfahren, was die Menschen vorhatten. Denn schließlich besaß Mondri das beste Gehör aller Elfen, die er kannte. Langsam setzte er Fuß vor Fuß, um noch näher an die Waldarbeiter heranzukommen, damit er ihre Gespräche deutlicher verstehen konnte.

„Was will der König nur mit dem ganzen Holz?“, fragte einer von ihnen, ein großer, dicker Mann mit einem verfilzten braunen Bart, seine Freunde. Mondri konnte jetzt jedes Wort so deutlich verstehen, als stünde er direkt neben ihnen.

„Wenn das mal jemand wüsste!“, schnaufte ein anderer, während er mit seiner großen Axt auf den Baum neben sich einschlug.

„Er besitzt doch schon die Anzahl der Schiffe, die er benötigt.“

„Ja, aber wie es scheint, möchte er noch weitere in Reserve haben. Ich verstehe es auch nicht.“

„Ihr sollt arbeiten, nicht quatschen wie die alten Weiber beim Wäschewaschen unten am See!“, brüllte plötzlich eine Stimme durch den Wald. Ganz gemächlich stapfte ein noch größerer und noch brutaler aussehender Mann auf die Arbeiter zu. Diese verstummten bei dem Anblick des gewaltigen Menschen sofort und nahmen ihre Arbeit wieder auf. Mondri war sich sicher. Dieser Berg von einem Mensch war der Waldaufseher. Er hatte bereits einiges über diesen Mann gehört. Seine Mutter hatte ihm erzählt, dass er Jagd auf Elfen machte und, obwohl er nicht danach aussah, sehr schnell war. Gerüchten zufolge hatte er bereits dutzende Elfen erschlagen und ihre abgetrennten Köpfe vor seinem Haus auf große, lange Pfähle gesteckt.

Doch Mondri ließ sich nicht einschüchtern. Er wusste ganz genau, wenn einer die Pläne des bösen Menschenkönigs Richard kannte, dann der Waldaufseher. Langsam schlich der junge Elf um die Stelle herum, wo die Menschen die Bäume fällten.

Nach einem kurzen Weg erreichte er sein Ziel: das Haus des Aufsehers. Es war, wie es sich gehörte, mitten im Wald erbaut worden, damit er so schnell wie möglich bei den Arbeitern sein konnte. Mondri näherte sich diesem Haus. Es war eine große, hölzerne Hütte mit einem einzigen Fenster. Davor war ein großer Stapel Holz sorgsam aufgeschichtet und wartete darauf, im knisternden Feuer des Kamins verbrannt zu werden. Mondri hörte genau hin, aber dieses Holz sprach nicht mehr mit ihm. Zu lange schon war es her, dass der Baum gefällt worden und gestorben war. Neben seinem sehr guten Gehör besaß der Elf eine nicht gerade weit verbreitete Fähigkeit: Er konnte mit Bäumen reden. Manchmal, wenn er sehr tief in den Wald vorgedrungen war, hörte er Geschichten, Geschichten über ruhmreiche Zeiten seines Volkes, über das blühende Leben. Die uralten Tannen, Fichten und Birken, welche in dem Wald beheimatet waren und sowohl den Aufstieg, als auch die beinahe Vernichtung der Elfen miterlebt hatten, erzählten ihm davon. Immer wenn er ihnen zuhörte, wurde Mondri ganz traurig und begann zu weinen. Zwar waren bereits zwanzig Jahre vergangen, seit er geboren worden war, doch hatte er seit dem Tag, an dem er zur Welt kam, seinen Vater vermisst. Seine Mutter erzählte ihm immer, dass er ein großer Held war, denn er war ausgezogen, um einen wichtigen Auftrag im Namen des Königs zu erfüllen. Doch er kehrte niemals von seiner Mission zurück. Niemand wusste, wo er war oder was mit ihm passiert war. Trotz der Ahnungslosigkeit hatte sich Mondri fest vorgenommen, seinen Vater eines Tages zu suchen.

Jetzt jedoch stand er vor dem Haus des Waldaufsehers und musste sich beinahe übergeben. Die Gerüchte über diesen Mann und seinen Umgang mit Elfen waren wahr gewesen. Vor dem Haus mit dem sorgfältig geschichteten Holzstapel waren mindestens dreißig Pfähle in den Boden gerammt worden, auf denen grauenvoll misshandelt die Köpfe von Elfen steckten. Mondri musste schlucken. Die Geschichten stimmten – dieser Mensch fing Elfen, um ihre Köpfe aufzuspießen.

Verflixte Gnome!

Bolk ging in Deckung. Schon wieder war er auf die fiesen Tricks dieser Gnome hereingefallen. Nun musste er aufpassen. Würde er noch einen falschen Schritt machen, wäre er tot. Wieso war er nur in diese brenzlige Situation geraten?

Wenn er es sich recht überlegte, hatte alles damit angefangen, dass er mal wieder von seinem König beauftragt worden war, dem König der Schnaaks eine Botschaft zu übermitteln. Wie immer hatte Bolk während der eigentlich sehr kurzen Reise bis Mahlstadt einen Bärenhunger bekommen und wollte sich nur schnell zwei, drei Äpfel pflücken. Doch anstatt sich mit den weniger gut schmeckenden Früchten am Wegesrand zufriedenzugeben, war der Zwerg einige Schritte in den Wald gegangen. Dort hingen die leckersten Äpfel, die Bolk je verspeist hatte. Dabei bemerkte er jedoch nicht, wie ihm diese gemeinen Gnomen hinterrücks die Pergamentrolle mit der Botschaft gestohlen hatten! Erst als er ein verräterisches Kichern vernommen hatte, hielt er an und drehte sich um. Dort standen sie: mindestens zwei Dutzend Gnome. Obwohl Bolk sie mit verbundenen Augen hätte erledigen können, war er auf den miesen Trick hereingefallen. Er war hinter diesen kleinen Kartoffelköpfen hergelaufen und hatte versucht, ihnen die Rolle wieder abzunehmen. Dabei war er so tief in den Wald vorgedrungen, dass er nicht mehr wusste, wo er hergekommen war. Auch kam hinzu, dass er sich nun mitten in einer der vielen Gnomennester befand, welche es überall im Frendster Wald gab.

Da stand der Zwerg nun. Umkreist von mehreren hundert Gnomen und nicht in der Lage, sich zu überlegen, wie er hier wieder rauskommen könnte. Zwar hielt Bolk seine Axt in der Hand, doch wusste der Zwerg, dass selbst er gegen eine so große Anzahl Gegner nicht bestehen konnte. Gerade als er einen Schritt auf den Gnom mit der Pergamentrolle in der Hand zu machen wollte, durchbrach ein lautes Knacken die Stille. Bolk blickte reflexartig in die Richtung, aus der das Geräusch gekommen war. Was er dort sah, ließ ihn noch mehr schaudern, denn dort bewegte sich ein großes Geschöpf in ihre Richtung. Er wusste genau, was es war. „Ein Holder!", presste der Zwerg zwischen seinen Lippen hervor. Die Gnome hatten mittlerweile auch begriffen, was dort auf sie zukam.

Plötzlich brach ein großer Tumult aus und alle Kartoffelköpfe versuchten, so schnell wie möglich zu verschwinden. Dabei rannten sie sich immer wieder gegenseitig über den Haufen. Wäre die Situation nicht so ernst gewesen, hätte der Zwerg laut losgelacht, stattdessen fixierte er den Gnom, der die Pergamentrolle immer noch fest in der Hand hielt. Als dieser von drei anderen Gnomen umgerannt wurde, preschte der Zwerg los und griff nach der Botschaft. Seine Finger spürten das Pergament und klammerten sich darum. Ohne sich ein weiteres Mal umzuschauen, spurtete Bolk los und ließ seine Axt auf alles niedersausen, was ihm im Weg war. Hinter sich hörte er die Todesschreie der Gnome. Der Holder hatte sich mit einem Sprung in das Getümmel geworfen. Das Geschöpf mit seinem katzenhaften Aussehen und Verhalten würde mit Sicherheit keine Überlebenden zurücklassen. Die fast zwei Meter großen Kreaturen waren bei allen Zwergen, Gnomen und Schnaaks sehr gefürchtet. Nur selten überlebte man ein Zusammentreffen mit ihnen.

Bolk jedoch rannte so schnell, wie ihn seine kurzen Beine trugen durch den dichten Wald und schaffte es irgendwie doch noch zurück auf den ursprünglichen Weg nach Mahlstadt. Als er schnaufend und prustend auf dem Weg stehen blieb, schaute er kurz auf die Pergamentrolle in seiner Hand. Aber dort war keine Rolle. Der Zwerg hielt einen mittlerweile toten Gnom fest am kleinen Hals und hatte diesen wohl bei seiner Flucht erwürgt. Das hieß jedoch auch, dass die Botschaft seines Königs noch immer tief im Wald herumlag und von den Gnomen oder dem Holder gefunden werden konnte. Zwar hatten sie keine große Verwendung dafür, doch wussten sie auch, wie man mithilfe von Pergament und einem Feuerstein ein schönes, wärmendes Feuer entfachte. Bolk fluchte. Er hasste sich und seinen Hunger dafür, dass es überhaupt so weit gekommen war. Jetzt blieb dem Zwerg nichts anderes übrig, als sich auf die Suche nach der Rolle zu begeben. Er schulterte seine Axt, warf den toten Gnom einfach in das nächste Gebüsch und stapfte zurück in den Wald, zurück zu der Gefahr. Einen letzten Fluch konnte er sich nicht verkneifen: „Verflixte Gnome!"

Aldris Geschick

Aldri schmunzelte. Er beobachtete diesen Zwerg, wie er den Gnomen hinterher spurtete.

„Diese Zwerge sind wirklich dumm", dachte sich der Elb. Schnell hangelte er sich einen Baum hoch, um von dem höchsten Ast aus die Situation weiter zu verfolgen. Er sah, wie der Zwerg eingekreist wurde und sich der Holder in die Angelegenheit einmischte. Es war ein wunderbares Schauspiel, das sich Aldri bot. Die Gnome waren sogar noch dümmer als Zwerge, was in den Augen des Elbs schon fast unmöglich schien, und rannten sich gegenseitig über den Haufen. Nur einer von ihnen war anders. Dieser eine Gnom hielt etwas in der Hand. Es sah von Aldris Position aus wie ein Stück Pergament. Wahrscheinlich war es diese Notiz gewesen, weshalb der Zwerg die Gnome verfolgt hatte. Jetzt war das Geschehen sogar für den Elb interessant geworden. Schnell griff er nach dem Bogen und den Pfeilen auf seinem Rücken.

Es war ein schöner Bogen. Wahrscheinlich der schönste, den ein Elb jemals gefertigt hatte. Das edelste Holz hatte Aldri verwendet. Als es nach vielen Monden endlich geformt war, schnitzte der Elb mithilfe seiner Meisterin die aufwendige Verzierungen in das Holz. Er sah nicht mehr aus wie ein einfacher Bogen, sondern hatte das Aussehen eines Elbenkörpers. Am oberen Ende hatte Aldri einige Tage geschnitzt, bis der Kopf eines Elbs sichtbar geworden war.

Jetzt hielt er diesen Bogen in der einen Hand. Mit der anderen legte er den Pfeil an die Sehne und spannte sie. Als er aufblickte, um zu zielen, stellte er fest, dass der Holder die Sicht auf den Gnom verdeckte. Das Tier erschießen konnte er jedoch nicht, denn dann würden sich die Gnome sofort davonmachen und in den Tiefen des Waldes verschwinden.

Also musste Aldri sich einen neuen Platz suchen, um seinen Schuss platzieren zu können. Er sah sich nach einem anderen Baum um und fand einen geeigneten. Mit einem großen Sprung erreichte der Elb einen dicken Ast, von welchem aus er besser zielen konnte. Gerade als er den Gnom ins Visier nehmen wollte, tauchte der Zwerg wieder auf und lief mit erhobener Axt auf den Holder zu.

Bolk schlich langsam auf die Stelle zu, wo er die Todesschreie der Gnome vernahm. Als er den Platz gefunden hatte, überlegte er einen Moment. Da ihm jedoch nichts Besseres einfiel, als sich zunächst dem Holder zu widmen, ehe er sich um den Gnom mit der Pergamentrolle kümmerte, sprang er aus seinem Versteck hervor und rannte mit seinen kurzen Zwergenbeinen auf den Holder zu. Einige Schritte bevor der Zwerg das Ungeheuer erreichte, wandte es sich um und erblickte den heranstürmenden Zwerg. Da das Wesen größer und fetter war als die kleinen Gnome, legte es seine volle Konzentration auf den Zwerg, der bestimmt sättigender wäre.

Das war die Gelegenheit für Aldri. In dem Augenblick, in dem sich das Geschöpf zu dem Zwerg umdrehte, zielte der Elb. Nur wenige Sekunden später ließ er den Pfeil los und er schwirrte durch die Luft. Wie immer traf er sein Ziel genau zwischen den Augen.

Als der Zwerg nah genug an den Holder herangekommen war, schwang er seine Axt, um das Tier mit einem einzigen Hieb zu köpfen. Offensichtlich war das Ungeheuer einen Kampf nicht gewöhnt, denn erst im allerletzten Moment wich es aus, sodass die Waffe einen sehr tiefen Schnitt unter seinem linken Auge hinterließ. Der Holder jaulte auf und versuchte nun, getrieben von rasender Wut, den Zwerg mit seiner Tatze zu fassen. Bolk war aber schlau genug, einige Schritte zurückzuweichen, sodass er dem Angriff entging.

Die Chance war einfach zu gut. Er musste die Verwirrung durch den Kampf ausnutzen. Aldri überlegte kurz, wie er es anstellen sollte, unbemerkt an das Pergament zu gelangen. Es würde schwierig, aber nicht unmöglich werden. Er wartete noch einen Augenblick, bis er sich sicher war, dass weder der Zwerg noch der Holder ihn bemerken würden.

Bolk schnaufte. Der Kampf mit dem Holder war anstrengend gewesen. Doch auch sein Gegner war mit seinen Kräften allmählich am Ende, das bemerkte der Zwerg. Noch einmal schwang er seine

Axt, machte mitten im Schwung kehrt und traf den ausweichenden Holder genau am Hals. Blut strömte dem Ungeheuer aus der Wunde und nur wenige Momente später brach es tot zusammen.

„Merk dir eins“, sagte Bolk zu dem toten Wesen, „lege dich nie mit einem Zwerg an!“ Er spuckte auf den Leichnam und drehte sich um. Er ging zu der Stelle, an welcher der Gnom gestanden hatte. Zwar war das kleine Wesen noch immer dort, allerdings lag es mit erschlafften Gliedern im Gras. Es war tot. „Na, immerhin muss ich diesem Kartoffelkopf nicht noch hinterherlaufen“, sagte Bolk und fing an, nach der Pergamentrolle zu suchen, fand sie jedoch weder in der Kleidung des Gnoms noch in seiner näheren Umgebung.

„Das darf doch wohl nicht wahr sein!“, schrie der Zwerg zornig. Das Echo seiner Worte hallte durch den Wald, doch niemand antwortete ihm. Bolk ließ sich ins Gras fallen. Jetzt musste er seinem König beichten, dass er die wichtige Botschaft für die Schnaaks verloren hatte. Er seufzte.

Aldri hielt die Nachricht in der Hand und betrachtete die Zeilen. Es freute ihn, was er las. „Diese Neuigkeiten will die Immra bestimmt erfahren“, dachte er sich und beglückwünschte sich selbst zu seinem geschickten Agieren. Er würde bestimmt reichlich belohnt werden dafür, dass er sowohl den Gnom getötet, als auch diesen dummen Zwerg ausgetrickst hatte. Immer noch mit einem Lächeln im Gesicht begann er den Weg zur Immra, um ihr die Pergamentrolle zu überreichen.

In den dunklen Ecken

Er krümmte sich vor Schmerzen. Jede Faser seines mageren Körpers protestierte. Er konnte nichts dagegen tun, da er auf dem eiskalten, steinernen Boden des Kerkers lag. Über ihm stand ein Mann, der nichts außer einem ledernen Lendenschurz und einer purpurroten Maske trug. Letzteres verlieh ihm das Aussehen eines Dämons. Genau so nannte er ihn auch: Dämon. Nicht nur das Aussehen seiner Maske machte ihn zu einer widerlichen Kreatur. Noch viel schlimmer waren die Werkzeuge, die er benutze, um ihm Qualen zu bereiten. Es waren große, kleine, lange, kurze, breite und schmale. Einige bestanden aus Eisen, andere aus Holz und wieder andere aus dem gleichen Leder, das dem Dämon als Lendenschurz diente. Schon seit langer, sehr langer Zeit bekam er diese Werkzeuge täglich zu spüren. Sie sollten ihm die Zunge lösen, welche seit seiner Gefangennahme stumm blieb. Doch heute war es besonders schlimm. Der Schmerz brachte ihn um den Verstand.

„Wenn ich es jetzt sage, hört er vielleicht damit auf!", dachte er immer und immer wieder. Aber er sagte es nicht. Wenn eines sicher war, dann dass der Dämon ihn sofort töten würde, wenn er ihm alles sagte. E musste schweigen.

Es zischte. Der Dämon hatte einen langen Eisenstab in die rote Glut getaucht und erhitze ihn. Während er darauf wartete, dass die Spitze heiß genug war, sprach er zu seinem Opfer am: „Hast du noch nicht genug?" Die Stimme seines Peinigers war tief und dröhnte in seinen Ohren, doch er musste sie verscheuchen. Er konnte es nicht preisgeben, nicht jetzt, wo er schon so lange durchgehalten hatte. Langsam bewegte er den Kopf.

Der Dämon schnaubte. „Wie du meinst! Ich habe noch unzählige Folterinstrumente, die ich an dir ausprobieren kann." Der Dämon zog die lange Eisenstange aus der Glut. Die Spitze war feuerrot. Das gefiel ihm.

Immer näher kam der glühende Stab seinem Körper. Er konnte bereits die Hitze spüren, die von dem Metall ausging. Kurz vor seinem linken Oberarm stoppte die Bewegung und er konnte erneut den Dämon sprechen hören: „Ich weiß, dass du es nicht willst. Du kannst es dir leichter machen. Sag mir einfach alles, was du weißt, dann geschieht dir auch nichts mehr.“

Langsam wandte er den Kopf zu der Maske und spuckte mit seiner letzten Kraft aus, bevor er sagte: „Eher sterbe ich!“

„Das lässt sich einrichten!“, erwiderte die dunkle Dämonenstimme. Einige Augenblicke später spürte er das heiße Eisen auf seiner Haut. Er schrie. Seine Haut verbrannte. Er schrie immer lauter, da der Schmerz immer mehr zunahm. Dann, ganz plötzlich, hörte es auf und er sank in eine tiefe Schwärze, hoffte insgeheim, nie wieder daraus hervorzukommen.

Der Folterer bemerkte, wie der Körper vor ihm erschlaffte und in sich zusammenfiel. Auch das Schreien hatte ein abruptes Ende genommen. Da er den Schwächling jedoch nur bei wachem Zustand quälen durfte, zog er die Eisenstange zurück und legte sie auf den großen, hölzernen Tisch. Noch einmal schaute er auf den Boden. Der Gefangene bewegte sich immer noch nicht. Er fasste einen Entschluss.

Es pochte dreimal sehr laut gegen die Tür. Alfons wusste sofort, dass es das Zeichen des Folterknechts war. Er zog den am Gürtel befestigten Schlüsselbund hervor und steckte einen der Schlüssel, er war sehr lang und rostig, in das Schlüsselloch. Als die Tür aufging, stand der Mann mit der Maske vor ihm.

„Er ist ohnmächtig geworden“, sagte dieser und deutete auf die am Boden liegende Gestalt.

„Nun gut! Ich denke, es genügt für heute“, erwiderte Alfons und gab dem Folterknecht somit zu verstehen, seine Werkzeuge einzupacken und den Kerker zu verlassen. Nachdem der Mann seiner Aufforderung gefolgt war, nahm Alfons ein Tablett von seinem Aufsehertisch und brachte es dem Gefangenen. Da sich dieser jedoch immer noch nicht rührte, stellte er alles auf einem Tisch ab und verschwand wieder nach draußen. Die Tür krachte zu und das Klicken des Schlosses verriet ihm, dass der Raum gesichert war.

Der Gefangene hob ein Augenlid und bemerkte, dass er alleine war. Die Ohnmacht hatte den Dämonen anscheinend dazu gebracht, die weitere Folter auf den nächsten Tag zu verschieben. Er setzte sich langsam auf und bemerkte dabei, dass der Wärter ihm seine Mahlzeit gebracht hatte. Er stand auf und nahm sich den Teller mit der klaren Brühe. Auch den Krug mit dem Wasser nahm er mit. Mit vollen Händen schritt er auf sein Nachtlager zu. Es war ein einfaches Brett, das mit zwei Stützen erhöht wurde. Er setzte sich darauf und begann mit seinem kargen Mahl. Während er die Brühe trank, schweiften seine Gedanken immer wieder ab. Seit fast sieben Jahren war er nun schon ein Gefangener. Seit sieben Jahren musste er täglich diese Qualen erleiden. Seit sieben Jahren lebte er in dieser dunklen Ecke des Schlosses, umgeben von Stein und Trauer. Er wusste, dass er seine Familie vermutlich nie wiedersah.

Was er jedoch nicht wusste, war, dass er nicht sieben, sondern bereits dreizehn Jahre gefangen in diesem Kerker saß. Dreizehn Jahre in den dunklen Ecken eines Verlieses. Dreizehn Jahre, die seinen Verstand hatten erweichen lassen, sodass er nicht mehr richtig zählen konnte. Dreizehn Jahre, seit er das letzte Mal frische Luft geatmet hatte und dreizehn Jahre, seit er das letzte Mal die Natur in ihrer vollen Pracht hatte sehen dürfen.

Der Schrecken

Mondri schlich angsterfüllt um die aufgespießten Elfenschädel herum. Ihn packte das Grauen. Niemals hatte er eine solch schreckliche Stätte gesehen. Die Köpfe waren nicht nur auf die Pfähle gespießt worden. Nein, man hatte ihnen die Augen herausgestochen und die Haare rausgerissen. Mondri musste würgen, als er einen kleinen Schädel umrundete. Scheinbar machte dieser verrückte Waldaufseher keinen Unterschied zwischen Elfenkindern und Erwachsenen. Der junge Elf wandte seinen Blick ab. Er musste sich wieder auf seine Mission konzentrieren.

Er betrat die Hütte des Aufsehers und schaute sich um. Die Hütte bestand aus zwei abgetrennten Räumen. Der große Raum diente offensichtlich als Wohn- und Schlafraum gleichzeitig. Mondri sah einen großen Tisch, auf dem eine Karte des Waldes lag. Der Elf ging darauf zu und betrachtete die Karte genauer. Er sah die Stadt der Menschen, die direkt an den Wald angrenzte. Ebenso sah er, dass der Aufseher bereits einige Flächen des Waldes ausradiert hatte. Dies waren die Gegenden, so vermutete Mondri, wo die Bäume bereits weichen mussten.

Auch sah der junge Elf einen großen schwarzen Punkt auf der Karte. Der Punkt war beschriftet mit Worten – vermutlich der Stadt der Elfen. Mondri lächelte. Es gab doch noch gute Neuigkeiten, die er dem König überbringen konnte. Anscheinend dachten die Menschen, dass die Elfen im Norden lebten, dabei lag die große Stadt des Königs im Süden des Waldes.

Gerade wollte sich der Elf von der Karte abwenden, da sah er ein dickes, fettes rotes Kreuz genau an der Stelle, wo sich die Elfenstadt befand. Am Rand des Kreuzes stand: *Wird als Nächstes abgeholzt!*

Modri erschrak. Er musste seinem König sofort Bericht erstatten! Er malte sich aus, was passieren würde, wenn die Menschen durch einen unglücklichen Zufall die Heimat der Elfen entdeckten. Es würde sicherlich einen schrecklichen Kampf mit vielen Verlusten geben. Das musste Mondri verhindern. Er rollte die Karte zusammen und steckte sie ein. Im gleichen Augenblick vernahm der Elf aufgrund seines guten Gehörs, dass sich jemand der Hütte näherte. Er erstarrte. Er hatte nur seinen Bogen dabei, der ihm in einem Nahkampf nicht viel nützen würde. So blieb Mondri nichts anderes übrig, als sich ein Versteck zu suchen. Er entdeckte eine schwere Holzkiste, hastete zu ihr hinüber und öffnete den Deckel. Zum Vorschein kam das Schrecklichste, was der Bogenschütze je gesehen hatte. In der Kiste befanden sich zwei verkrümmte, kopflose Elfenkörper. Mondri würgte. Es war der Schrecken, der ihn zu Eis erstarren ließ. Viel zu spät bemerkte er, dass sich die Tür zur Hütte öffnete. Er wusste, sein Leben würde vorbei sein.

In der Nacht

Er erwachte mit Schweiß auf der Stirn. Sein Atem ging schwer. Langsam richtete er sich auf und blickte sich um. Noch immer war er in dem Kerker und umgeben von sicherem Stein. Er atmete tief durch. Sein Herzschlag beruhigte sich allmählich.

„Es war wieder nur einer dieser Albträume", sagte er sich immer und immer wieder. Doch dieser Traum hatte sich deutlich von den anderen unterschieden. Normalerweise träumte er von schönen grünen Wiesen, hohen Bäumen und Gezwitscher der Vögel. Dann fühlte er sich kurz glücklich, ehe eine große, ganz in schwarz gerüstete Armee auftauchte und alles niederbrannte. Das Vogelgezwitscher veränderte sich in das Geschrei der Bäume und der Natur, die durch das Feuer starben.

Doch den Traum, den er heute Nacht gehabt hatte, war viel lebendiger, viel grausamer und viel schmerzhafter als alles andere, was er bisher erlebte. Er war durch einen Wald gegangen und plötzlich auf eine riesengroße Lichtung gestoßen. Auf dieser war eine große Stadt errichtet worden, doch die Häuser brannten lichterloh. Zunächst hatte er gedacht, dass er wieder einmal sah, wie die Natur durch die Bosheit zerstört wurde, doch dieses Mal war alles anders.

Er hörte weder die Vögel in den Bäumen, noch das Geschrei der sterbenden Bäume. Dieses Mal hörte er ein anderes Geräusch. Es war der Schrei von vielen Elfen. Er erkannte es sofort. Es war keine normale Stadt, die dort brannte. Es war eine Elfenstadt. Wo waren die Elfen?

Er ging weiter und betrat die Gassen der Stadt. Die Hitze der brennenden Häuser brachte ihn zum Schwitzen. Jeder Schritt wurde zur Qual, denn das Geschrei wurde immer lauter. Er betrat den ehemaligen Stadtkern, einen großen, runden Platz. Vor sich sah er eine einzelne Gestalt kniend und schreiend in der Mitte des Platzes. Er betrachtete die Gestalt, als sie sich plötzlich zu ihm umdrehte. Ihre Blicke trafen sich und er erkannte ein junges, hübsches Elfengesicht.

Der junge Elf hielt einen Bogen in den Händen. Als er den Fremden sah, hellte sich sein Gesicht auf. Er erhob sich und lief auf ihn zu. „Du, hilf mir! Du musst mir helfen!"

„Ich? Wie kann ich dir helfen, Elf?", fragte er ihn.

Der junge Elf hörte nicht, was der Fremde sagte, sondern nahm dessen Hand und zog ihn mit sich zu der Mitte des Platzes. Dort angekommen, blieb er stehen und deutete auf die hohen Mauern einer Festung. Das Bauwerk hatte er zunächst gar nicht bemerkt. Erst jetzt, wo es ihm gezeigt wurde, sah er es: Auf der Mauer schienen etliche Krieger zu stehen und auf den Platz hinunterzublicken. Erst bei näherem Betrachten erkannte er, dass er falsch lag. Sein Atem ging schneller. Es war nicht möglich. Auf der Mauer standen keine Krieger. Es war viel schlimmer. Auf der Mauer prangten die abgetrennten und auf Pfählen aufgespießten Köpfe von mehreren hundert Elfen. Er schaute sich um und entdeckte die leblosen Körper der Getöteten. Sie lagen aufgestapelt an ein Haus gelehnt und brannten. Anscheinend war dies die Ausgangsstelle des Brandes, denn in der dicht bebauten Stadt hatte es sicherlich nicht lange gedauert, bis das Feuer auf andere Häuser übergriff.

Er richtete seinen Blick wieder auf die Mauer, und dann auf den jungen Elfen neben ihm. Dieser schaute ihn hoffnungsvoll an und wartete scheinbar darauf, dass er etwas unternahm, um die Getöteten wieder zum Leben zu erwecken. Statt ihm diesen Gefallen zu tun, fragte er: „Wieso lebst du noch?"

Der Elf brach in Tränen aus und schluchzte: „Ich war es! Ich habe sie getötet! Aber ich wollte es nicht! Ich wollte es nicht!" Sein Schluchzen wurde immer schlimmer, und bevor er etwas Tröstendes sagen konnte, brach der junge Elf zusammen und blieb reglos liegen. Aus seinem Rücken ragte ein Beil. Er blickte sich um, doch konnte er niemanden entdecken. Dann endete der Traum abrupt.

Jetzt saß er auf seiner Liege und blickte an die steinerne Kerkerwand. Immer noch wusste er diesen Albtraum nicht richtig einzuordnen. Eines jedoch wusste er: Es war kein gewöhnlicher Traum gewesen, sondern eine Vision. Eine Vision, die ihm Angst machte. Eine Vision, die ihm den Schlaf der restlichen Nacht raubte. Erst als es draußen bereits hell wurde, schlief er langsam ein. Ein letzter Gedanke schwirrte ihm noch durch den Kopf, doch an ihn würde er sich beim Aufwachen nicht mehr erinnern.

Rückblick: Die Geburt

Sie atmete schwer. Es war klar, dass das Kind in den nächsten Stunden geboren werden würde. Aus diesem Grund schickte sie ihren Nachbar los, einen Heiler zu holen, welcher sie bei der Geburt unterstützen würde.

Während sie auf die Rückkehr der beiden wartete, dachte sie kurz an ihren Ehemann. Sie wurde traurig bei dem Gedanken, dass er seinen Sohn wahrscheinlich nie zu Gesicht bekommen würde, denn trotz seines Versprechens ihr gegenüber, war Dondrodis von seiner Mission nicht zurückgekehrt. Auch den Magier, der ihn begleitet hatte, bekam niemand mehr zu Gesicht. Das gesamte Elfenvolk hoffte, dass die beiden ihre Mission erfolgreich beenden konnten.

Ihr Blick schweifte an die Decke, die aus den Wurzeln der Bäume bestand. Sie spürte ein Ziehen und keuchte auf. Die ganze Nacht schon wiederholte sich dieses Ritual. Immer stärker wurde ihre Angst, dass ihr Kind es vielleicht nicht schaffen würde.

Sie blickte nach rechts, wo ein Bild ihres Ehemannes. Wie glücklich sie doch waren. Die Königin lächelte. Er war das Beste, was ihr je geschehen konnte, das wusste sie. In wenigen Augenblicken begann ein neuer Abschnitt in ihrer beider Leben. Ihr erstes Kind würde das Licht der Welt entdecken.

„Pressen!“

Die Stimme des Heilers drang nur noch gedämpft an ihr Ohr. Sie hoffte, dass die Geburt ohne Probleme verlaufen würde. Zwar wusste sie, dass es durchaus schmerzhaft sein konnte, doch von solchen Qualen hatte bisher noch keine Mutter berichtet. Sie vermutete, dass dies ein Zeichen für ein großes und gesundes Kind war.

„Hoffentlich hat es die Augen seines Vaters“, presste sie zwischen zwei sehr schmerzhaften Augenblicken hervor.

„Ihr sollt nicht reden! Ihr sollt pressen!“, antwortete die Stimme des Heilers barsch. Sie verstummte und presste, keuchte laut auf.

Ihre Magd Felicia lächelte sie an. „Es ist ein Mädchen, Herrin!“, sagte sie und nahm das schreiende Kind von der Hebamme, um es ihrer Mutter zu überreichen.

Die Königin betrachtete das kleine Geschöpf lächelnd, bemerkte aber dann eine dünne, lange Schnur am Bauch des Kindes und schrie entsetzt auf: „Was ist das? Ist es schlimm?“

Ihre Magd trat auf sie zu, ein Messer in der Hand haltend. Die Regentin zitterte vor Angst, doch Felicia legte die Klinge nicht, wie ihre Herrin vermutete, an die Kehle des Kindes, sondern schnitt mit einem gezielten Hieb die sonderbare Schnur vom Körper des Säuglings. Sie lächelte und erklärte ihrer Herrin, was es damit auf sich hatte. Die junge Mutter war froh, eine so erfahrene Frau an ihrer Seite zu haben. Langsam beruhigte sich ihr Herzschlag und sie schlief mit ihrem Neugeborenen im Arm ein.

Die Idylle zerbrach. Die Königin schrie ihre Schmerzen heraus. Zwar wusste sie, dass ihr Kind bereits aus ihrem Körper heraus war, doch litt sie immer noch unter unerträglichen Schmerzen. Der Heiler stand über ihr und sprach eine magische Formel. Kurz darauf schlief sie ein, doch der Heiler wusste, dass diese Frau nie wieder aus ihrem Schlaf erwachen würde. Deshalb schickte er den Nachbarn der Toten aus dem Zimmer und nahm das Kind. Er legte dem Säugling einen Finger auf die Stirn und sprach ein einziges Wort. Kurz darauf hörte auch dieses kleine Herz auf zu schlagen. Behutsam legte er das Kind auf den Bauch seiner toten Mutter. Anschließend ging er hinaus.

Vor der Tür stand der Nachbar. Auch er wusste, was der Heilkundige getan hatte, was er hatte tun müssen, denn ohne seine Mutter hätte das Kind nie überlebt, weswegen er dem Neugeborenen die Qualen ersparen wollte und es sofort zurück zu seiner Mutter schickte. Der Heiler hoffte nur, dass der Vater des Kindes nie zurückkehren würde. Denn sonst müsste er die Wut des Mannes über sich ergehen lassen.

Im Sturm der Blätter

Bolk lief, so schnell ihn seine kurzen Beine trugen. Er musste eiligst zu seinem König, um ihn über den Verlust der Pergamentrolle zu informieren. Er wusste, dass dieser ihn dafür bestrafen würde, aber einem tapferen Zwergenherz konnte nichts und niemand etwas antun. Wenn er es sich jedoch genau überlegte, hatte er gar kein solches Zwergenherz, denn er war nicht tapfer.

Na gut, er hatte sich diesem Holder gestellt, war in diesem Moment allerdings nicht Herr seiner Sinne gewesen. Er war wie gefesselt. War er nur wegen dieses Kampfes ein tapferer Zwerg? Bolk wusste es nicht. Dennoch lief er so schnell er konnte zurück ins Gebirge, das Herz des Zwergenreichs.

Während der Zwerg seinen Heimweg bestritt, kehrten seine Gedanken immer wieder zu dem Erlebten zurück. Wenn er sich richtig erinnerte, hatte der Gnom mit der Pergamentrolle auf der Lichtung gestanden. Doch als Bolk seinen Kampf beendet hatte, war der Gnom tot und die Nachricht verschwunden gewesen. Bei all seinen Überlegungen kam der Zwerg immer wieder auf nur eine mögliche Lösung. Es musste ...

Ein Blitz erleuchtete Himmel. Nur einige Lidschläge später grollte ein mächtiges Donnern über den Wald. Bolk erstarrte. Er wusste ganz genau, wie gefährlich ein Gewitter für Wanderer war. Vor allem für diese, die sich im oder am Wald aufhielten. Seine Knie begannen, weich zu werden. Er durfte keine Angst zeigen! Er musste den Wald so schnell wie möglich verlassen. Aus diesem Grund verdrängte er seine Erkenntnis, nahm die Beine in die Hand und rannte. Er lief so schnell, wie es mit Sicherheit noch kein Zwerg zuvor getan hatte.

Gerade sah er das Ende des Waldes vor sich, da erfasste ihn ein Windstoß von enormer Kraft. Er war so gewaltig, dass es den Zwerg von den Beinen hob und ihn rücklings gegen einen Baum krachen ließ. Bolk stöhnte auf. Er hatte Schmerzen. Sein Rücken tat so weh, dass der Zwerg dachte, sein Rückgrat wäre gebrochen, aber er konnte sich bewegen. Langsam stand er wieder auf und schaute sich um. Durch den Aufprall mit dem Baum hatte dieser einen großen Teil seiner Blätter verloren. Die gelben, roten und grünen Blätter flogen dem Zwerg nun ins Gesicht. Sie strichen über seine Wangen und zwangen ihn, die Augen zu schließen. Nur durch sehr enge Schlitze konnte er den Weg noch erkennen. In der Zwischenzeit waren weitere Blätter von den Bäumen gerissen und entfachten einen Sturm. Einen Sturm der Blätter, der Bolk den Weg erschwerte.

Mit größter Anstrengung hatte er es geschafft: Er war dem Wald entkommen. Kaum trat er einen Schritt aus dem Dickicht der Bäume, da ließen die Blätter von ihm ab. Erleichtert blickte der Zwerg zu den Hütten, die er in weiter Ferne aufragen sah. Doch gerade als er weiter gehen wollte, passierten viele Dinge auf einmal: Zuerst spürte Bolk einen Windstoß an seiner Wange vorbeiziehen, dann spürte er einen Schmerz an eben dieser Stelle. Er sah, wie ein schneeweißer Pfeil auf dem Boden landete und dann hörte er ganz dicht an seinem Ohr eine glockengleiche Stimme: „Hallo Zwerg!“

Lagebericht

Fredrik stapfte zurück zu seinem Haus. Er wollte mithilfe der Karte die Stelle finden, die sie im Auftrag des Königs als Nächstes abholzen sollten. Zu seinen Aufgaben als Waldaufseher gehörte es auch, die Beschaffenheit der Bäume festzustellen und sie auf ihre Eignung zu überprüfen. Mit einem zufriedenen Lächeln lief er nun durch die Ausläufer des Waldes. Schon von Weitem konnte er den für seine Nase lieblichen Geruch der abgetrennten Elfenköpfe riechen. Mit einem Gefühl aus Trauer, Wut und Zufriedenheit erinnerte sich der Waldaufseher an den Tag, an dem er seine Meisterwerke hergestellt hatte.

Es war ein wunderschöner Wintertag. Der erste Schnee war gefallen und bedeckte die umliegenden Pflanzen und Häuser mit einer dünnen weißen Schicht. Alle Kinder waren draußen und spielten. Alle? Nein! Ein kleines Mädchen lag frierend in seinem Bett, eine Decke eng um den kleinen Körper geschlungen. Traurig sah die Kleine aus dem Fenster und beobachtete ihre Freunde dabei, wie sie im Schnee herumtobten. Sie jedoch hatte Fieber und musste das Bett hüten.

Nach einiger Zeit kam ihr Vater herein. Sie mochte ihn sehr, denn er war größer und stärker als die Väter der anderen Kinder. Das war ein großer Vorteil für die Familie. Durch seine enorme Größe und Stärke konnte er Aufgaben erledigen, für die normalerweise Tiere eingesetzt werden mussten. Er setzte sich zu ihr aufs Bett und streichelte ihr über die langen braunen Haare.

„Na, wie geht es meinem Mädchen heute?“, fragte der Vater mit einer höheren Stimme als sonst. Das Kind mochte es, wenn er seine Stimme verstellte und lachte.

„Lachen ist die beste Medizin“, sagte der Vater mit einem breiten Grinsen.

„Ja, Papa, ich weiß. Aber ich würde bestimmt noch schneller gesund werden, wenn ich draußen im Schnee spielen dürfte.“

„Das habe ich dir doch schon erklärt, mein Mädchen. Du darfst mit Fieber nicht nach draußen. Aber ich verspreche dir, sobald du wieder gesund bist, liegt so viel Schnee, dass wir den größten Schneemann bauen, den es je gab."

Sie lachte wieder. Der Vater schob ihr eine Schüssel mit heißer Suppe und einen großen Becher Milch hin. Nachdem sie die Suppe aufgegessen hatte, trank sie von der Milch. Als sie den Becher wieder absetzte, lachte der Mann laut los. Sie hatte oberhalb der Lippe einen schönen Milchbart. Nach einigen Minuten, in denen die beiden viel herumgealbert hatten, verließ der Vater das Zimmer und das kleine Mädchen schlief ein.

Es musste mitten in der Nacht sein, als das Kind plötzlich durch einen hellen Strahl geweckt wurde. Es richtete sich in seinem Bett auf und schlich leise zum Fenster, um besser sehen zu können, wodurch das helle Licht erzeugt wurde. Die Kranke schaute durch die Scheibe hinaus in die Dunkelheit. Das Licht kam aus dem angrenzenden Wald und wurde immer heller. Das Mädchen kniff die Augen zusammen, um noch mehr zu sehen. Täuschte es sich, oder stand in dem Licht tatsächlich eine Person? Die Kleine drückte ihr Gesicht ans Fenster. Tatsächlich stand jemand in dem gleißenden Licht. So wie es aussah, kam die Person immer näher. Mit einem Mal bekam das Mädchen Angst. Sie kannte die Geschichten, laut derer schreckliche Bestien im Wald hausten. Zwar hatten sie das Aussehen von Menschen, doch wenn man sie genauer betrachtete, erkannte man, dass ihre Ohren spitz zuliefen und ihre Augen nicht grün oder blau, sondern dunkelrot waren.

Schnell glitt das Kind wieder unter die warme Decke und kuschelte sich ein. Es versuchte, wieder einzuschlafen, doch das Licht stach durch seine geschlossenen Lider. Es öffnete sie wieder und erschrak. Das Wesen stand mittlerweile ganz in der Nähe des Fensters. Offenbar bemerkte es, dass das kleine Mädchen es anstarrte, denn es streckte plötzlich eine Hand nach ihm aus. Es schien, als wolle die Gestalt, dass das Mädchen mit ihr mitging.

Ohne es zu bemerken, stand das Kind auf und ging zum Fenster. Mit offenem Mund starrte es die Gestalt an. Es konnte nicht sein, doch dieses Wesen sah seiner verstorbenen Mutter zum Verwechseln ähnlich. Das Kind schob einen Hocker an das Fenster, stieg hinauf und öffnete es. Die kühle Winterluft umspielte sein Haar, doch die

Kleine hatte nur Augen für die Gestalt. Diese öffnete ihren Mund und sprach. Die Stimme war sehr weich und engelsgleich.

„Na, meine Kleine? Du bist krank?“ Das Mädchen nickte, da es keinen Ton herausbrachte.

„Ich kann dich wieder gesund machen, wenn du willst. Vertraue mir und komm mit!“ Die unbekannte Frau drehte sich um.

Das Mädchen rief: „Warte!“ Mit einem Kraftakt zog es sich auf das Fenstersims und glitt von dort hinab in die Kälte. Als seine nackten Füße den neu gefallenen Schnee berührten, zuckte es kurz zusammen. Nach einigen Augenblicken hatte die Fiebernde sich wieder gefangen und lief auf die fremde Frau zu. Diese hielt dem Kind ihre zarte Hand entgegen. Als sich ihre Finger berührten, wurde dem kleinen Mädchen kurz wieder warm und ein Lächeln huschte über sein Gesicht. Die fremde Frau führte es fort von der warmen Hütte, hinein in die kalten Schatten der Bäume.

Sie waren bereits am Rand des Waldes angelangt, da kam dem Mädchen ein Gedanke: „Ich hätte mir wenigstens meinen warmen Mantel mitnehmen sollen.“

Der erste Sonnenstrahl glitt in sein Zimmer. Der Mann stand auf und streckte sich. Anschließend erfrischte er sich und ging hinaus. Er überlegte, ob er zuerst seine Tochter wecken sollte, entschied sich dann jedoch dafür, ihr zunächst einen Becher mit warmer Milch zu machen. Einige Minuten später klopfte er an ihre Zimmertür und vernahm keinen Laut, was ihn schmunzeln ließ.

„Wahrscheinlich schläft sie mal wieder so tief“, dachte der Vater und drückte die Tür auf. Als er jedoch das leere Bett und das offene Fenster erblickte, erfasste ihn Sorge. Er ließ den Becher fallen und lief zum Fenster. Der Becher klirrte, als er zerbrach, und die warme Milch machte sich auf dem Boden breit, floss in jede kleinste Ritze in den Holzdielen. Der Vater stand am Fenster und rief den Namen seines Kindes. Immer wieder schallte seine Stimme hinüber zu den Wipfeln der Bäume. Als er auch nach einigen Augenblicken keine Antwort vernahm, stürmte er aus dem Zimmer.

Die Holzdielen hatten einen kleinen Teil der warmen Milch bereits aufgesogen.

Bevor er das Haus verließ, nahm er seine große schwere Axt in die Hand. Anschließend stapfte er durch den Schnee. Vor dem Fenster seiner Tochter bemerkte er Fußspuren, die eindeutig die eines Kindes waren. Er nahm ihre Fährte auf. Nachdem er einige Schritte in Richtung Wald gegangen war, bemerkte er plötzlich, dass die Fußspuren endeten. Da wusste er, wo er nach seiner verschwundenen Tochter suchen musste, schließlich kannte jeder Bewohner des Dorfes die Geschichten von den menschenähnlichen Kreaturen, die im Wald lebten und Kinder entführten, um sie zu fressen.

Er richtete seinen Blick auf die Waldausläufer und stapfte los. Als er den Wald betrat, veränderte sich mit einem Mal alles. Seine Stiefel traten auf vertrocknete Blätter und Zweige statt auf Schnee. Die Umgebung sah plötzlich heller aus, als es naturgemäß hätte sein dürfen. Auch als er die Bäume um sich herum betrachtete, stutze er, denn diese hatten trotz des kalten Winters saftig-grüne Baumkronen. Wenn man den Wald jedoch von außen betrachtete, sahen die Bäume aus, wie sie im tiefsten Winter auszusehen hatten: kahl.

Dem Mädchen klappte vor Erstaunen der Mund weit auf und ihre Augen huschten hin und her, hin und her. Es wünschte sich, dass es mindestens zehn Augen mehr hätte, um alles sehen zu können. Die fremde Gestalt hatte die Kleine tief in den Wald geführt. Mit jedem Schritt war ihr wärmer geworden. Sie waren an den dicksten Bäumen vorbeigekommen, die sie je gesehen hatte. Die Stämme hätte selbst ihr Vater nicht umfassen können. Jetzt betraten sie eine Lichtung, die doppelt so groß war wie das Dorf, in dem sie lebte.

Das kleine Mädchen blickte sich um, denn überall gab es etwas zu sehen, was es noch nie gesehen hatte. Als Erstes sah es einen alten Mann, der sich von Baum zu Baum hangelte, als wäre er ein kleiner Junge. Direkt daneben erblickte es eine Frau, die einen langen Ast herumwirbelte und dabei Wörter murmelte, die das Mädchen nicht kannte. Der Ast war am oberen Ende gebogen und hatte eine Abzweigung, die aussah wie ein geöffneter Mund. Doch bevor es sich das Schauspiel näher betrachten konnte, waren sie schon an der Frau vorbeigelaufen.

Nach einiger Zeit erreichten sie eine Senke, die sich inmitten der Lichtung befand. Sie war gefüllt mit Wasser. Einzig in der Mitte des kleinen Sees stand ein Haus. Worauf es gebaut war, konnte das Kind nicht erkennen. Am Ufer lagen zwei kleine Boote. Die Frau, die sie immer noch an der Hand hielt, kletterte in eines der beiden

Boote und zog die Kleine mit einem ermutigenden Lächeln zu sich. Als sich das Mädchen auf eine der beiden Bänke gesetzt hatte, ließ die Frau es zum ersten Mal los und nahm das Ruder in die Hand.

Mit jedem Schritt gelangte er tiefer in den Wald. Mittlerweile wurde es immer dunkler um ihn herum. Auch ertappte er sich des Öfteren dabei, wie er sich einbildete, die Bäume bewegten sich. Ebenfalls bemerkte der Mann, dass die Bäume, je tiefer er in den Wald vordrang, immer dickere Stämme hatten, Stämme, die selbst er nicht umfassen konnte. Doch nichts hielt ihn davon ab, seine entführte Tochter zu suchen. Weder die finster aussehenden Bäume, noch die Tatsache, dass er selbst, wenn er sie finden sollte, wahrscheinlich nicht mehr aus dem Wald herauskäme.

Das Boot bewegte sich nicht sehr schnell. Da der See aber nicht besonders groß war, erreichten sie den Steg des Hauses bereits nach wenigen Augenblicken.

Als es aus dem Boot stieg, erkannte das Mädchen, worauf das Haus erbaut worden war, denn als Untergrund diente Waldboden. Wahrscheinlich war der Boden rund um das Haus ausgehoben und mit Wasser aufgefüllt worden. Jetzt erkannte die Kleine auch, aus welchem Material das Haus bestand. Anders als die Hütten auf der Lichtung war es nicht aus Holz, sondern aus Moos errichtet worden.

„Wie kann das sein? Ein Haus kann doch nicht aus Moos gebaut werden. Schon die kleinste Erschütterung würde genügen, um es zum Einsturz zu bringen", dachte das Kind. Es konnte sich einfach nicht erklären, wie jemand in so einer Unterkunft leben konnte, ohne Angst zu haben, dass ihm das Dach jederzeit über dem Kopf einstürzen könnte. Bevor sich das Mädchen noch mehr Gedanken darüber machen konnte, nahm die Frau es wieder an die Hand und führte es auf das Haus zu. Es gelang ihm, noch einen letzten Blick auf die Hausfassade zu werfen. Ihm fiel auf, dass das Moos aus der Nähe betrachtet ganz anders aussah als das, welches sie aus seinem Dorf kannte. Mit diesem letzten Gedanken betrat das Mädchen zusammen mit der Frau das Haus. Als sie eingetreten waren, schloss sich hinter ihnen die Tür und die Dunkelheit umschloss das kleine Mädchen. Plötzlich wünschte es sich, wieder bei seinem Vater zu sein.

Er drückte sich hinter einen Baum. Soeben hatte er eine Lichtung erblickt. Eine Lichtung von einem so gewaltigen Ausmaß, dass er selbst bei seiner Größe kein Ende erkennen konnte.

„Wie soll ich hier nur durchkommen?“, fragte sich der Mann. Zwar war er von dem Wunsch beseelt, seine kleine Tochter endlich wieder zurückzubekommen, doch wusste er auch, dass eine so große Übermacht an Monstern, die sich auf der Lichtung befand, ihn sehr schnell erledigen könnte. Er überlegte hin und her. Je länger er über eine Möglichkeit nachdachte, unbemerkt an den Kreaturen vorbeizukommen, desto größer wurden seine Zweifel, ob er seine Tochter jemals wiedersehen würde. Nach einigen Minuten hatte er eine Entscheidung getroffen: Er musste es versuchen, sonst würde er wahrscheinlich nie wieder glücklich werden können. Seine Entscheidung stand fest. Er umklammerte seine Axt noch fester und schritt mit entschlossenem Blick aus seinem Versteck.

Dunkelheit umschloss das kleine Mädchen. Es sah nichts mehr. Selbst die Frau neben sich konnte es nicht mehr erkennen. Es spürte nur ihre Hand, die sie immer noch festhielt. Die Frau sprach in einer Sprache, die das Mädchen nicht verstand. Einige Sekunden später flackerte ein Licht auf und es erblickte einen älteren Mann, der in der Mitte des Raumes an einem großen Tisch saß und es betrachtete. Kurz darauf erhob er sich und kam auf das Mädchen zu. Er lächelte, als er die ängstlichen Augen des Kindes sah. Es bemerkte gar nicht, dass die Frau seine Hand losgelassen hatte. Erst als der Mann eine Hand nach der Kleinen ausstreckte, realisierte sie es. Mit einem kurzen Blick auf die Frau, die ihr aufmunternd zunickte, holte sie sich die Bestätigung, dass der Mann nett zu ihr sein würde. Zuerst zögerlich, dann mit schnellen Schritten näherte sie sich dem älteren Mann und nahm seine Hand. Leise sprach er zu ihr: „Komm mit! Ich mache dich wieder ganz gesund!“ Das Mädchen lächelte und nickte. Zusammen mit dem Mann ging es auf eine Treppe zu, die nach unten führte. Das wiederum verwunderte das Kind, denn schließlich waren sie bereits im Erdgeschoss des Hauses. Unter ihnen, das hatte sie ganz genau gesehen, war nichts außer Waldboden. Trotzdem folgte die Kleine ihm. Schließlich hatten sowohl er, als auch die Frau, die oben zurückblieb, ihr das Versprechen gegeben, sie wieder ganz gesund zu machen.

Der Mann stutzte. Je schwieriger er es sich vorgestellt hatte, umso einfacher war es. Die Axt fest in der Hand, um sich bei einem Angriff sofort zu verteidigen, hatte er sein Versteck verlassen und war einfach losgelaufen. Nach einigen Schritten bemerkte er, dass ihn niemand beachtete. Argwöhnisch betrachtete er die Kreaturen, die alle etwas taten, ohne ihm Beachtung zu schenken. Allmählich verlangsamte er seine Schritte, bis er stehen blieb. Sein Blick schweifte über eine Frau, die einen Ast herumwirbelte. Dieser war am oberen Ende gebogen und hatte eine Abzweigung, die aussah wie ein geöffneter Mund. Den Vater überkam ein komisches Gefühl. Irgendetwas stimmte hier nicht. Er hatte keine Zeit darüber nachzudenken. Er musste zu seiner Tochter! Deswegen wandte er sich entschlossen von der Frau mit dem komischen Ast ab und beschleunigte seine Schritte. Nach einigen Momenten kam er an einen kleinen See. In der Mitte des Sees stand ein Haus.

Das Mädchen folgte dem älteren Mann die steile Treppe hinab. Je tiefer sie die Treppe hinabstiegen, desto heller wurde es. Am Ende musste es seine Augen zusammenkneifen, da das grelle Licht in seinen Augen brannte. Die Kleine hatte das Gefühl, sie wären schon seit Stunden unterwegs, da ertasteten ihre nackten Füße endlich harten Stein. Nach den vielen hölzernen und rauen Stufen fühlte sich der Stein wie frisches Sommergras an. Erleichtert atmete sie aus. Sie betrachtete den Gang, in dem sie nun standen. Es war ein hoher, steinerner Bogengang, der an einer schweren Holztür endete. Entlang des Ganges waren viele sehr helle Fackeln, welche die stechende Helligkeit hervorriefen.

Kurz vor der schweren Holztür lächelte der ältere Mann ihr noch einmal zu. Dann betraten sie den hinter der Tür liegenden Raum.

Er stieg ganz langsam aus dem Boot und betrat den Steg. Irgendetwas hatte in ihm das Gefühl geweckt, dass seine Tochter in dem Haus mitten auf dem See war. Ob es die Verbindung zwischen Vater und Kind oder etwas anderes war, konnte er nicht sagen. Trotzdem stand er jetzt auf dem Steg und schlich langsam und so leise, wie er es konnte, auf die Tür zu. Erst als er kurz davor stand, das Haus zu betreten, nahm er seine Axt aus der Halterung am Rücken, er sie während der kurzen Bootsfahrt verstaut hatte. Er wog sie in der

Hand und überlegte, ob er hineinstürzen oder so tun sollte, als ob nichts wäre. Da er nicht wusste, was hinter der Tür lag, entschied er sich dagegen, wie ein Besessener in das Haus zu rennen. Er schob die Tür auf und spähte zunächst vorsichtig hinein. Dunkelheit empfing ihn. Er konnte nichts erkennen und wollte die Tür komplett öffnen, damit das Licht von draußen in den Raum hineinfluten und er dadurch etwas sehen konnte. Nur so konnte er erkennen, wo sich die Kreaturen befanden. Er wollte gerade die Haustür komplett aufstoßen, da vernahm er ein leises Rascheln, das von rechts hinter der Tür kam. Noch einen Moment überlegte er, ob es vielleicht doch ein Hinterhalt sein könnte, da passierte es ...

Das Mädchen stand mitten in einem kreisrunden Raum und wurde von weißem Licht umspielt. Der alte Mann stand in einem auf dem Boden gemalten Dreieck und sprach Worte, die es nicht verstand. Anfangs war die Kleine noch sehr ängstlich gewesen, doch nachdem der Mann ihr versprochen hatte, dass es ihr gleich besser gehen würde, entspannte sie sich allmählich und vertraute seinen Worten.

Zu Beginn hatte sich das weiße Licht sehr heiß angefühlt. Fast hätte das Mädchen aufgeschrien, aber als es in das lächelnde Gesicht des alten Mannes schaute, unterdrückte es einen Aufschrei. Nur kurze Zeit später nahm das Licht eine angenehme Temperatur an, die sich auf seine Haut absetzte und diese herunterkühlte. Mit jedem Augenblick ging es ihm besser. Mit jedem Lidschlag spürte es, wie das Fieber verschwand und es sich gesünder fühlte. Mit jeder Sekunde verstärkte sich das Lächeln auf seinem Gesicht und sie genoss es. Auf einmal veränderte sich das Licht. Es war nicht mehr schneeweiß, sondern nur noch gräulich. Mit jedem Atemzug des Mädchens wurde es immer dunkler. Mit einem Mal war auch das Lächeln des alten Mannes verschwunden. Er schaute hinauf zur Decke. Sein Gesichtsausdruck wurde immer finsterer. Für kurze Zeit war auch die Kleine böse auf das, was den Mann so wütend machte. Dann überkam sie Angst, denn das anfangs weiße Licht war mittlerweile fast so schwarz wie die tiefste Nacht. Sie vernahm ein heftiges Poltern, eine donnernde Stimme rief ihren Namen. Sie öffnete den Mund und presste nur ein einziges Wort heraus: „Papa."

Mit einem lauten Schrei schwang er seine Axt gegen die Frau. Sie duckte sich weg und stach ihrerseits mit einem Schwert zu, doch die Klinge glitt an seinem schweren Fellmantel ab. Die Frau schaute ihn verwirrt an. Ihre Augen wurden groß und blanke Angst sprach aus ihnen.

„Das kann nicht sein!“, presste sie heraus, als die große Axt sie traf und enthauptete. Ihr kopfloser Leib fiel zu Boden. Ohne auf die Frau zu achten, drehte sich der Vater um und rief den Namen seiner Tochter. Bevor diese jedoch antworten konnte, lief er auf die Treppe zu und hastete sie, ohne zu zögern, hinunter.

Kurz war es still, dann hörte sie schwere Schritte, welche die Treppe hinunterrannten. Mit einem Mal wurde aus dem dunklen Licht eine Wolke, die das Mädchen einhüllte und kurz taumeln ließ. Langsam fühlte es, wie das Fieber wieder zurückkam. Dieses Mal war es jedoch noch schlimmer als zuvor.

Bevor es etwas tun oder sagen konnte, passierten mehrere Dinge gleichzeitig. Die schwere Tür wurde aufgesprengt, der alte Mann hob seine Hand und schoss einen grellen Blitz und der Kranken wurde schwarz vor Augen. Dann vernahm sie nichts mehr. Stattdessen fiel sie in eine tiefe Nacht. Sie fiel und fiel und fiel ...

Er brach die Tür auf, aber ehe er etwas tun konnte, schoss ein sehr greller Blitz auf ihn zu. Er traf ihn nicht mitten in die Brust, sondern teilte sich kurz vor ihm und traf die Wand hinter ihm. Einen kurzen Moment lang herrschte Verwirrung. Sowohl der Mann als auch sein Angreifer waren darüber verwundert, dass der Blitz ihn nicht in tausend Stücke zerfetzt hatte. Er bemerkte, wie eine kleine Person lautlos zusammenbrach. Erst jetzt erkannte der Vater seine Tochter. Voller Sorge und Wut rannte er brüllend auf den Alten zu. Dieser war zu überrascht, als dass er hätte reagieren können. So war es ein Leichtes für den Vater, seinen Gegner mit einem gezielten Axtschlag zu enthaupten. Erst als der abgetrennte Schädel neben ihm auf den Boden fiel, wandte er sich seiner Tochter zu.

Im gleichen Augenblick, als der Kopf des Toten den Grund berührte, endete auch der gewebte Zauber und auf der großen und scheinbar bewohnten Lichtung, war plötzlich alles verschwunden. Stille herrschte. Das Mädchen lag regungslos auf dem Boden. Der

Vater streichelte das Haar seiner Tochter und versuchte zu sehen, ob sie atmete. Doch auch nach drei Minuten hatte sie noch immer keinen Atemzug getan. Da wusste er, dass sie nie wieder atmen würde. Zorn packte ihn. Er stand auf und gab ein unmenschliches Brüllen von sich. Der Mann nahm seine Tochter vorsichtig hoch, hielt sie in den Armen und verließ das Haus, ließ die Lichtung und den Wald hinter sich. Als er zu Hause angekommen war, hatte sich die verschüttete Milch komplett in das Holz gesogen.

Ohne es zu bemerken, kamen dem Waldaufseher Tränen, die er, als er sie spürte, zu unterdrücken versuchte. Nachdem er sich die Augen getrocknet hatte, wollte er die Tür zu seinem Haus öffnen, als er seinen Namen durch den Wald schallen hörte. Er drehte sich um. Ein Mann kam auf ihn zugelaufen. Erst als dieser nahe genug war, blaffte der Waldaufseher ihn an: „Was willst du?“

„Der König schickt mich! Ihr sollt sofort zu ihm kommen. Er benötigt einen Lagebericht.“

Der Waldaufseher nickte kurz und erwiderte dann: „Ich hole nur noch meine Karte.“

Er hatte die Tür zur Hälfte aufgedrückt, da sagte der Bote: „Nicht nötig! Der König wird euch eine neue Karte überreichen.“

Als der Waldaufseher das hörte, ließ er die Tür wieder zufallen und schritt gemeinsam mit dem Boten des Königs davon.

Im Haus des Mannes atmete Mondri aus. Nur langsam beruhigte sich sein Herzschlag.

Der Segen der Immra

Aldri kehrte in die Siedlung zurück. Voller Stolz schritt er mit hocherhobenem Kinn in Richtung des riesigen Waldpalastes der Immra. Während er seine Schritte durch die einzelnen Gassen lenkte und an allen möglichen Händlern vorüberschritt, schwirrte ihm der Gedanke an die Herrscherin durch den Kopf. Sie war die wunderschönste und zugleich auch die mächtigste Elbin des gesamten Waldes. Er vergötterte sie genau wie der Rest seines Volkes. Doch in einem Punkt war er den anderen meilenweit überlegen, denn obwohl er dies vergessen sollte, wusste der junge Elb, dass die Immra seine Schwester war. Er erinnerte sich, wie sie als junge Elbin zusammen mit allen anderen Frauen des Volkes in den großen Waldpalast gebracht worden war. Dort angekommen, so erzählte man es sich, mussten die Auserwählten verschiedene Prüfungen bewältigen. Nur die Elbin, die von der Immra als die Beste ausgewählt wurde, bekam eine jahrelange Ausbildung, um ihre Nachfolgerin zu werden. Genau diese Elbin war seine Schwester gewesen.

Er erinnerte sich zurück an den Tag, als seine Mutter vor lauter Stolz in Tränen ausgebrochen, und daran, wie Vater vor lauter Glück in die Luft gesprungen war. Erst als ihnen allen bewusst wurde, dass sie durch diese Auswahl ihre Tochter verloren hatten, war die Trauer gekommen.

Aldri betrat die Straße, die zum Waldpalast führte, und seine Gedanken schweiften wieder zurück zu seiner Schwester. Mit der Auswahl waren viele Bedingungen verknüpft gewesen. Zum einen durfte sie ihre Familie während der vielen Jahre ihrer Ausbildung nicht sehen. Dadurch sollte sichergestellt werden, dass sie ihre Bindung zu den Eltern verlor. Auch durfte ihre Familie sie nie wieder erwähnen. Seit dem Tag der Entscheidung, dass sie die Nachfolgerin der Immra werden sollte, hatte Aldri keine Schwester mehr. Ihm war es strikt untersagt, über sie zu reden, ja sogar an sie zu denken. Auch wenn das Volk der Elben zusammenhielt, gab es einige, die immer noch versuchten, die Macht durch Intrigen an sich zu reißen. Da sich diese Personen auf die Kunst des Gedankenlesens spezialisiert hatten, musste jeder Elb genau darauf aufpassen, was er oder sie dachte.

Aldri schüttelte sich kurz, denn er musste seinen Kopf so schnell wie möglich freibekommen. Sollte genau in diesem Augenblick einer der Spione seine Gedanken mitgehört haben, würde dieser genau wissen, dass er, Aldri Langfinger, der Bruder der Herrscherin der Elben, der Immra, war.

Mittlerweile war er an den hölzernen Toren angelangt und klopfte. Während er darauf wartete, hineingelassen zu werden, betrachtete er die königliche Residenz genauer. Immer wieder erstaunte es den jungen Elb, wie gut sich der Bau in die Natur eingefügt hatte. Wenn man nicht genau wusste, wo sich der Eingang befand, konnte man ihn sehr leicht übersehen.

Der Palast war ein Bauwerk von blattgrüner Farbe. Da die Bäume durch die Magie der Elben auch im Herbst und im Winter ihre frischen grünen Blätter behielten, war es eine optimale Tarnung. Außerdem war das komplette Gebäude derart von Bäumen umgeben, dass man nur bei genauerem Hinsehen, und auch nur, wenn man direkt davorstand, das Gebäude unter dem Dickicht an Blättern erkannte. Mit einem Mal wurde der junge Elb aus seinen Gedanken gerissen, denn eine Luke, die in das Tor eingelassen war, öffnete sich und ein fremder Elb sprach zu ihm: „Was gibt es?"

„Ich möchte zu der Herrscherin aller Herrscher, zu der Bezauberndsten aller Bezaubernden, zu der Mächtigsten aller Mächtigen, zu der Immra über das Elbenvolk!"

Der andere Elb schaute ihn kurz an, dann fragte er: „Name?"

„Ich bin Aldri Langfinger." Die Luke schloss sich und Aldri wartete. Während dieser Augenblicke ertastete er die Pergamentrolle, welche die Immra von ihm erhalten sollte.

Nach wenigen Minuten wurde das große Tor geöffnet und der Elb durfte eintreten. Im Hof wartete bereits eine kleine Anzahl an Wachen, die ihn zu der Herrscherin begleiten würden. Sie schritten schnell, fast kam Aldri so vor, als wollten sie ihn verschwitzt zu der Ersten aller Elben bringen. Sie gingen durch verschiedenen Gänge und Flure, die in unterschiedlichen Farben erstrahlten und vielfältigen Materialien bestanden. Nach einiger Zeit betraten sie einen großen Innenhof, der von der Sonne durchflutet wurde. Aldri schaute hinauf und war überrascht darüber, dass der gesamte Innenhof von einem Meer aus Blättern überdacht war. Er fragte sich, woher dann die Sonnenstrahlen kamen. Sie hatten die Mitte des Hofes erreicht, und als er wieder nach vorne schaute, sah er das große goldene Tor aufblitzen. Es war das schönste und das größte, das der junge Elb je gesehen hatte. Schon wenige Augenblicke später öffnete es sich. Bevor Aldri zusammen mit den Wachen eintrat, konnte er einen kurzen Blick auf die Inschriften werfen:

Trete ein in die Hallen der Immra und stelle dich ihrer Weisheit. Nur wer die Prüfung des Lichts besteht, ist es würdig, einzutreten.

Vor der Immra angekommen, sprach Aldri schnell und mit gesenktem Kopf. Seit er den Thronsaal betreten hatte, durfte er seinen Blick nicht heben.

„Und dann habe ich diesem Tölpel von Zwerg die Botschaft vor der Nase weggeschnappt, während er mit dem Holder beschäftigt war." Einen kurzen Moment sagte niemand etwas, dann hörte der junge Elb zum ersten Mal seit 23 Jahren die Stimme seiner Schwester. Einen Augenblick hielt er den Atem an und sein Herz hörte auf, zu schlagen.

„Blickt auf, Aldri Langfinger, und überreicht mir, der Herrscherin aller Herrscher, der Bezauberndsten aller Bezaubernden, der Mächtigsten aller Mächtigen, der Immra über das Elbenvolk, die erwähnte Botschaft!"

Aldri hatte Angst davor, seinen Kopf zu erheben und festzustellen, dass er seine Schwester nicht mehr erkannte. Auf der anderen Seite wäre es wohl besser so, denn dann könnte niemand in seinem Gesicht ablesen, dass er die Herrscherin des Elbenvolks kannte.

Langsam, ganz langsam hob er seinen Blick und dann, ohne Vorwarnung, sah er in das Gesicht der Immra. Er erkannte sie nicht, obwohl sie neun Jahre zusammen verbracht hatten. Doch als er in ihre Augen blickte, sah er in die Augen seiner Mutter. Da wusste Aldri, dass er vor seiner Schwester stand. Seiner Schwester, der Immra des Elbenvolks.

Aldri blinzelte im Sonnenlicht. Er hatte den Waldpalast gerade eben mit einem neuen Auftrag verlassen. Nachdem er der Immra die Botschaft überreicht hatte, bat sie alle anderen, den Raum zu verlassen. Nur er, Aldri, hatte bleiben dürfen. Kurz hatte sie die Pergamentrolle studiert und den jungen Elb anschließend gebeten, ihr noch einmal die ganze Geschichte in allen Einzelheiten zu erzählen. Erst als sie mit den gehörten Informationen zufriedengestellt war, hatte sie ihm einen neuen Auftrag überreicht. Der junge Elb sollte den Zwerg, den er bestohlen hatte, finden und zu ihr bringen, damit sie aus ihm die restlichen Neuigkeiten herausquetschen könnte.

Kurz hatte Aldri überlegt, ob er seine Schwester ansprechen sollte. Doch dann beschlich ihn eine Ahnung. Eine Ahnung, die ihm Angst machte. Vielleicht erinnerte sie sich gar nicht mehr an ihn und ihre gemeinsame Zeit als Kinder. Bei dieser Überlegung kamen ihm beinahe die Tränen. Er konnte und wollte es nicht akzeptieren, dass er seine Schwester für immer und ewig verloren haben sollte. Zunächst, so hatte er es sich überlegt, würde er so tun, als kenne er sie nicht. Es fiel ihm zwar sehr schwer, die Tatsache zu ignorieren, dass er seine Schwester nicht kennen durfte, aber er hatte die Hoffnung, dass es irgendwann einmal die Chance gab, ihr offenzulegen, wer er war.

Jetzt musste er sich auf den Weg machen, wenn er diesen Zwerg noch erwischen wollte, bevor dieser seinem König alles erzählte. Vor dem Beginn seiner neuen Reise wollte er sich noch neue Pfeile mitnehmen. Deswegen schlug er die Richtung zu seinem Haus ein. Dort angekommen, öffnete er die Truhe, in der er die Geschosse aufbewahrte. Aldri nahm sich die neuen Pfeile und steckte sie in seinen Köcher. Anschließend schritt er mit dem Bogen in der Hand und dem Köcher auf dem Rücken ins Freie.

Als er in das Sonnenlicht trat, wandte er sich nach links und begann mit seiner Mission. Da sich der junge Elb oft im Wald bewegt hatte, kannte er das Gebiet der Zwerge und natürlich auch den kürzesten Weg dorthin. Auch konnte er sich denken, welchen Weg der Zwerg nehmen würde, um schnellstmöglich zu seinem König zu gelangen.

Nach kurzer Zeit war er an die Grenze zwischen dem Frendster Wald und dem Zwergenreich angelangt. Er hockte auf einem Ast und beobachtete den Weg. Aldri überlegte, wie er es am besten anstellen könnte. Jeder wusste, dass die Zwerge viele Patrouillen an der Grenze hatten. Deswegen wäre es wohl am besten, dachte er, wenn er den Zwerg noch vor der Grenze überrumpelte und ihn entführte. Dafür würde er seine magischen Kräfte benutzen. Er schloss die Augen und murmelte ein paar Worte.

Auf einmal zog sich der Himmel zu und es wurde deutlich dunkler. Mit großem Vergnügen bemerkte der Elb, dass sich einige der Patrouillen vom Waldrand entfernten. Es zuckte gerade der erste Blitz am Himmel, gefolgt von einem ohrenbetäubenden Donnern, als er ihn sah. Der Zwerg rannte auf die Grenze zu. Scheinbar ließ er sich nicht von einem Gewitter aufhalten.

„Aber ... vielleicht? Ja, ich muss es versuchen", dachte sich Aldri und schleuderte dem Zwerg mit einem kurzen Fingerschnippen einen so heftigen Windstoß entgegen, dass der kleine Mann von den Beinen gehoben wurde und gegen einen Baum krachte, dass es Blätter regnete. Mit einer weiteren Handbewegung des jungen Elbs stiegen diese auf und entfachten einen Sturm, der dem Zwerg entgegenwehte. Doch auch davon ließ sich dieser Sturkopf nicht aufhielten. Aldri war überrascht, dass sich der Zwerg so tapfer hielt. Deshalb zog er nun einen Pfeil aus seinem Köcher, hängte die Sehne ein und spannte den Bogen. Er ließ sich im gleichen Augenblick vom Ast des Baumes gleiten, in dem der Zwerg die Grenze überschritt. Aldri beendete den gewebten Zauber und die Blätter ließen von dem Zwerg ab. Der Elb zielte und schoss.

Noch während der schneeweiße Pfeil durch die Luft surrte, rannte der Bogenschütze geräuschlos auf den Zwerg zu und hielt bereits einen weiteren Pfeil schussbereit in der Hand.

Als er beim Zwerg ankam, hatte ihn sein Geschoss gerade an der Wange geschnitten und lag jetzt auf dem Boden vor dem bärtigen Geschöpf. Noch im selben Moment, in dem der Zwerg den Schmerz spürte, stellte sich Aldri ganz dicht hinter ihn und flüsterte ihm ins Ohr: „Hallo Zwerg!" Er drückte ihm die Spitze des zweiten Pfeils in den Rücken.

Bolk spürte einen spitzen Gegenstand zwischen seinen Schultern. Sein Herzschlag verdoppelte sich und Schweißperlen traten ihm auf die Stirn. Noch nie hatte er von Wegelagerern gehört. Vielleicht war dies auch nur ein Spaß.

„Wer da?", fragte er, ohne sich umzudrehen.

„Dein Schatten", bekam er als Antwort.

Kurz darauf spürte er auch schon einen harten Schlag und es wurde schwarz um ihn herum.

Aldri spürte, dass ein Zittern durch den Zwerg fuhr. Er lächelte in sich hinein. Er hatte also doch recht: Zwerge waren Angsthasen. Nachdem er dem kleinen Mann geantwortet hatte, schlug er ihm mit dem stumpfen Ende seines Dolches auf den Kopf. Das Geschöpf brach bewusstlos zusammen.

Der Elb wob einen Zauber und ließ den Körper des Zwerges durch die Luft schweben. Zwar war Aldri stark, doch selbst der stärkste Elb hätte diese fetten, kleinen Kreaturen nie tragen können.

Der junge Krieger lief hinter dem schwebenden Körper her. Es interessierte ihn nicht, dass der Zwerg immer wieder gegen Bäume prallte und von Ästen und anderen Büschen geschnitten wurde. Schließlich sollte er ihn nur lebend zur Immra bringen, in welchem Zustand er sich befinden würde, war ihm egal.

Obwohl der Rückweg länger dauerte, als Aldri gedacht hatte, kam er noch vor der Dämmerung am Waldpalast an. Er klopfte an das Tor, und als kurz darauf wieder ein anderer Elb durch die Luke schaute, sagte er, ohne eine Frage abzuwarten: „Ich bringe der Immra den Zwerg, nach welchem sie verlangte."

Kurze Zeit später stand er zum zweiten Mal an diesem Tag vor der Immra. Jetzt war es jedoch etwas anderes. Nachdem er dem Elb am Tor gesagt hatte, wer er war und was er wollte, wurde er sofort hineingelassen und von einer der Beraterinnen der Immra höchstpersönlich zu ihr geleitet. Auch hatte Aldri dieses Mal seinen Kopf nicht senken müssen. Er erklärte der Herrscherin, wie er seinen Auftrag so schnell hatte erledigen können. Als er geendet hatte, sah er ein Lächeln auf ihrem Gesicht. Sie erhob sich von ihrem Thron und kam auf ihn zu. Seine Schwester trug ein langes schneeweißes Kleid, das über den Boden schleifte und dadurch ein raschelndes Geräusch verursachte.

„Knie dich hin!", kamen die Worte wie helles Glockenläuten aus ihrem Mund.

Aldri hatte es noch nicht richtig verarbeitet, was sie sagte, da kniete er auch schon. Ihre Stimme hatte etwas an sich, was ihn dazu brachte, ihr, ohne darüber nachzudenken, zu vertrauen.

Als sich der junge Elb auf einem Knie niederließ, legte die Immra eine Hand auf seinen Schopf und sprach ihm ihren Segen zu.

Nachdem sie die Worte gesagt hatte, die Aldri zum Erzittern brachten, die so magisch waren sie, nahm sie die Hand wieder von seinem Kopf und sagte zu ihm: „Erhebe dich als mein Bediensteter. Von nun an erfährst du jedes Geheimnis dieses Palastes. Von dieser Sekunde an bist du mein oberster Spion. Du wirst nur die wichtigsten Aufträge erfüllen, dafür jedoch reich belohnt werden."

Aldri wusste nicht, ob er sie richtig verstanden hatte. Letztlich war es ihm aber auch egal, denn er versprach ihr wie in Trance ihr ein Leben lang zu dienen. Sie schenkte ihm wieder eines ihrer bezaubernden Lächeln und bat dann einen ihrer Wächter, Aldri hinauszugeleiten und ihm alles weitere zu erklären.

Erst als die Tür hinter ihm zu ging, fiel der Zauber von ihm ab, und er fragte sich, was er soeben getan hatte.

Die Mauer hält

Weyra ritt zusammen mit ihrem Bruder Lucian aus dem Wald. Sie waren auf dem Weg in Richtung des großen Tores, das die Mauer mit dem Meer verband. Von dort kamen das Gebrüll und das Alarmhorn. Anscheinend versuchten wieder einmal ein paar Plünderer, die Mauer zu erklimmen. So wie sie die Diamantenkrieger einschätzte, würden sie keine Probleme mit dem Angriff haben.

Trotzdem hatte ihre Mutter die Geschwister losgeschickt, um nach dem Rechten zu sehen. Mutter, die Königin der Waldwächter, war eine atemberaubende Frau, wie Weyra fand. Sie regierte ihr Volk wie niemand zuvor. Immer wieder gern hörte sie die Geschichten, wie ihre Eltern zusammen mit den beiden anderen Herrschern, König Carlos vom Vulkan und Königin Helena der Lüfte, die Insel retteten. Am besten gefiel ihr die Stelle, wo ein Elf namens Dondrodis auftrat. Dieser hatte den vier Königen vier magische Diamanten geschenkt. Mithilfe dieser Edelsteine waren die Diamantenkrieger auserwählt worden. Diese beschützten seit jenem Tag die Insel vor Angriffen.

Das Ganze war jetzt bereits 21 Jahre her. Wenige Monate nachdem der Elf die Insel wieder verlassen hatte, war sie geboren worden. Das erste Kind ihrer Eltern König Walter über die fünf Inseln und Königin Lycia der Waldwächter. Nur fünf Jahre später war Lucian zur Welt gekommen.

Jetzt ritten sie beide zusammen zur Mauer, um zu schauen, ob alles in Ordnung war. Sie waren gerade an dem großen Felsen in der Mitte der Insel vorbei gekommen, da hörten sie weitere Pferde herantraben. Weyra drehte sich im Sattel um. Die junge Frau sah zwei Reiter nahen. Sie sah bereits von Weitem, wer sie waren. Dafür brauchte nicht einmal die Gesichter der beiden zu sehen. Denn allein an den Pferden erkannte sie die Kinder von König Carlos und Königin Helena. Der rechte Reiter war der ältere Sohn. Er war nur einen Monat älter als sie. Er ritt einen schneeweißen Schimmel, der fast genauso schön war wie der junge Helios selbst. Dieser hatte die

Schönheit seiner Mutter geerbt. Sobald er sein herzlichstes Lächeln zeigte, waren alle Mädchen hin und weg. Einzig Weyra hatte nichts für ihn übrig. Zwar fand sie, dass er sehr hübsch war, doch sie liebte ihn nicht.

Das andere Pferd war im Gegensatz zu Helios Schimmel stark ausgerüstet. Es war ein typisches Schlachtross. Auf dem Rücken des Reittieres saß ein Mädchen. Es war nur zwei Jahre jünger als Lucian, benahm sich allerdings deutlich erwachsener. Der Name des Mädchens war Charletta. Weyra zügelte ihr Pferd und bedeutete ihrem Bruder, das Gleiche zu tun. Beide warteten sie darauf, dass die anderen Reiter zu ihnen aufschlossen.

Einige Augenblicke später ritten alle vier zusammen zu der Mauer. Die beiden Prinzessinnen wurden von den zwei jungen Prinzen eingeschlossen. In dieser Formation kamen sie nach wenigen Minuten an der Mauer an.

Kurze Zeit später hatten sie ihre Pferde angebunden, waren die Treppe hinaufgestürmt und sahen, woher der schwarze Rauch kam, den sie bereits von Weitem erblickt hatten. Unten vor der Mauer brannte ein großes Schiff. Es gehörte wohl den Feinden, denn weder die Soldaten noch die beiden Diamantenkrieger, die für diesen Abschnitt zuständig waren, versuchten den Menschen auf dem Schiff zu helfen. Weyra beugte sich noch weiter über die Brüstung und zuckte sofort erschrocken zurück. Ihr war plötzlich ein beißender Gestank von verbranntem Fleisch in die Nase gestochen. Angewidert verzog sie das Gesicht und musste sich beherrschen, ihr Frühstück bei sich zu behalten.

Plötzlich konnte sie sich sehr gut daran erinnern, was sie gegessen hatte. Es war ein frischgebackenes Brot gewesen, welches sie gemeinsam mit ihrer Familie verspeist hatte. Dazu aß sie gerne ein Stück Fleisch. An diesem Morgen jedoch hatte sie den frisch gefangenen Fisch gewählt. Nebenher trank sie immer warme Milch. Als Weyra diese Bilder wieder ins Gedächtnis schossen, konnte sie sich nicht mehr zurückhalten. Sie beugte sich wieder über die Mauer und spuckte ihren gesamten Mageninhalt auf das brennende Schiff. Dann hustete sie. Weyra spürte, wie ihr schwindelig wurde, und sie merkte noch, wie ihr Kopf auf etwas Hartem landete, ehe die Finsternis sie zu sich holte.

Eine neue Qual

Er erwachte durch ein Geräusch an seiner Tür. Langsam hob er den Kopf und lauschte in die plötzlich aufgetretene Stille hinein. Da war es wieder, das Geräusch. Es hörte sich an, als ob jemand versuchte, die Tür mit einer Säge durchzuschneiden. Wie sollte dies möglich sein? Zwar bestand die Kerkertür, hinter der er schon seit so vielen Jahren gefangen war, aus Holz, aber sie war so massiv, dass wahrscheinlich nicht einmal ein Rammbock einen Kratzer hinterlassen würde. Trotz dieser Tatsache konnte er sich nicht vorstellen, was sonst so ein Geräusch verursachen könnte. Vielleicht wurde er auch endgültig verrückt und bildete sich alles nur ein.

Während er auf seiner Liege lag und darüber nachdachte, was vor seiner Tür wohl vor sich ging, vernahm er plötzlich einen lauten Aufschrei. Auch dieses Geräusch schien direkt vor seiner Gefängnistür entstanden zu sein. Ohne es zu bemerken, wurde ihm plötzlich kalt und ein Schauer lief ihm den Rücken hinunter. Ebenfalls fing er ohne ersichtlichen Grund an zu zittern.

Was war es, das ihn so ängstlich machte? Kannte er die Stimme, die immer wieder aufschrie? Er versuchte, sich nur auf das Hinhören zu konzentrieren. Je genauer er versuchte, sich die Stimme einzuprägen, desto seltener vernahm er das Schreien. Nach einer scheinbar schier unendlich langen Zeit verstummte die Stimme endgültig.

Langsam ließ er sich wieder zurücksinken und dachte über das gerade Geschehene nach. Sein Herz schlug so schnell, dass an Schlaf nicht zu denken war. Das Schreien war das erste Geräusch, das er seit Jahren vernommen hatte und offensichtlich weder vom Wärter noch von seinem Peiniger gekommen war. Doch woher dann? Hatten sie einen neuen Gefangenen? Vielleicht jemanden wie ihn? Vielleicht würde man dem Schreienden demnächst das Gleiche antun wie bereits ihm. Er konnte nur hoffen, dass dieser seinen Mund genauso lange hielt, wie er selbst. Wenn nicht, wäre ihr Volk für immer verloren. Auch dachte er darüber nach, dass man ihn vielleicht demnächst nicht mehr benötigte, wenn der andere, der so war wie er selbst, alles verriet. Was würden sie mit ihm machen? Würden sie vielleicht beschließen, ihn umzubringen, damit sie für den anderen Platz hatten? Oder war der Kerker größer als gedacht? War es vielleicht doch nur ein ganz normaler Gefangener? Oder war das alles nur eine Einbildung seines verwirrten Verstandes? Er konnte es sich nicht erklären. Brauchte er überhaupt eine Erklärung dafür? Schließlich war er ein Gefangener und musste sich somit über nichts Gedanken machen außer seinem eigenen Überleben. Dies war der wichtigste Kampf, den er bisher geführt hatte.

Sehr langsam beruhigte sich sein Atem und er konnte sich mit dem Gedanken anfreunden, dass ihn das Geschrei nichts anging. Gerade als er es komplett aus seinen Gedanken entfernen konnte, vernahm er wieder einen Aufschrei. Dieses Mal jedoch drang er aus seinem Gedächtnis. War es vielleicht doch ein wichtiges Zeichen? Er wusste es nicht. Wahrscheinlich wollte er es gar nicht wissen.

Als er am nächsten Morgen durch das Kratzen des Schlüssels im Schloss aufschreckte, fühlte er sich so müde wie noch nie. Offensichtlich hatte er nicht sehr lange geschlafen. Er setzte sich langsam auf, um, wie er dachte, sein Frühstück entgegenzunehmen, das zumeist aus einer Scheibe sehr altem und trockenen Brot und einem Krug Wasser bestand. Als der Wärter jedoch eintrat, hatte er nicht wie üblich ein Tablett mit dem Essen bei sich. Nein, er trug an diesem Morgen eine schwere Kette hinein. Der Wärter hängte sie an einen Haken auf, den sein Peiniger bereits vor einigen Tagen angebracht hatte. Als die Kette festgemacht war, wurde er hinübergewunken. Beim Wärter angekommen, befahl dieser ihm, seine Hände in die Luft zu strecken und zu kreuzen. Er tat es, ohne darüber nachzudenken, was er eigentlich genau machte. Als ihm dieser Gedanke kam, war es bereits zu spät, denn er hing an der Kette mitten in der Luft. Seine Füße baumelten knapp über dem Boden und das Blut floss ihm aus den Händen. Der Wärter zerrte noch einmal kurz an den Ketten, um zu überprüfen, ob er auch nicht herunter konnte, dann verließ er den Raum.

Mit jeder Sekunde wurden seine Finger gefühlloser. Sein gesamtes Gewicht zerrte an ihm und er hatte Angst, dass ihm seine Hände abgerissen würden. Weitere Minuten vergingen, ohne dass der Wärter zurückgekehrt war. Mittlerweile schmerzten ihm nicht nur seine Arme, sondern alles an seinem Körper. Es tat so weh. Er wusste nicht, was er machen sollte, um den Schmerz zu lindern, schließlich hing er vollkommen bewegungsunfähig an einer Kette an der Wand.

Erst als er bereits betete, dass seine Arme durch das Gewicht, das an ihnen zerrte, ausrissen, hörte er erneut etwas. Wieder war da dieses Geräusch aus der vergangenen Nacht. Sein Körper verkrampfte sich. Er konnte erahnen, was als Nächstes passieren würde. Er würde wieder das Geschrei der letzten Nacht hören. Er wartete fast schon darauf, es zu hören, und tatsächlich, nur wenige Augenblicke später kam er, der Schrei. Sein Blut gefror und er zitterte wieder am ganzen Körper.

Was war das nur? Was passierte mit ihm?

„Schlägt es an?“

„Ja, mein Herr! Er leidet extreme Qualen!“

„Sehr gut! Verabreicht ihm die neue Qual zweimal am Tag!“

„So wie ihr es befehlt, mein Herr!“, sagte der Diener und verbeugte sich vor dem Mann auf dem Thron. Anschließend ging er hinaus, um dem Wärter die Entscheidung des Königs mitzuteilen.

Der Monarch stand auf und schritt zu einem der Fenster. Als er hinaus sah, blickte er auf die große Anzahl Schiffe, die jeden Tag bereit zum Ablegen waren. Nur das Ziel kannte noch niemand außer dem Gefangenen.

„Er wird es mir schon bald sagen! Denn dieser Qual wird er nicht lange standhalten“, dachte sich der Herrscher. Dann lachte er in sich hinein.

Die Kunde

Mondri endete mit seinem Bericht. Während er erzählt hatte, was ihm widerfahren war, bekam der König eine immer bleichere Gesichtsfarbe. Am Ende seiner Erzählung war sie so weiß, dass man den König der Elfen im tiefsten Winter wohl nicht vom Schnee hätte unterscheiden können.

Erst nach einiger Zeit fand der Herrscher seine Stimme wieder und sprach: „Danke, Mondri Spitzohr, für deinen ausführlichen Bericht! Ich möchte mir nicht vorstellen, was passiert wäre, wenn dieser Waldaufseher eines Tages plötzlich in unserer Stadt gestanden hätte. Daher gilt dir mein größter Dank! Du hast unsere schöne Stadt womöglich vor ihrem Untergang bewahrt. Ich denke, dass es nur angemessen ist, wenn du dir dafür etwas wünschen darfst. Teile mir deinen Wunsch mit und ich versuche, ihn dir zu erfüllen."

Mondri schluckte. So eine große Ehre hätte er sich nicht erträumt. Der König der Elfen wollte ihm, Mondri Spitzohr, einen Wunsch erfüllen. Das war so gut wie noch nie vorgekommen. Schließlich war der König der mächtigste Elf, aber auch der Beschützer der Magie. Wenn er sie nicht beschützen würde, wäre sie bestimmt schon vollkommen aufgebraucht und dadurch das Volk der Elfen schon längst ausgelöscht.

Lange überlegte der junge Spion, ehe er wusste, was er sich wünschen würde. Mondri holte tief Luft und sagte dann: „Danke, mein König! Ich habe lange nachgedacht, was ich mir wünschen könnte. Zuerst ist mir eingefallen, meinen Vater wiederzusehen. Da ich nicht weiß, ob er überhaupt noch lebt, habe ich mich umentschieden. Ich habe den Wunsch, dass ihr diesen Waldaufseher für seine brutalen Machenschaften angemessen bestraft. Das wünsche ich mir. Nichts anderes! Ich hoffe, ihr könnt ihn mir erfüllen."

Der König überlegte kurz. Dann nickte er und erwiderte: „Natürlich! Dies ist ein sehr guter Wunsch. Ich werde ihn dir erfüllen. Ich hoffe, dass du danach etwas Frieden finden kannst. Auch wünsche ich dir, dass du deinen Vater eines Tages wiedersehen wirst. Gehe nun, Mondri Spitzohr. Gehe hinaus und gehe mit meinem Segen!“ Wenige Augenblicke später stand Mondri vor seinem Haus, das in eine große Fichte überging und zwei Stockwerke besaß. Er betrat seine Wohnung und ging hinauf in sein Arbeitszimmer. Dort setzte er sich an seinen Tisch und schrieb. Er schrieb alles auf, was er erlebte. Damit begonnen hatte er nach seinem ersten Auftrag. Der junge Elf hatte bemerkt, dass es sinnvoll sein konnte, wenn er seine Erlebnisse schriftlich festhielt. Oftmals ergaben Dinge, die er auf seinen Reisen sah, erst einige Monate später einen Sinn. Um diese Sachen miteinander verknüpfen zu können, machte er sich Notizen. Nach und nach hatte er seine Stichpunkte in Sätze umgewandelt. Mittlerweile war es der Beginn eines Buches geworden. Dieses Buch sollte die Nachfahren des Elfenvolks darüber aufklären, was in den vergangenen Jahren und Jahrtausenden geschehen war. Schließlich lebten Elfen mehrere tausend Jahre. Doch wie lange würde sein Volk noch überleben, wenn sie demnächst in den Krieg gegen den Menschenkönig Richard ziehen würden?

Mondri beendete seinen Satz und legte die Feder auf den Tisch. Stolz betrachtete er sein bisheriges Werk. Nach einigen Sekunden hörte er plötzlich ein leises Klopfen. Ganz in Gedanken an seine bisherigen Aufträge zuckte der junge Elf zusammen und riss sich von dem Buch los. Er stand auf und ging hinunter, um zu gucken, ob jemand vor seiner Tür stand.

Unten angekommen öffnete er seine Haustür. Tatsächlich standen mehrere Elfenkrieger davor und starrten ihn grimmig an. Ein junger Offizier trat nach vorne und begrüßte Mondri: „Mein Name ist Horlon Schwertarm! Ich bin der Anführer der Leibgarde des Königs. Ich wurde beauftragt, Euch, Mondri Spitzohr, ein Angebot zu unterbreiten. Der König möchte Euch den wichtigsten Auftrag anvertrauen, den es gibt. Ihr sollt Euch in die Stadt der Menschen hineinschleichen und dem König durch das Ausmachen von Schwachstellen den Angriff auf die Stadt erleichtern.“

Mondri starrte den Elfen mit offenem Mund an. Nur sehr langsam fasste er sich wieder. Bevor er etwas erwidern konnte, fuhr der Offizier fort: „Der König erwartet Eure Antwort bis morgen früh. Ihr sollt Euch nun erst einmal ausruhen. Außerdem lasse ich Euch einen Bediensteten hier. Sagt ihm einfach, was ihr haben wollt, und er bringt es Euch sofort. Der Name des Bediensteten ist Calator. Er liest Euch, Mondri Spitzohr, jeden Wunsch von den Lippen ab. Ich verabschiede mich nun. Euch eine geruhsame Nacht!" Mit diesen Worten wandte sich der Offizier ab und nach einem kurzen Schnippen kam ein Elfenkind auf Mondri zugelaufen.

Während die Leibgarde des Königs davonging, stellte sich der Bursche als Calator vor. Mondri war noch immer so überrascht von dem gerade Erlebten, dass er nichts erwiderte. Erst nach einigen tiefen Atemzügen hatte er sich wieder gefasst und schaute den Jungen an. Mondri realisierte, was der König von ihm verlangte. Er sollte sich in die große Menschenstadt schleichen, um dort bei der Ankunft des Elfenheeres dem König zu sagen, wie er problemlos in die Stadt einfallen könnte. Sollte es jedoch nicht nach Plan verlaufen, würde der Menschenkönig ihn bestimmt umbringen lassen.

Mondri wankte. Seine Gedanken ließen sich nicht ordnen. Sie schwirrten alle durcheinander in seinem Kopf herum. Doch da kam ihm eine Idee. Wenn er in der Menschenstadt war, könnte er sich vielleicht nach seinem Vater umhören. Natürlich musste er es vorsichtig angehen, schließlich durften die Menschen keinen Verdacht hegen. Dieser Gedanke setzte sich in seinem Kopf fest. Sollte er tatsächlich die Chance bekommen, nach seinem vermissten Vater zu forschen?

Mondri rannte hinauf und setzte sich an seinen Tisch, um sich einige Notizen zu machen.

Erst als der Junge ebenfalls in seinem Arbeitszimmer stand, bemerkte Mondri ihn und erinnerte sich, warum man ihm Calator geschickt hatte.

„Darf ich Euch etwas bringen, Herr?", fragte der junge Elf.

Mondri wollte gerade den Kopf schütteln, da fiel ihm etwas ein und er antwortete: „Ja! Bring mir bitte alle Aufzeichnungen, die du über die Menschenstadt finden kannst. Außerdem benötige ich alle Aufzeichnungen, die 21 Jahre alt sind! Das war alles!" Er bedeutete dem jungen Elfen, seinen Auftrag zu erfüllen. Dieser blickte ihn fragend an, nickte jedoch und ging. Erst als Mondri die Haustür sich schließen hörte, entspannte er sich wieder etwas. Er hoffte, dass der Junge ihm die Aufzeichnungen beschaffen könnte. Zum einen würde er sich dann bereits einen kleinen Überblick über die Menschenstadt verschaffen können, zum anderen war es die erste Möglichkeit seines jungen Lebens nachzuforschen, was für einen Auftrag sein

Vater vor 21 Jahren bekommen hatte. Bei diesen Gedanken kamen ihm die Tränen, doch noch musste er sie unterdrücken. Schließlich lag die gefährlichste und schwierigste Mission vor ihm, die er jemals bekommen hatte.

Deshalb wartete Mondri auf die Rückkehr Calators. Erst als der Diener mit einem ganzen Stapel Aufzeichnungen zurückgekommen war, machte sich der Elf an die Arbeit. Die ganze Nacht würde er dafür brauchen.

Bevor er sich jedoch über die Aufzeichnungen gebeugt hatte, vernahm er die Schläge von Hämmern auf Metall. Das Schmieden der Waffen hatte also begonnen. Daraus leitete Mondri ab, dass die Kunde über den baldigen Krieg bereits weite Kreise gezogen hatte.

Zwerg und Elbin

Langsam blinzelnd erwachte Bolk aus seiner Ohnmacht. Das Licht blendete ihn so sehr, dass er seine Augen zusammenkneifen musste. Er hob seinen Kopf, doch schon bei der kleinsten Bewegung dröhnte ihm der Schädel. Mit einer Hand wollte er seinen Kopf abtasten, bemerkte aber, dass seine Hände gefesselt waren. Sofort blickte Bolk zu seinen Füßen. Durch die zusammengekniffenen Augen konnte er nicht erkennen, ob auch sie gefesselt waren. Deshalb öffnete und schloss er ein paarmal seine Augenlider. Ganz allmählich gewöhnte er sich an die Helligkeit.

Einige weitere Sekunden später konnte Bolk endlich ganz normal sehen und bemerkte die Fesseln um seine Fußgelenke. Es waren keine normalen Fesseln. Sie bestanden aus ineinander verflochtenen Ästen. Anscheinend war er ein Gefangener des Waldvolkes. Dies konnte nur bedeuten, dass ihn diese heimtückischen Elben entführt hatten. Denn ein Holder oder auch die Gnome wären dazu niemals in der Lage gewesen. Allmählich verebbten seine Kopfschmerzen und er konnte wieder einen klaren Gedanken fassen.

„Was war passiert? Genau. Ich wollte zurück zum König, um ihm über den Vorfall im Fenster Wald zu berichten. Und dann? Dann kann ich mich nur noch an einen Schlag auf den Kopf erinnern." Seine Gedanken schwirrten immer noch zu sehr umher, als dass er die Geschehnisse bis ins kleinste Detail zusammen puzzeln könnte.

Alba eilte mit schnellen Schritten den Gang entlang. Während sie an Türen vorbeischritt, von denen sie nicht einmal wusste, was sie verbargen. Je öfter sie darüber nachdachte, desto häufiger kam ihr der Gedanke, dass sie es vielleicht gar nicht wissen wollte. Schließlich sollte sie nur die Gefangenen befragen. Dafür war die junge und wunderschöne Elbin ausgebildet worden. Niemand im ganzen Elbenreich konnte sie im Befragen von Personen übertreffen. Wo andere scheiterten und nicht mehr weiter wussten, schaffte es Alba in wenigen Augenblicken, die erwartete Antwort zu entlocken.

Nur noch wenige Gänge war sie von ihrem neuen Opfer entfernt. Mittlerweile hatte sie angefangen, die Befragten als Opfer zu bezeichnen. Dies, so fand Alba, machte mehr Eindruck bei den anderen Bediensteten der Immra. Sie hörte sich angsteinflößender an, wenn sie *Opfer* anstatt *Befragte* sagte. Kurz vor ihrem Ziel fing ihr Herz an, zu schlagen. Die Erregung packte sie. Sie wurde schon fast wahnsinnig vor Glück, endlich wieder eine Befragung durchführen zu dürfen. Ein Schütteln durchfuhr ihren geschmeidigen Körper. Endlich durfte sie ihr Meisterwerk ausprobieren, ihre neueste Methode, jemanden zum Reden zu bringen.

Bolk hatte es geschafft, sich einigermaßen aufrecht hinzusetzen. Langsam konnte er sich wieder an alles erinnern, was geschehen war, nachdem die Gnome ihm die Botschaft gestohlen hatten. Einige herumschwirrende Gedanken waren ihm noch zu fremd, als dass er sie hätte einordnen können. Was hatte zum Beispiel ein Sturm aus Blättern mit dem Ganzen zu tun?

Plötzlich vernahm er näherkommende Schritte. Jemand eilte hastig den Gang entlang. Wollte dieser jemand vielleicht sogar zu ihm oder war es nur ein Bote, der, um an sein Ziel zu kommen, an seinem Gefängnis vorbeigehen musste?

Viele verschiedene Möglichkeiten schossen dem Zwerg durch den Kopf. Entscheiden konnte er sich nicht. Erst als die Schritte verstummten und ein Schlüsselbund klimperte, vermutete Bolk, dass er Besuch bekommen würde.

Alba bog in den Gang ein, der sie zu dem Gefangenen brachte. Als sie die Tür sah, verlangsamte sie ihre Schritte. Dafür schien es fast so, als würde ihr Herz bald explodieren, so schnell klopfte es. Auch ihr Puls wurde immer schneller. Endlich hatte Alba die langersehnte Tür erreicht und suchte in ihrem Gewand nach dem Schlüsselbund. Als sie ihn herausholte, klimperte dieser. Sie steckte den passenden Schlüssel in das Loch und drehte ihn langsam um. Als es klickte, erreichte ihre innerliche Erregung ihren Höhepunkt. Dann drückte sie mit ihren langen weißen, jedoch wunderschönen Fingern die Holztür auf und betrat mit einem langen anmutigen Schritt den dahinter liegenden Raum.

Bolk starrte zu der Person, welche die Tür aufgeschlossen hatte und anschließend eingetreten war. Es war, wie er schon vermutet hatte, eine Elbin. Zwar kannte er nicht viele von diesen Spitzohren, doch würde er schätzen, dass diese Elbin als besonders schön galt. Gekleidet war die sehr schlanke Frau in ein strahlend weißes Gewand. Das Gesicht war ebenso schneeweiß wie die Hände. Ihre Augen strahlten trotz der schönen grünen Farbe eine unangenehme Kälte aus. Ob es generell so hell war, wenn sie irgendwo eintrat, wusste er nicht, doch solange sie im Türrahmen stand, umgab ein grelles weißes Licht ihren Körper. Bolk zwang es, seine Augen zusammenzukneifen. Ansonsten hätte er Angst gehabt, zu erblinden. Erst als die schwere Holztür wieder ins Schloss fiel, verging die Helligkeit und die Frau sah viel bedrohlicher und weniger schön aus als zuvor. Bolk wusste nicht warum, doch er verspürte den Drang, diesen Raum so schnell wie möglich hinter sich zulassen. Ob ihm die Frau wohl etwas antun würde? Er konnte es zwar nicht genau sagen, doch deutete die plötzliche eisige Kälte, die von ihr ausging, sehr stark daraufhin, dass er dieses Verhör nicht ohne Schmerzen überstehen würde.

Alba schloss die Augen und atmete tief ein. Sie roch keine Angst. Das war etwas Neues für sie. Normalerweise zitterten die Opfer schon, wenn sie den Raum betrat, und gaben ihr schnell die Antworten, die sie hören wollte. Zum ersten Mal in ihrem Leben schien jemand keine Angst zu haben. Sie erkannte, dass ihr heutiges Opfer kein Elb und auch kein anders Geschöpf des Waldes war, sonst hätte sie den Geruch des Mooses und der Pinien riechen müssen. Hier war es anders. Sie erkannte, dass ihr Opfer viel in den Bergen unterwegs war. Ihr Gegenüber war sehr dick. Das erkannte sie an dem Geruch, der aus einer Mischung aus Kalk und Fleisch bestand. Dieser *Gestank* hatte sich bereits auf den Schweißdrüsen abgelagert, weshalb immer, wenn die Person schwitzte, diese Mischung ausgestoßen wurde.

Erst jetzt, nachdem sie dies alles innerhalb weniger Sekunden auf sich hatte einwirken lassen, öffnete Alba ihre Augen und blickte sich in dem kleinen Raum um. In der hintersten Ecke kauerte eine Gestalt. Wie sie sich schon gedacht hatte, war dies kein Elb und auch kein anderes Geschöpf des Frendster Waldes. Nein, es war ein Zwerg. Innerlich freute sie sich schon wie ein kleines Kind. Den

Sagen nach sollten Zwerge sehr dickköpfig sein. Es war also ihre erste schwierige Prüfung. Trotz all dieser Tatsachen, war sie sich sehr sicher, den Willen des Zwerges zu brechen und ihm die gesuchten Antworten zu entlocken.

Bolk schluckte, als die Elbin einen mörderischen Gesichtsausdruck aufsetzte. Dennoch blieb er ganz ruhig und zeigte keine Angst. Schließlich wollte er ihr nicht das Vergnügen überlassen, sich über einen verängstigten Zwerg herzumachen. Nein, er würde ihr einen Kampf liefern. Ob dieser in einem körperlichen Vergleich oder in einem Willenskampf endete, wusste der Zwerg zu diesem Zeitpunkt noch nicht genau. Jetzt jedoch spannte er alle seine Muskeln an und machte sich für was auch immer bereit.

Ein Gedanke schoss ihm durch den Kopf. Sofort versuchte er, diesen umzusetzen. Ohne auch nur einmal zu blinzeln, fing er an, die Elbin anzustarren. Diese blickte einen Moment ganz verdutzt drein, bewegte sich dann anmutig in seine Richtung. Mit jedem Schritt, den sie auf ihn zukam, wurde es kälter. Trotz dieser Situation blieb Bolk standhaft und blickte sie weiterhin durchdringend an.

Alba bemerkte, dass der Zwerg seinen Körper anspannte, als wollte er ihr im nächsten Moment einen heftigen Schlag verpassen. Auch entdeckte sie Anzeichen dafür, dass er sich Gedanken machte, wie es nun weitergehen würde. Doch statt nach einigen Sekunden die Spannung zu verlieren und in sich zusammenzusacken, fixierte er sie mit einem Blick, den sie nicht kannte. Er schien ihr sagen zu wollen, dass sie ihn niemals brechen würde. Doch Alba wusste es besser. Er hatte keine Ahnung, welche Mittel sie besaß.

Um ihm das deutlich zu machen, setzte sie einen ihrer bedrohlichsten Blicke auf. Den Zwerg schien dies nicht zu kümmern. Wie ein uralter Fels verharrte er vollkommen reglos und starrte sie weiterhin mit seinem nichtssagenden Blick an. Für einen kurzen Moment war Alba fassungslos. Sie bemerkte zu spät, dass sich ihre Fassungslosigkeit in ihrem Gesicht widerspiegelte. Schnell setzte sie wieder den bedrohlichen Blick auf und ging auf den Zwerg zu. Ein Gedanke ließ sie nicht los. War ihm da gerade nicht ein kleines Lächeln über das bärtige Gesicht gehuscht?

Bestimmt hatte sie sich getäuscht. Kurz bevor sie ihn erreicht hatte, blieb die Elbin stehen und nestelte an ihrem Gewand herum. Dort hatte sie einen kleinen Dolch versteckt. Diesen holte sie nun hervor, um dem Zwerg zu zeigen, was ihm blühte, sollte er ihr nicht sofort die Antworten geben, die sie hören wollte.

Bolk sah, wie die Elbin einen Dolch aus ihrem Gewand zog. Er wusste sofort, was dies zu bedeuten hatte: Sie wollte ihm mit diesem Dolch drohen, sollte er nicht ihren Anweisungen folgen. Was sollte ihm schon passieren? Umbringen konnte sie ihn nicht, sonst hätten diese verfluchten Spitzohren ihn nicht erst entführt, sondern mit einem einzigen Streich hinterrücks ermordet.

„Oder wollen sie meinen toten Körper den Schnaaks unterjubeln, damit die Zwerge einen Krieg gegen sie führen?“ Innerlich verneinte er diesen Gedanken. Schließlich waren die beiden Völker schon länger befreundet, als es die Elben gab. Zumindest sagte man es sich so.

Langsam, sehr langsam bewegte sie sich weiter auf ihn zu. Wollte sie es etwa hinauszögern?

Bäume, Blumen und Blut

Aldri schlenderte durch den Waldpalast und prägte sich seinen Auftrag genau ein. Seit dem Tag, an dem er zum obersten Spion der Immra ernannt worden war und ihr ewige Treue geschworen hatte, erlebte er eine Überraschung nach der anderen.

Sobald er den Thronsaal verlassen hatte, war er von einer Elbin durch den gesamten Palast geführt worden. Jedes Detail hatte man ihm erzählt und jeden geheimen Gang in und aus dem Palast gezeigt. Aldri war nach der geglückten Entführung des Zwerges im Ansehen der Herrscherin so sehr gestiegen, dass diese ihm nun fast jedes Geheimnis offenbarte. Ihm war zwar bereits der Gedanke gekommen, dass die Immra dies alles zeigen ließ, damit der junge Elb etwas über seine Schwester erfuhr, doch diesen Gedanken hatte er sehr schnell wieder verdrängt. Schließlich konnte sich seine Schwester bestimmt nicht mehr an ihre gemeinsame Kindheit erinnern.

Einige Tage später war Aldri in den Palast gerufen worden, da die Herrscherin des Waldpalastes einen ersten Auftrag für ihn hatte. Kurzerhand ließ er seine Mahlzeit stehen und war so schnell er konnte in Richtung Waldpalast gelaufen. Anstatt jedoch durch das große Tor zu gehen, hatte der junge Elb den versteckten Eingang benutzt, der nur für die engsten Vertraute der Immra bestimmt war. Nach einem kurzen Marsch war er in den Palast durch eine hinter Moos versteckte Tür gelangt. Dort musste Aldri nur noch den Gang entlanggehen und schon stand er vor der goldenen Thronsaaltür. Wie üblich hielten fünf Wächter Wache und hatten ihn auf ein Zeichen des Befehlshabers hin passieren lassen.

Als er endlich vor dem Thron der Herrscherin stand, wartete diese nicht lange, sondern überreichte ihm nur eine Pergamentrolle. Bevor Aldri etwas fragen konnte, hatte die Immra bereits angefangen, zu sprechen: „Auf dieser Pergamentrolle befindet sich Euer nächster Auftrag. Lest diesen sorgfältig und prägt Euch den genauen Inhalt sehr gut ein. Anschließend sprecht das Wort *deflaglare*. Die Botschaft wird sich dann in Rauch auflösen. Solltet Ihr dies nicht bis zum übernächsten Sonnenaufgang getan haben, wird sich der Auftrag von selbst auflösen. Außerdem werde ich dann Bescheid wissen, dass Ihr es nicht getan habt. Dies zeigt mir allerdings, dass Ihr nicht für diesen Posten geeignet seid. Ich benötige einen Spion, der sich die Aufträge schnell merken und diese dann auch ausführen kann. Nun geht!"

Aldri war zu sprachlos, als dass er etwas hätte sagen können. Aus diesem Grund nickte er nur kurz und wandte sich zum Gehen. Erst als er an der Tür angekommen war, klärte sich sein Denken wieder etwas und er drehte sich noch einmal um. Bevor der junge Elb jedoch noch etwas fragen konnte, hatte man ihn schon aus dem Thronsaal hinausgeschoben und die Tür hinter ihm geschlossen.

Jetzt schlenderte Aldri durch den Waldpalast und prägte sich die Worte seines Auftrags genau ein. Er wollte die Immra nicht enttäuschen und seinen ersten Auftrag direkt erfüllen. Sein Ziel war es, die Herrscherin der Elben so glücklich und stolz zu machen, dass er ihr persönlicher Berater werden würde.

Immer wieder las er sich den Auftrag durch und versuchte, ihn sich zu merken, schaffte es aber nie ohne einen einzigen Fehler. Meistens verhaspelte er sich kurz vor dem Ende. Plötzlich kam ihm ein genialer Gedanke. Wieso sollte er alles auswendig lernen? Er wusste doch, was gemeint war, und kannte somit seinen Auftrag.

Ein letztes Mal las er sich deshalb die Botschaft durch, ehe er das Wort sprach, das ihm die Immra genannt hatte. Das Pergament löste sich in Rauch auf. Als sich die letzten Rauchschwaden verzogen hatten, nahm Aldri dies als Zeichen, und begann seine Reise.

„Er ist soeben aufgebrochen. Die Wachen haben ihn aus dem Palast stürmen sehen. Nachdem er sich ausgerüstet hatte, verließ er die Stadt", sagte eine der Dienerinnen unterdessen zu Immra.

„Danke sehr! Ich hoffe nur, er hat sich den Auftrag auch vollständig eingeprägt. Falls nicht, werden wir es schon bald zu spüren bekommen. Schicke mir den Kommandanten", antwortete die Herrscherin.

Die Dienerin nickte und verbeugte sich. Anschließend verließ sie den Thronsaal und befolgte ihren Befehl.

Die Immra saß auf ihrem Thron und wartete.

Aldri hatte sich seinen Bogen und Nahrung mitgenommen. Danach war er sofort aufgebrochen. Schließlich wollte er seinen Auftrag so schnell wie möglich ausführen, um in der Gunst der Immra zu stehen.

Schon zum wiederholten Mal schlug ihm ein Ast ins Gesicht. Es war seltsam. Normalerweise konnten sich Elben im gesamten Wald bewegen, ohne auch nur einen einzigen Kratzer durch herunterhängende Zweige zu bekommen. Auf diesem Weg schien es jedoch anders zu sein. Fast kam es Aldri so vor, als würden ihm die Bäume den Weg versperren wollen. Immer wieder musste der junge Elb den Pfad verlassen, um einen umgestürzten Baum zu umrunden. Zwar konnten sich die Elben sehr elegant von Ast zu Ast fortbewegen, doch hatte es in Aldris Auftrag geheißen, er solle zu Fuß gehen und keinen einzigen Baum betreten. Warum dies so wichtig war, wusste er nicht. Jedoch befolgte er lieber die Anweisungen der Immra, immerhin war sie die Klügste und Mächtigste aller Elben. Jeder vertraute ihr. So auch Aldri. Zwar wurde ihm mit jedem Schritt, den er tat, unwohler, doch noch wollte er den Auftrag seiner Herrscherin so erfüllen, wie sie es ihm aufgetragen hatte.

Sie saß immer noch auf ihrem Thron und wartete. Dann endlich, es mussten Stunden vergangen sein, tauchte der Kommandant auf. Sie war wütend, dass man sie, die Immra, die Herrscherin aller Herrscher, hatte warten lassen. Schon wollte sie ihm einige passende Worte dazu sagen, doch noch ehe sie den Mund aufgemacht hatte, begann der Elb vor ihr mit einer dunklen Stimme zu sprechen: „Verzeiht mir, meine Herrin! Ich wäre eher bei Euch gewesen, aber ich musste eine Truppe in das angrenzende Waldgebiet schicken. Dort wurde uns von einem kleinen Rudel Holder berichtet. Da ich den Auftrag zum Aufbruch vor Eurem Befehl erteilte, musste ich diesen zunächst ausführen. Ich entschuldige mich noch einmal für meinen Ungehorsam. Ich verstehe es, solltet Ihr mich bestrafen.“ Die Herrscherin war erstaunt über die ehrliche Entschuldigung.

Keuchend lag er auf dem steinigen Boden. An seiner linken Hand hatte Aldri einen tiefen Schnitt. Offenbar hatte er versucht, sich im Fall an etwas festzuhalten, und war dabei verletzt worden. Kurz schloss er die Augen und atmete tief durch. Anschließend stemmte sich der junge Elb langsam wieder hoch und schaute sich um. Einen Moment hatte er nicht aufgepasst und schon war er über etwas am Boden gestürzt. Jedoch konnte Aldri nichts entdecken, weshalb er hätte stolpern können. Es wunderte ihn sehr. Er war noch nie über seine eigenen Füße gefallen. Vielleicht war auch irgendein Tier über den Boden gehuscht und hatte ihn zu Fall gebracht. So musste es gewesen sein. Trotzdem kam es ihm sehr komisch vor.

Wie sehr sehnte sich Aldri nach den Ästen und Bäumen zurück, über die er sich normalerweise fortbewegte. Immer wieder rief er sich die Anweisung der Immra ins Gedächtnis, keinen Baum zu betreten. Aber wieso? Diese Frage ließ ihn nicht los. Mittlerweile überlegte er sogar schon, ob sich die Herrscherin einen Spaß mit ihm erlauben wollte, um zu sehen, wie gehorsam er tatsächlich war. Wieso sollte sie dies tun? Wollte sie ihn wirklich nur testen, oder war es ein richtiger und, was noch viel wichtiger war, ein wichtiger Auftrag?

Aldri versuchte, sich noch einmal an den genauen Wortlaut des Auftrags zu erinnern. Auch wenn er diesen nicht ganz rezitieren konnte, meinte er, sich erinnern zu können, dass es hieß: *Bringe mir das Licht des Waldes.* Finden sollte er dieses seltsame Licht im Herzen des Frendster Waldes bei einem Geschöpf, das *Hüter der Lichter* genannt wurde. Er überlegte hin und her, konnte sich jedoch nicht erinnern, ob irgendwo geschrieben stand, dass dies ein wichtiger Auftrag war. Trotzdem kam er zu dem Schluss, dass es wohl dennoch so sein musste. Andernfalls hätte die Immra nicht ihren neuen obersten Spion losgeschickt, um dieses Licht zu besorgen. Aldri nickte kurz, dann ging er weiter seinen Weg. Auf der Suche nach dem Hüter der Lichter und dem Licht des Waldes, das die Immra unbedingt benötigte. Wofür?

„Bereitet alles vor. Falls das Schlimmste eintreffen sollte, müssen wir gewappnet sein."

Der Kommandant nickte nur kurz und wollte sich gerade zum Gehen wenden, da sprach die Immra ihn noch einmal an: „Was deine Unverschämtheit, mich warten zu lassen, angeht, werde ich deine Bestrafung noch aussetzen. Sollte es jedoch noch einmal vorkommen, dass du mich enttäuschst, wirst du dafür doppelt büßen müssen."

„Jawohl, Herrin! Ich danke Euch, Herrin!“ Der Kommandant kniete sich hin und küsste den Saum ihres Kleides. Anschließend erhob er sich und verließ den Thronsaal.

Die Immra musste lächeln. Sie wusste ganz genau, welche Angst ihr Volk hatte, bestraft zu werden. Schon einmal hatte sie ihre Kraft bewiesen. Sie erinnerte sich noch ganz genau daran, an den Tag, als sie zum ersten Mal in ihrem Leben tötete.

Mit jedem Schritt, den er tat, wurde es dunkler um ihn herum. Genau das war das Anzeichen, nach dem er suchte. Die Immra hatte ihm in seinem Auftrag geschildert, dass er seinem Ziel näher kommen würde, wenn der Wald trotz der Helligkeit des Tages immer dunkler wurde.

Als zweites Anzeichen für die richtige Richtung sollte sich Aldri an den Bäumen orientieren. Je näher er seinem Ziel käme, desto dicker würden die Stämme werden. Er betrachtete jeden einzelnen Baum, konnte jedoch nicht sagen, ob dieser dicker war als der nächste oder der vorherige. Mittlerweile wurden seine Beine immer schwerer. Zwar war der junge Elb es gewohnt, lange und viel zu laufen, doch bewegte er sich dabei normalerweise auf Bäumen und nicht auf dem unebenen und steinigen Boden. Langsam wurde ihm bewusst, dass dies kein Test war, sondern purer Ernst. Scheinbar vertraute ihm die Immra tatsächlich so sehr, dass Aldri schon bei seinem ersten Auftrag an seine Grenzen stieß.

Sie stand über ihm und hielt das Schwert in ihrer linken. Die Spitze war auf sein Herz gerichtet. Sie wartete nur noch auf die Anweisung der alten Immra. Sobald diese ihr das Zeichen gab, würde sie ihn töten. Ihre Gedanken schweiften für einen Moment ab. Sie erinnerte sich daran, wie es überhaupt so weit gekommen war.

Man hatte ihr verkündet, dass ihre Ausbildung zur neuen Immra fast abgeschlossen sei. Es gäbe nur noch eine einzige Prüfung, die sie bestehen müsste.

Bereits zwei Tage später war es dann so weit gewesen. Die scheidende Immra ließ sie zu sich rufen und erklärte ihr, was vorgefallen war: „Du weißt, dass unser Königreich schon seit vielen Jahrtausenden besteht. Doch so lange wie die Zeit der Elben zurückreicht, solange gibt es auch schon Feinde in unseren eigenen Reihen. Die

Aufgabe einer Immra ist es, ihr Volk vor diesen Feinden zu beschützen. In einigen Jahren wird es deine Aufgabe sein. So wie jede deiner Vorgängerinnen musst auch du lernen, ohne Gnaden gegen diejenigen vorzugehen, die deine Macht anzweifeln und dich vernichten wollen. Leider ist es so, dass mit jedem Jahr, das vergeht, unsere Feinde stärker denn je werden. Aus diesem Grund musst auch du stärker denn je sein. In deinen Jahren als Immra, wird es deine Aufgabe sein, Spione in deinen eigenen Reihen zu finden und zu beseitigen. Damit du weißt, wie du solche Elben finden kannst, werde ich es dir zeigen. Folge mir, meine Erbin, und du wirst in eines unserer größten Geheimnisse eingeweiht werden." Mit diesen Worten führte die alte Immra sie in einen versteckten und geheimen Raum. Dort war es so dunkel, dass sie noch nicht einmal ihre Hände sah.

In der Mitte des Raumes jedoch schimmerte eine strahlend weiße Kugel. Die alte Immra ging auf sie. Sie selbst folgte ihr. Als die beiden Frauen vor der Kugel standen, erklärte ihr die Immra: „Dies ist ein Geschenk des Hüters der Lichter. Er hat uns ein Teil des Lichts des Waldes geschenkt. Alle neun Jahre erlischt dieses Licht und dadurch auch meine und später deine magische Kraft. Durch einen Verbund mit dem Boden dieser Halle, strömt die Energie in den Körper der Immra und verleiht ihr somit ihre immensen Kräfte. Alle neun Jahre erlischt, wie ich bereits sagte, dieses Licht. Kurz bevor dies geschieht, muss die Immra einen Boten aussenden, der sich auf eine lange Reise zum Hüter der Lichter begibt. Um sein Leben muss dieser Bote niemals fürchten. Denn der Pfad zu dem Hüter ist frei von jeglicher Gefahr. Sobald er dem Hüter des Lichts gegenübersteht, muss er den genauen Wortlaut seines Auftrags rezitieren. Erst wenn er dies getan hat, bekommt er ein neues Licht des Waldes."

Bevor sie über die Worte nachdenken konnte, die ihr auf der Zunge lagen, waren diese auch schon herausgesprudelt: „Und was geschieht, wenn der Bote die Worte nicht genau wiedergeben kann?"

Aldri betrat eine Lichtung. Er war erstaunt von ihrer Größe. Es hätten mindestens drei Paläste darauf erbaut werden können und noch immer würde es genug Platz geben. Langsam und vorsichtig ging der junge Elb weiter. In der Mitte der Lichtung stand ein

Haus, aus dessen Kamin Qualm aufstieg. „Immerhin scheint in diesem Haus jemand zu wohnen“, dachte sich Aldri und ging auf die Tür zu. Kurz bevor er diese erreicht hatte, schwang sie auf und ein Mann mit einem sehr, sehr langen grauen Bart trat heraus. In der einen Hand hielt er einen Kochlöffel, von dessen Ende noch der Rest einer Flüssigkeit tropfte, in der er offenbar gerade noch gesteckt hatte. In der anderen Hand hielt er das Ende seines grauen Bartes. Seine blauen Augen stachen hervor und mit einem durchdringenden, aber dennoch abwesenden Blick musterte er Aldri.

„Wer seid Ihr und was wollt Ihr hier?“

„Mein Name ist Aldri und ich bin von der Immra geschickt worden, um den Hüter der Lichter zu suchen. Habe ich ihn gefunden?“

Der ältere Mann lächelte und entblößte dabei spitze gelb-grüne Zähne. „Es kommt darauf an, wie Ihr Euch ihn vorgestellt habt? Ist er eher klein und schmächtig, groß und stark, alt oder jung?“ Während er dies alles sagte, veränderte sich sein Aussehen für einen kurzen Moment lang. Er sah genau so aus, wie die Person, die er gerade beschrieb. Nachdem er geendet hatte, sah Aldri wieder den älteren Mann mit dem langen grauen Bart vor sich. Leicht irritiert über die Gestaltänderungen wich er einen Schritt zurück.

„Oh, habe ich Euch verängstigt? Keine Angst! Das war kein fieser Zaubertrick. Es war nur ein kleines Spiel mit dem Licht. Je nachdem, wie das Licht eine Person anstrahlt, sieht diese komplett anders aus.“ Der Mann lachte kurz auf und zeigte dabei wieder seine Zähne. Seine Zunge hing beim Lachen aus dem Mund, verschwand jedoch wieder, als er seine Lippen aufeinanderpresste.

„Aber um Eure Frage zu beantworten, ja, Ihr habt den Hüter der Lichter gefunden. Ihr sagtet, dass Euch die Immra schickt. Dann hat sie Euch bestimmt auch einen Auftrag aufgeschrieben?“

Aldri blickte kurz verwundert drein angesichts der Tatsache, dass der Hüter über die Pergamentrolle Bescheid wusste. Dann nickte er kurz. Sagen konnte er nichts, da ihm noch immer nicht ganz wohl war und er am liebsten so schnell wie möglich die Lichtung wieder verlassen hätte.

„Nun gut, junger Herr. Dann rezitiert die Verse als Beweis dafür, dass Ihr tatsächlich ein Bote der bezaubernden Immra seid und kein dahergelaufener Wegelagerer, der den wahren Boten aus dem Hinterhalt angegriffen und ihm durch Folter seinen Auftrag entlockt hat.“ Wieder lachte er laut auf, nur um Aldri kurz darauf ernster anzugucken als zuvor.

Dieser wusste nicht so recht, was er von der Anweisung halten sollte und fragte deshalb noch einmal nach: „Ihr wollt den genauen Wortlaut des Auftrags rezitiert haben? Habe ich Euch richtig verstanden, Hüter der Lichter?“

„Ja, das habt Ihr, mein junger Freund!“, erwiderte der ältere Mann mit einem kleinen boshaften Lächeln. Aldri jedoch war überhaupt nicht zum Lachen zu Mute. Sein Herz raste plötzlich schneller denn je.

„Dann, dann wird er dem Boten das Licht des Waldes verweigern und der Untergang der Immra ist beschworen. Die Feinde warten neun Jahre lang auf genau diesen Tag, an dem das Licht im Inneren des Palastes erlischt und die Immra ihrer Kräfte beraubt ist. Genau dann werden sie mit ihrem Angriff auf den Palast beginnen und versuchen, die Mauern einzureißen. Sollte dies geschehen, ist das Elbenreich für immer verloren, denn die Immra könnte nichts dagegen unternehmen.“

„Aber ist es nicht gefährlich für die Feinde, sich gleichzeitig zu erheben?“

„Du denkst mit, meine Erbin. Genau aus diesem Grund gibt es den Auserwählten, welchen sie durch einen Zauber seines Gedächtnisses berauben, und ihn dann losschicken, den Palast anzugreifen. Sollte er nicht zu Asche werden, sobald er den Palast berührt, würden sich die Feinde aus ihren Verstecken erheben und mit dem Angriff beginnen. Nur selten gelingt es, den Auserwählten zu ergreifen und zu befragen. Genau dies ist mir vor Kurzem gelungen. Deine abschließende Prüfung, meine Erbin, besteht darin, diese Ausgeburt eines Scheusals zu befragen, und ihn, falls er dir nichts sagen will oder kann, zu beseitigen, damit er keine Gefahr mehr darstellt.“

Mit diesen Worten verließen sie den Raum, in dem das Licht des Waldes aufbewahrt wurde, und gingen aus dem großen Thronsaal, hin zu dem Auserwählten, hin zu ihrem ersten Mord.

Aldri begann bereits zum siebten Mal von Neuem. Doch immer wieder verhaspelte er sich bei der letzten Zeile. Der Hüter der Lichter lächelte immer breiter und sah ihn, ohne zu blinzeln, durchdringend an. „Denkt noch einmal in Ruhe nach. Drei Versuche habt Ihr noch, mein junger Freund. Solltet Ihr den Spruch auch dann nicht korrekt aufsagen können, muss ich Euch das Licht des Waldes leider verwehren."

„Könnt Ihr nicht eine Ausnahme machen? Ihr seht doch, dass ich es fast auswendig kann", bettelte Aldri.

„Es tut mir wahrlich leid, aber es ist eine Losung. Nur wenn Ihr sie richtig aufsagt, spaltet sich ein Teil des Lichts ab. Und nein, Ihr müsst es aufsagen. Denn jede Immra hat ihren eigenen Schluss. Also denkt noch einmal in Ruhe nach. Vielleicht hat es ja auch etwas mit Euch zu tun."

Kurz blickte der junge Elb traurig drein. Doch als er sich die letzten Worte des Hüters noch einmal auf der Zunge zergehen ließ, fiel es ihm wie Schuppen von den Augen. Die letzte Zeile bestand aus einer Liedzeile. Das dazugehörige Lied kannte Aldri komplett auswendig. Es war ein Lied aus seiner Kindheit. Plötzlich lief es ihm eiskalt über den Rücken. Tränen stiegen ihm in die Augen, als er sich daran erinnerte, wessen Lied es war. Es war das Lied seiner Schwester. Sie hatte es nur für ihn gedichtet. Es war ein Lied über den Wald. Nachdem sie es ihm vorgesungen hatte, hatte er immer ganz ruhig und friedlich einschlafen können. Aldri nickte, um sich selbst zu zeigen, dass er es wusste. Dann fing er zum achten Mal an.

Sie saß auf ihrem Thron und wartete. Ein Tag blieb ihr noch. Dann wäre ihre magische Kraft am Ende. Noch immer hatte sie nichts von ihrem Spion gehört, den sie beauftragt hatte ihr das Licht des Waldes zu beschaffen. Schon zwei Tage war er unterwegs. Sollte er an diesem Tag nicht eintreffen, musste sie den Kommandanten darum bitten, den Notfallplan in die Tat umzusetzen. Mit jeder Stunde, die verstrich, wurde sie unruhiger. Nicht mehr lange und sie würde die erste Immra sein, die ermordet wurde. Gleichzeitig wäre sie auch die letzte Immra. Als ob das alles noch nicht genug wäre, würde das Elbenreich wahrscheinlich dem Untergang geweiht sein.

Von Weitem sah er bereits die Lichter der dunkler werdenden Stadt der Elben. Er hatte es so gut wie geschafft. Ihn trennte nur noch eine kurze Strecke vom Palast und von seiner Schwester, der

Immra. Mit dem letzten Vers des Liedes auf den Lippen, der zugleich auch noch der letzte Satz der Losung gewesen war, betrat er die Brücke, die ihn geradewegs zum Waldpalast führte: „Bäume neigen sich im Wind, wie Blumen in einer schönen Frühlingsbrise."

Gerade betrat er den geheimen Boteneingang, da hörte er hinter sich einen lauten Aufschrei. Blitzschnell drehte sich Aldri um und sah, wie die Torwächter einen sich krümmenden Elb fesselten und durch das große Tor trugen. Diese Szene verwunderte ihn so sehr, dass er ganz vergaß, das Licht des Waldes zu seiner Schwester zu bringen. Stattdessen rannte er, so schnell er konnte, durch den geheimen Gang und gelangte kurz darauf in den Palast. Dort wandte er sich nicht wie üblich nach links zum Thronsaal, sondern nach rechts und eilte in Richtung des großen Tores.

„Ihr hattet recht, meine Herrin! Der Mann versuchte tatsächlich, in den Palast einzudringen. Immer wieder schrie er, man solle ihn loslassen. Er sagte uns, dass er einen Auftrag habe. Auf die Frage, wie dieser lautet, antwortete er, dass er Euch, meine Herrin, töten wolle."

„Wo ist er nun?"

„Er befindet sich, wie Ihr es verlangtet, im tiefsten Gefängnis. Er schreit immer noch die ganze Zeit, dass man ihn großzügig belohnen würde, sollte er Euch umbringen."

Die Immra nickte nur knapp. „Habt Ihr meinen Boten schon gesichtet?", fragte sie nach einer kurzen Stille. Der Kommandant schüttelte den Kopf. Sie hoffte, dass er es noch rechtzeitig schaffen würde, ehe die Sonne aufging, denn dann wäre das Licht erloschen.

Aldri suchte und suchte, konnte den Gefangenen jedoch nirgendwo entdecken. Gerade wollte er sich geschlagen geben und die Immra aufsuchen, da hörte er es: ein Keuchen. Kurz darauf ertönte ein erstickter Schrei und eine zweite Stimme, es war unverwechselbar die einer Frau, sprach etwas. Durch die dicke Holztür konnte der junge Elb nicht verstehen, was genau sie sagte. Kurz überlegte er, ob es klug wäre, den Raum einfach so zu betreten. Zwar sagte ihm sein Bauch, dass er es tun sollte, doch siegte am Ende sein Verstand. Er wandte sich ab und versuchte den Gedanken an das, was hinter dieser Tür wohl passiert war, abzuschütteln. Nach einer kurzen Strecke, die er in wenigen Minuten zurückgelegt hatte, stand der junge Elb vor den Toren des großen Thronsaals und wartete darauf, dass die Wachen ihm den Weg freigaben.

Gerade wollte sich die Immra auf den Weg zu dem Gefangenen machen, um ihn persönlich zu verhören, da eilte eine ihrer Wachen auf sie zu. Sie hob nur eine Augenbraue und bedeutete ihm, zu erzählen, was er zu sagen hatte. Der Elb verneigte sich vor ihr, dann sprach er: „Vor der Tür wartet Euer Bote. Er sagt, er habe seine Mission erfolgreich beendet und wolle Euch, meine Herrscherin, nun das Licht des Waldes bringen."

Noch bevor der Elb seinen Satz beendet hatte, schritt sie an ihm vorbei und befahl den Wachen, den jungen Elb passieren zu lassen. Als sich die Türen öffneten und ihr Spion eintrat, konnte sie sich nur mühsam davon abhalten, ihm vor Freude um den Hals zu fallen. Ohne eine Erklärung über das Geschehene abzuwarten, streckte sie ihm wortlos die Hand entgegen, als Zeichen, dass er ihr das Licht aushändigen solle.

Aldri betrat den Thronsaal und bemerkte überrascht, dass die Immra nicht auf ihrem Thron saß, sondern bereits auf ihn zukam. Gerade wollte er mit seiner Erzählung über seine Mission beginnen, da streckte ihm die Immra, ohne ein Wort zu sagen, die Hand entgegen. Aldri verunsicherte diese Geste. Wollte sie ihm gratulieren oder wollte sie nur schnell das Licht des Waldes ausgehändigt haben?

Erst als die Herrscherin mit der Hand zuckte, wusste der junge Elb, dass er ihr das Licht überreichen sollte. Er steckte seine Hand in seinen Umhang und holte die weißglühende Kugel heraus. Anschließend überreichte er sie der Immra. Diese bedankte sich nicht, sondern drehte sich um und schritt davon. Bevor Aldri etwas sagen konnte, war sie durch eine Tür, die so nahtlos in die Mauer eingebettet war, dass man sie normalerweise gar nicht sah, verschwunden. Der Spion wusste nicht, was er nun tun sollte. Warten oder doch besser gehen und darauf hoffen, dass ihn die Immra irgendwann zu sich riefen ließ?

Sie nahm die helle Kugel aus Licht an sich und schritt ohne einen weiteren Kommentar in Richtung des geheimen Raumes. Sie öffnete die versteckte Tür und betrat den dahinterliegenden dunklen

Raum. Dort ging sie zu der immer schwächer leuchtende Kugel. Sie legte ihre Hand auf das flackernde Weiß und sprach einige Wörter. Kurz darauf erlosch das alte Licht. Nun nahm sie die neue Lichtkugel und hielt sie an die Stelle, wo gerade noch ihre Vorgängerin geschwebt hatte. Mit den gleichen Worten, nur in umgekehrter Reihenfolge, fixierte sie das neue Licht. Einige Sekunden lang wartete die Immra. Erst als sie sich ganz sicher war, dass das Licht des Waldes stabil in der Luft hing, ließ sie es los und wandte sich zum Gehen.

Aldri sah, wie die Herrscherin der Elben kurze Zeit später wieder aus dem mysteriösen Raum kam und ihn ansah. In ihren Augen las er tiefste Dankbarkeit. Zwar wusste der junge Elb, dass er niemals in seinem Leben solch dankbare Worte hören würde, wie er sie in den leuchtenden Augen der Immra sah, doch war ihm dies in diesem Moment egal.

Erst als sie auf ihn zukam, bemerkte er, dass sie die einzigen Personen im Thronsaal waren. Noch bevor er es unterdrücken konnte, lief er auf die Herrscherin zu und umarmte sie.

Erste Anzeichen

Wie jede Nacht in der letzten Zeit lag er wieder einmal wach und lauschte. Immer öfter vernahm er das Geschrei. Noch immer konnte er nicht sagen, von wo es kam oder woher es stammte. War es nur ein Hirngespinst oder war es grausame Realität? Mittlerweile hatte er sich schon an die nächtliche Tortur gewöhnt. Jede Nacht wurde er durch die Schreie wach. Dann setzte er sich auf und schaute sich in seiner kleinen Zelle um. In anderen Nächten saß er nur auf seiner Liege und dachte darüber nach, wie es wohl mit ihm weitergehen würde. Auch dieses Mal war es so. Immer wieder kam ihm der Gedanke, dass er nicht mehr lange durchhalten würde, sollte man ihm weiterhin solche Qualen zufügen. Plötzlich vernahm er eine Stimme. Kam sie aus seinem eigenen Mund, war sie Einbildung, oder kam sie von außerhalb dieser Mauern?

„Fürchte dich nicht! Ich helfe dir. Du musst mir vertrauen. Erzähle mir von deinen Qualen und ich werde versuchen, sie dir zu nehmen."

Minutenlang hallte die Stimme von den Wänden nach. Also konnte es schon mal keine Einbildung sein.

„Wer bist du? Wo bist du?"

„Ich bin dir eine Hilfe in den dunklen Stunden deiner Qualen. Sprich mit mir und ich versuche, dir zu helfen."

„Was soll ich dir denn sagen?"

„Alles, was du mir berichten möchtest. Ich höre dir zu und werde immer da sein, wenn du jemanden brauchst, mit dem du reden möchtest."

Er schluckte. Redete er tatsächlich mit jemandem, den es gab? Oder sprach er mit sich selbst? Er konnte es nicht genau sagen. Da er jedoch glaubte, dass niemand in der Lage wäre, mit ihm durch die dicken Mauern dieses Kerkers zu kommunizieren, vermutete er, dass es ein Selbstgespräch war. Aus diesem Grund dachte er, dass es ihm nicht schaden würde, über alles zu sprechen, was ihn belastete.

„Na gut! Also, alles hat damit angefangen, dass ..."

Der König saß auf seinem goldenen Thron. Er bewegte die Lippen, ein Ton kam jedoch nicht hervor. Stattdessen hallte seine stark veränderte Stimme im Kerker wider. Seine Ohren hörten alles, was dort unten gesprochen wurde. Leise lächelnd vernahm er die Worte des Gefangenen. Es waren erste Anzeichen dafür, dass er ihm die ganze Geschichte preisgeben werden würde.

Nichts ahnend verriet ihm dieser Trottel alles, was er wissen wollte, doch ließ er es dabei langsam angehen. Schließlich wollte er den alten Mann noch ein wenig weiter quälen. Er würde ihn so weit bringen, dass dieser nur so um seinen Tod bettelte. Das war ihm klar. Noch hatte er genug Zeit. Erst wenn er den letzten Tropfen Verstand aus ihm herausgepresst hätte, würde er seine Reise beginnen, seine Reise zur Herrschaft über die Welt. Am Ende dieses Weges würde er der mächtigste Mann sein, den es jemals gegeben hatte.

Der erste Schritt

Mondri war mittlerweile am Rand des Waldes angekommen. Nur wenige Meter von ihm entfernt erhoben sich die großen unüberwindbar aussehenden Mauern der Menschenstadt. Nur noch wenige Schritte trennten ihn von seiner wohl gefährlichsten Mission.

Der junge Elf hatte sich einen Plan überlegt. Nachdem er die ganze Nacht die Aufzeichnungen über die Menschenstadt studiert hatte, war in ihm die Idee gereift, abzuwarten, bis die Wachen des großen Tores abgelenkt wären. Erst dann wollte Mondri sich an ihnen vorbei und in die Stadt schleichen. Die nächste große Hürde würde sein, eine geeignete Unterkunft zu finden, in welcher er nächtigen konnte. Soweit wollte der Spion des Elfenkönigs noch nicht denken. Zunächst galt es, überhaupt erst einmal hinter die Mauern zu gelangen.

Langsam schob er sich aus seinem Versteck hervor und beobachtete das große Eichentor. Es stand offen. Das war ein gutes Zeichen. Vielleicht war das Glück ja mit ihm. Er streifte sich die dunkelbraune Kapuze über den Kopf, zog sie tief in sein Gesicht und änderte seinen Plan. Auf keinen Fall durfte man Mondri als Elf enttarnen. Besser wäre es, wenn man ihn abweisen, jedoch nicht zwingen würde, seine Kapuze abzustreifen, denn dann sehen die Torwächter seine verräterischen, spitzen Ohren. Das musste Mondri um jeden Preis verhindern. Nachdem er sich vergewissert hatte, dass seine Ohren gut verdeckt und auch die Konturen nicht zu sehen waren, trat er auf den Weg, der zu dem großen Tor führte, und ging darauf zu.

„Halt! Wer bist du? Woher kommst du? Was willst du hier?“, fragte Hartmud den Fremden. Er langweilte sich und wollte eigentlich gar nicht hören, was dieser Mann zu sagen hatte. Seine Füße taten ihm weh von dem ewigen Stehen und sein Magen grummelte vor Hunger.

Noch bevor der Fremde mit der dunkelbraunen Kapuze seine Ausführungen beendet hatte, winkte Hartmud ihn vorbei.

Er konnte es einfach nicht mehr hören. Tag für Tag kamen Leute auf der Insel an und wollten in die Stadt, um Handel zu treiben. Andere besuchten ihre Familien. Da sich der Hafen jedoch nicht innerhalb, sondern eine halbe Meile außerhalb der Mauern befand, musste jeder dieser Menschen an den Wachen vor dem großen Tor vorbei.

Mondri atmete auf. Er hatte es wirklich geschafft. Er war tatsächlich hinter die Mauern und an den Wachen vorbei. Nun stand er auf einer langen Straße, die sich ganz gerade durch die Stadt, hin zu einer zweiten Mauer schlängelte. Hinter dieser zweiten Befestigungsanlage lag der große Bergfried des Menschenkönigs Richard. Von dort aus regierte er seine Untertanen. Von dort aus ging das Übel in die Welt hinaus. Kurz schaute der Elf nach links und rechts, um sich einen schnellen Überblick zu verschaffen, was direkt hinter dem ersten Tor lag.

Neben einer kleinen Fleischerei und einer Backstube befanden sich noch mehrere kleinere Häuser ohne erkennbare Bedeutung links von ihm. Rechts hingegen waren die Handwerker angesiedelt, die sich um die Anfertigung der Waffen kümmerten. Schmiede, Gerber, Tischler und alle anderen arbeiteten auf Hochtouren. Offensichtlich bereitete der König etwas vor.

„Vielleicht ja sogar einen Angriff auf die Elfenstadt?", schoss es Mondri plötzlich durch den Kopf. Dann jedoch fiel ihm ein, dass die Menschen gar nicht wussten, wo sich die gut versteckte Elfenstadt befand.

„Was machst du da?", blaffte ihn plötzlich jemand von hinten an. Mondri drehte sich um und sah eine Kutsche hinter sich stehen. Auf dem Kutschbock saß ein älterer, hagerer Mann. In seinen Händen hielt er die Zügel, mit denen er das Pferd antrieb, das den Wagen zog. Was genau die Kutsche transportierte, konnte der Elf nicht erkennen.

„Entschuldigung, mein Herr. Ich wollte Euch nicht im Weg stehen. Könntet Ihr mir dennoch weiterhelfen? Ich suche eine Herberge für diese Nacht", sagte Mondri. Der Mann musterte ihn mit einem skeptischen Blick von oben bis unten. Dann öffnete er seinen Mund und wollte etwas sagen, überlegte es sich dann noch einmal und schloss ihn wieder. Nachdem er ihn zum zweiten Mal geöffnet hatte, fragte er Mondri: „Besitzt du Geld?"

Der Elf nickte nur knapp.

„Nun gut! Dann steig auf. Du kannst bei mir auf dem Hof in der Scheune bei den Tieren schlafen.“ Mondri nickte wieder und schritt auf die Kutsche zu. Erst als er sich neben den Mann auf den Kutschbock schwang, erkannte der Spion, was er geladen hatte. Es war Getreide. Da wusste der Elf, dass er es mit einem Bauern zu tun hatte.

Als sie spät am Abend die Stadt verließen, war der Wagen leer. Mondri hatte sich ausgerechnet einen Markttag ausgesucht, um in die Stadt zu gelangen. Jetzt jedoch würde er sich in der Scheune des Bauern ausruhen. Den ganzen Tag war der Elf unterwegs gewesen. Während der Bauer sein Getreide an die Müller verkaufte, war Mondri durch die Straßen und Gassen der großen Stadt gewandert. Dabei hatte er versucht, sich die kürzesten Wege vom Tor aus zu allen wichtigen Punkten zu merken. Auch war er an der zweiten Mauer entlanggegangen, die den Palast schützen sollte. Dort hatte der Elf nach Schwachstellen gesucht, jedoch keine gefunden. Erst am späten Abend, es wurde langsam dunkler, kehrte er zurück zum Marktplatz, um mit dem Bauern zu seinem Hof außerhalb der Stadt zu fahren und dort zu nächtigen.

Als er einige Minuten später in der Scheune auf frisch ausgestreutem Heu lag, dachte er an seinen ersten Tag zurück. Wenn er es sich genau überlegte, war er ins Ungewisse gelaufen. Doch für diesen Moment war erst einmal alles in Ordnung. Zwischen den Tieren war es kuschelig warm, und so war es kein Wunder, dass Mondri, kurz nachdem er sich hingelegt hatte, einschlief.

Am nächsten Morgen erwachte er durch ein lautes Krähen. Mondri erkannte auf Anhieb, dass dies das Geräusch eines Hahns war. Also musste es kurz nach Sonnenaufgang sein. Er streckte seine müden Knochen, erhob sich und ging in Richtung des großen Scheunentors. Zu seiner Verwunderung war es verschlossen.

Ein Schauer lief ihm eiskalt über den Rücken und sein Atem stockte. Alle möglichen Gedanken schossen dem Elfen durch den Kopf. Hatte der Bauer doch etwas bemerkt? Wollte er ihn für viel Geld an den König verkaufen, damit dieser ihm Informationen entlocken konnte? Waren die Wachen vielleicht sogar schon auf dem Weg? Oder bereits auf dem Hof?

Lied der Berge

Bolk hatte sich anstrengen müssen, nicht aufzustöhnen. Mittlerweile nahmen die anfänglich nicht vorhandenen Schmerzen fast unerträgliche Ausmaße an. Wie es dazu gekommen war, wusste der Zwerg nicht. Denn egal wie tief die Schnitte waren, welche die Elbin ihm zufügte, sie taten am Anfang nicht weh. Erst nach einiger Zeit fing die Wunde plötzlich an zu brennen. Dieses Gefühl war zunächst nur unangenehm gewesen, dann jedoch steigerte es sich zu leichten Schmerzen, um nach dem letzten Schnitt fast unerträglich zu werden. Irgendetwas konnte an dieser Klinge nicht stimmen.

War sie mit einem Gift eingerieben worden? War sie magisch verändert? Er wusste es nicht. Was er jedoch wusste, war, dass er dieses Spiel nicht mehr lange aushalten würde.

„Sag mir alles, was du über die Botschaft deines Königs an die Schnaaks weißt!", zischte die Elbin. Sie war es anscheinend gewohnt, dass ihre Gefangenen schon nach wenigen Augenblicken zu ihr sprachen und ihr alles sagten, was sie hören wollte. Dass jemand solange durchhielt, schien ihr offensichtlich nicht zu gefallen. Dies wiederum war der Grund, warum Bolk es weiter aushalten wollte. Sein Ziel war es zu sehen, welches Volk standfester war.

Alba musste ihre Wut unterdrücken. Sie hatte zwar erwartet, dass es sehr schwierig sein würde, einem Zwerg die geforderten Antworten zu entreißen, doch dass er so starrköpfig war, überraschte sie schon sehr. Sie hatte gedacht, dass dieser Zwerg nach den ersten Qualen, die ihm ihr Dolch zufügte, sofort einbrechen würde. Dies war zu ihrem Bedauern nicht eingetroffen. Jetzt musste sie ihr Ass aus dem Ärmel schütteln. Ihre neue Errungenschaft würde ihm mit Sicherheit die Zunge lockern. Innerlich lächelte sie bereits. Erregung ergriff sie wieder und schüttelte sie ein wenig, weshalb der Dolch beim nächsten und zugleich letzten Schnitt abrutschte und eine noch tiefere Wunde hinterließ, als beabsichtigt. Doch da auch dies den Zwerg nicht zu kümmern schien, wischte sie ihren blutigen Dolch an seinen Kleidern ab und steckte ihn wieder zurück in sein Versteck in ihrem Gewand. Anschließend erhob sie sich aus ihrer Hocke und drehte sich zur Tür um. Sollte diese Ausgeburt des Berges doch ruhig denken, dass sie von ihm abließ. Alba freute sich bereits sehr auf den gequälten Gesichtsausdruck des Zwerges, wenn sie in wenigen Augenblicken wiederkam. Natürlich brauchte sie einige Minuten, um ihr neues Folterinstrument aus ihrer Unterkunft zu holen. Da sie es gar nicht abwarten konnte, es endlich einmal auszuprobieren, schritt sie so schnell, wie es ging, ohne zu rennen.

Bolk atmete lauter aus, als beabsichtigt, als die Elbin den Raum verlassen hatte. Endlich war es ihm wieder erlaubt, sich etwas zu entspannen. Er verzog sein Gesicht und schaute sich kurz seinen geschundenen Körper an. Als er die blutenden Wunden betrachtete, musste Bolk würgen und wandte seinen Blick schnell wieder ab. Stattdessen dachte er darüber nach, wie lange er es wohl noch aushalten würde. Schließlich war der Zwerg kein ausgebildeter Krieger und somit nicht an solche Schmerzen gewohnt. Deshalb war er schon jetzt sehr stolz auf sich, dass er es so lange ausgehalten hatte.

Während er an seine Freunde dachte und überlegte, ob sie bereits einen Suchtrupp losgeschickt hatten, kam ihm plötzlich ein uraltes Lied seines Volkes in den Sinn, das Lied der Berge. Auch erinnerte er sich daran, wie er dieses Lied zusammen mit den anderen Zwergen jeden Abend in den Schenken gesungen und dabei ein Bier nach dem anderen getrunken hatte. Bei diesen Gedanken kamen ihm die Tränen.

Erst einige Augenblicke später bemerkte er, dass die Wunden nicht mehr schmerzten. Vielleicht war dies seine Chance. Wenn man die uralte Fassung des Liedes sang, konnten Tage vergehen, bis die letzte Note verklungen war. Bolk blinzelte, um die Tränen zu unterdrücken, und lächelte dabei in sich hinein. Jetzt hatte er ein Ass im Ärmel. Er besaß eine Gegenwaffe und konnte sich endlich wehren. Deshalb beschloss er, immer, wenn die Elbin ihn folterte, das Lied der Berge anzustimmen und laut zu singen. Schon jetzt freute er sich auf den Anblick der Frau, wenn er plötzlich anfangen würde, zu singen. Mit diesem Gedanken schloss er seine Augen, um sich auszuruhen.

Dunkle Wolken

Lycia schaute in den Himmel. Die Sonne schien. Sie dachte an alles, was sie bisher erlebt hatte. Viele Angriffe hatte die Insel überstanden. Auch hatten sie alle die glücklichsten Momente erleben dürfen. Sowohl Lycia als auch Helena waren zwei gesunde Kinder geschenkt worden. Diese würden in einigen Jahren die Thronfolger der vier Königreiche und somit auch die Erben der vier Diamanten sein. Auf diesen Tag freute sich die Königin der Waldwächter bereits sehr. Es würde bedeuten, dass die Insel noch immer sicher wäre. Lycia sah erneut in die Ferne.

Obwohl die Sonne schien, sah sie am Horizont in weiter Ferne dunkle Wolken aufgehen. Ein Windstoß blies ihr die Haare aus dem Gesicht. Sie roch Gefahr. Was würde auf sie zukommen? Würde sich ihr Traum von damals vielleicht doch noch bewahrheiten oder nur eine Fantasie bleiben? Würden sie Dondrodis jemals wiedersehen? Diese Fragen stellte sich Lycia, als sie am Rand von Leffert einen letzten Blick auf das Meer warf, bevor sie zu der Königsversammlung ging. Dann endlich holte Walter sie ab. Gemeinsam ritten sie zu dem großen Felsen in der Mitte Lefferts.

Während sie nebeneinander her ritten, erinnerte sich Lycia an die Stunden vor ihrer Hochzeit mit Walter. Sie hatte damals an der gleichen Stelle gestanden wie gerade eben. Ebenfalls waren ihr die gleichen Gedanken durch den Kopf gegangen. Doch dies alles war mittlerweile über zwanzig Jahre her. Sollte sie sich ernste Sorgen machen? Hatte es vielleicht einen Grund, warum ihr diese Gedanken genau jetzt kamen? Würde es tatsächlich bald einen gewaltigen Angriff auf ihre Heimat geben? Lycia brummte der Kopf vor lauter Fragen. Eines ging ihr dabei einfach nicht aus dem Sinn. Was hatten die dunklen Wolken am Horizont zu bedeuten?

Immer noch ritt sie neben ihrem Mann. Sollte sie es ihm vielleicht erzählen? Würde er sich überhaupt noch an ihren Albtraum von vor zwanzig Jahren erinnern? Sie jedenfalls sah die Geschehnisse, von denen sie in jener Nacht vor langer Zeit geträumt hatte, genauso scharf vor ihrem inneren Auge wie damals. „Walter?“, fragte sie ihn, nachdem sie eine Entscheidung getroffen hatte. Er schaute zu ihr hinüber, um seiner Frau zu bedeuten, dass sie fortfahren sollte. Mit einem Mal bekam Lycia Angst, dass er sie als verrückt bezeichnen würde. Deshalb sagte sie nur: „Ich liebe dich!“

Walter lächelte ihr zu und entgegnete: „Ich liebe dich auch!“

Einige Augenblicke später waren sie an ihrem Ziel angelegt, banden ihre Pferde an und gingen auf die bereits Wartenden, Helena und Carlos, zu.

Familie

Sie war zu überrascht, um reagieren zu können, als er auf sie zugelaufen kam. Sie hatte alles erwartet. Dass er sie umarmte, war jedoch das Letzte von alledem. Zunächst hatte sie nicht gewusst, wie sie darauf reagieren sollte. Zum einen fand sie es schön, dass sich ihre Bediensteten Sorgen um sie machten und sich so sehr freuten, dass es ihr gut ging. Zum anderen jedoch war da ihre Position als Herrscherin der Elben. Als solche konnte sie diesen Gefühlsausbruch nicht dulden, schließlich durfte sie selbst keine persönlichen Bindungen aufbauen und müsste jeden sofort in den Tod schicken, der es doch versuchte. So war es auch bei diesem Spion. Scheinbar empfand er mehr für sie, als eine einfache Bindung, wie es zwischen ihren Untergebenen und ihr war. Doch was sollte sie nun tun. Am Ende entschied sie sich, dem Gesetz zu folgen.

Aldri bemerkte zu spät, was er da gerade tat. Wieso umarmte er die Immra? Dies war mit Sicherheit verboten. Ändern konnte er es jedoch nicht mehr. Es war einfach über ihn gekommen. Ein Ausbruch seiner Gefühle. Schließlich war die Person, die er gerade umarmte, seine Schwester. Allerdings wusste sie es wahrscheinlich nicht, weshalb er es ihr entweder erklären oder den Tod in Kauf nehmen musste. Es war eine schwierige Entscheidung. Wenn er es ihr beichtete, wäre er eine Gefahr für sie, denn dann könnten ihn die Feinde der Immra dazu benutzen, um sie von ihrem Thron zu stürzen. Deshalb wäre es besser, wenn er es ihr nicht sagte. Doch dann würde man ihn umbringen. Davor hatte er genauso große Angst. Der Tod war für Elben nicht sehr angenehm. Weshalb dies so war, wusste Aldri nicht. Jedoch hatte es ihm sein Vater immer wieder gesagt. Ihm glaubte er auch noch nach seinem Tod.

Sie spannte ihren Körper an. Gleich würde sie einen Zauber wirken, um ihn von sich weg zu katapultieren. Gleichzeitig würde sie ihre Wachen rufen, die immer noch vor dem Thronsaal standen, diesen Spion verhaften lassen und ihn anschließend durch eine sehr erfahrene Elbin befragen lassen. Sollte er keine gute Erklärung dafür haben, weshalb er sie umarmte, würde er diese Tat mit seinem Tode bezahlen müssen. In diesem Moment fiel ihr ein, dass die Elbin, die sie für die Befragung ausgesucht hatte, gerade beschäftigt war. Sie versuchte eine Antwort aus diesem Zwerg herauszubekommen.

Das musste nun warten. Sollte der Spion einer ihrer Feinde sein, wäre es eine größere Gefahr für sie als dieser Zwerg. Schließlich konnte er nicht darauf hoffen, gerettet zu werden. Sein Volk würde ihn zwar suchen, doch in den großen Wald trauten sie sich nicht. Dafür waren Zwerge einfach nicht geschaffen. Sie würden einen Boten zu den Schnaaks schicken, um dort nach ihm zu suchen. Sollten sie ihn dort nicht finden, würden sie den Schluss ziehen, dass er von einem Holder gefressen worden war.

Jetzt musste sie die Immra zunächst um diesen Elben kümmern. Mit einem gewaltigen Knall und einem hellen weißen Lichtblitz baute sich plötzlich ein Druck zwischen den beiden Leibern auf und der Elb, der sie gerade noch umarmt hatte, wurde mit einem Stoß von ihr weggeschleudert. Kurze darauf knallte er mit voller Wucht gegen eine der großen Säulen des Thronsaals und sank dort bewusstlos zusammen. Nur wenige Augenblicke später stürmten ihre Torwächter durch einen Nebeneingang und liefen mit gezogenen Schwertern auf den Elben zu.

„Schafft diese widerliche Ratte in einen unserer Kerker und stellt dort zwei Krieger zu seiner Bewachung auf. Ich kümmere mich später um ihn. Wo ist der Kommandant?"

In diesem Moment trat der Verlangte durch die beiden großen Flügel der Tür in den Saal und kam auf sie zu.

„Bringt mich zu dem Gefangenen, dem Ihr vorwerft, der Auserwählte meiner Feinde zu sein!"

Der Kommandant nickte knapp und ging mit ihr davon. Die Wachen hatten den regungslosen Körper des Elben mittlerweile auf eine Trage verfrachtet und brachten ihn in das Verlies. Dort würde er bis zu seiner Befragung ausharren müssen.

Langsam öffnete er seine schweren Lider. Allmählich wurde ihm bewusst, dass er auf einer harten Liege lag. Ganz in der Nähe hörte er ein Rasseln, durch das er wach geworden war. Sein Schädel brummte und jeder Knochen, so klein er auch war, schmerzte. Das Letzte, an das sich Aldri erinnerte, war, dass es einen lauten

Knall gegeben hatte und er quer durch den Thronsaal, weg von der Immra geschleudert wurde. Es hatte einen schmerzhaften Aufprall gegeben. Danach fiel ihm nichts mehr ein.

Offensichtlich war er bis gerade eben bewusstlos gewesen. Mittlerweile hatte der junge Elb seine Augen ganz geöffnet. Er lag, wie schon vermutet, auf einer Liege und starrte die Decke an. Langsam drehte er seinen Kopf nach links. Allein durch diese kleine Bewegung wurde ihm schwindelig. Gleichzeitig rumorte sein Magen und Aldri musste sich beherrschen, um nicht zu spucken. Wenn er all dies richtig deutete, war er durch den harten Aufprall ordentlich durchgeschüttelt worden. Sein Körper hatte sich davon sichtlich noch nicht erholt und rebellierte deshalb gegen die kleinste Bewegung mit Schwindel und enormer Übelkeit. Wieso hatte die Immra dies überhaupt getan? Noch war der junge Elb nicht in der Lage, klare Gedanken zu fassen, weshalb er sich zunächst damit abfand, dass er auf einer harten Liege lag und sich nicht bewegen konnte, ohne gleich zu spucken. Er versuchte, sich zu entspannen und schloss die Augen.

Sie saß wieder auf ihrem Thron. Ungeduldig wartend blickte sie immer wieder hinüber zu den großen Toren des Thronsaals. Sie hatte den sogenannten *Auserwählten* befragt, hatte aber, wie nicht anders zu erwarten, nichts herausgefunden, was ihr geholfen hätte, die Feinde zu fassen. Durch ihre ohnehin schon sehr ungeduldige Art an diesem Tag hatte sie den Elben kurzerhand zum Tode verurteilt, ohne ihn richtig befragt zu haben. Dies war ihr angesichts der Tatsache, dass ein eventueller Feind in ihrem Verlies saß, relativ unwichtig erschienen. Jetzt jedoch saß sie auf ihrem Thron und wartete darauf, dass die Elbin, die den Spion befragen sollte, endlich erschien. Schließlich wollte sie schnell Gewissheit haben, ob sie dem Mann vertrauen konnte oder nicht. Sie überlegte gerade, was sie tun sollte, wenn sich herausstellte, dass es tatsächlich Feinde unter ihren Bediensteten gab. Sollte sie vielleicht jeden noch einmal überprüfen? Sie hatte ihre Dienerschaft bereits bei deren Einstellung persönlich überprüft, fragte sich jedoch, ob sie bei dem einen oder anderen etwas nachlässig war.

Während sie darüber nachdachte, öffnete sich eine der beiden Türen und die Befragerin kam herein. Sie trug ein schönes weißes

Kleid, sah allerdings nicht gerade glücklich darüber aus, hier zu sein. „Ihr habt mich rufen lassen, meine Herrin?"

„Ja, das habe ich. Gehe hinunter in die Verliese und befrage den Elben. Er ist ein potenzieller Feind meiner Person. Befrage ihn und bringe ihn, egal mit welchen Mitteln, zum Reden!"

Die Elbin nickte nur kurz und verschwand sofort wieder. Der Immra wurde immer bewusster, dass diese Frau offensichtlich mehr Spaß hätte, wenn sie den Zwerg weiter befragen dürfte.

Aldri erwachte aus einem sehr unruhigen und kurzen Schlaf. Schon wieder hörte er das Rasseln, das ihn schon beim ersten Mal geweckt hatte. Jetzt jedoch wurde es immer lauter. Scheinbar bewegte es sich, was es auch immer war, auf ihn zu. Langsam drehte er seinen Kopf. Zwar wurde ihm immer noch schwindelig, allerdings ging es ihm schon deutlich besser als zuvor. Erst jetzt bemerkte Aldri, dass er in einem vergitterten Raum lag. Erinnern, wie er hierhergekommen war oder warum er in diesem Raum lag, konnte er sich nicht. Allmählich ebbte der Schwindel ab und der junge Elb versuchte, sich aufrecht hinzusetzen. Es gelang ihm zu seiner eigenen Überraschung. Kurz musste er die Augen schließen, da sich noch immer alles drehte. Als er sie nach wenigen Atemzügen wieder öffnete, war der Schwindel verschwunden. Stattdessen bemerkte Aldri jetzt, dass er in einer Art Kerker sein musste, denn eine große Gittertür versperrte ihm den Weg zum Gang. Das Rasseln wurde ohrenbetäubend. Was es war, konnte Aldri jedoch trotz der Lautstärke nicht erkennen.

Alba war stocksauer auf die Immra. Wie konnte sie ihr nur den Spaß verderben? Wie konnte sie ihr nur auftragen, diesen blöden Elben zu befragen? Sie war enttäuscht, dass sie noch warten musste, bis sie ihr neues Folterinstrument an diesem Zwerg ausprobieren konnte. Sie hatte sich schon so darauf gefreut. Doch dann musste dieser Bote der Immra auftauchen und ihr mitteilen, dass sie sofort in den Thronsaal kommen sollte, damit man ihr ihren neuen und wichtigeren Auftrag aushändigen konnte.

Sie war in den Verliesen angekommen und ging mit schnellen Schritten auf den Gefangenenwärter zu. Dieser schien bereits zu wissen, weshalb sie kam. Ohne ein Wort abzuwarten, ging er voraus, um sie zu ihrem neuen Opfer zu bringen. Während sie den langen Flur mit etlichen vergitterten Türen entlanggingen, rasselte der Wärter mit seinem Schlüsselbund und suchte den passenden Schlüssel unter all diesen rostigen Dingern. Endlich hatte er den richtigen gefunden. Mittlerweile waren sie fast am Ende des Gangs angelangt. Links und rechts neben der Tür standen zwei Wachen. Offensichtlich war der Gefangene tatsächlich wichtig, ansonsten hätte die Immra ihn bestimmt nicht bewachen lassen. Nichtsdestotrotz wollte Alba diese Befragung so schnell wie möglich hinter sich bringen, damit sie sich wieder dem Zwerg widmen konnte.

Nachdem die Tür geöffnet war, betrat sie das Verlies, in dem der junge Elb auf seiner Liege saß. Verwirrt schaute er sie an. Wusste er nicht, was auf ihn zukommen würde? Oder wollte er Alba nur verunsichern? Falls er dies vorhatte, müsste er sich schon etwas anderes einfallen lassen, schließlich war Alba sehr erfahren.

Aldri dagegen war überrascht. Was wollte diese Frau bei ihm? Wollte sie ihn vielleicht zur Immra bringen, damit er dort seine gerechte Strafe für sein Fehlverhalten bekam? Oder sollte sie ihm etwas zu essen bringen. Diese Überlegung schloss er jedoch schnell wieder aus, da er nirgendwo etwas Essbares sah.

Ohne sich vorzustellen, fragte die Frau: „Wie heißt du?"

Aldri war so verdutzt über diese kindische Frage, dass er kein Wort herausbrachte. Die Elbin jedoch schien nicht zu bemerken, dass er überrascht war. Offenbar dachte sie, er wollte nicht antworten. Aus diesem Grund fragte sie nun mit etwas wütender Stimme: „Wie heißt du?"

„Aldri Spitzfinger. Und wie heißt du?"

„Du stellst keine Fragen! Haben wir uns da verstanden?", fuhr die Elbin ihn zornig an. Erschrocken zuckte der junge Elb zusammen und nickte nur knapp. Die Elbin blieb weiterhin unfreundlich und setzte ihre Befragung fort. Aldri jedoch konnte sich nicht so recht auf das Verhör konzentrieren, da er zu überrascht davon war. Warum stellte sie ihm all diese Fragen?

Alba ließ ihre aufkochende Wut an diesem Elben aus. Dabei wusste sie noch nicht einmal warum. Schließlich war er derjenige, der wohl am wenigsten etwas dafür konnte, dass sie hier war und nicht bei dem Zwerg. Dennoch musste er dafür hinhalten. Es war ihr letztlich egal, ob es berechtigt war oder nicht.

Immerhin schien die Befragung sehr schnell zu gehen. Der Elb antwortete ihr auf jede Frage. Zumindest bis jetzt. Allerdings hatte Alba ihm auch noch nicht die wichtigste Frage gestellt. Sie hoffte schon beinahe, dass er ihr mit einem einfachen *Ja* antworten würde.

„Bist du ein Feind der Immra?"

„Nein!"

Alba war enttäuscht. Es sollte wohl doch nicht so einfach werden, wie sie es sich gewünscht hatte. Zumindest konnte sie so noch ein wenig ihre Wut herauslassen.

„Bist du ein Feind der Immra? Antworte ehrlich!"

„Nein, ich bin kein Feind der Immra. Ich bin ... ich bin ..." Er schüttelte den Kopf und redete dann weiter: „Ich kann es der Immra nur persönlich sagen. Es wäre sonst zu gefährlich für sie."

„Immerhin er ist nicht dumm", dachte Alba. „Das geht nicht! Sie ist sehr beschäftigt und hat keine Zeit, sich mit dir auseinanderzusetzen", sagte die Elbin. Obwohl sie noch nicht alle Antworten erhalten hatte, die sie haben wollte, gab sie dem Wärter das Zeichen und kurze Zeit später verließ sie den Elben. Dieser blickte daraufhin nur noch verwirrter drein. Ohne zu zögern, ging sie zurück zum Thronsaal, um der Immra alles zu berichten, was sie herausgefunden hatte. Während sie die Gänge entlangging, überlegte sie, ob es nicht klüger wäre der Herrscherin einfach zu sagen, dass er ein Feind war. Dann würde sie ihn umbringen und Alba könnte sich endlich wieder um den Zwerg kümmern.

Immer wieder ging sie auf und ab, auf und ab. Sie konnte, nein sie wollte sich nicht beruhigen. Wie lange würde es wohl noch dauern, bis sie endlich wusste, was es mit ihm auf sich hatte. Ein Geräusch ließ sie aufblicken. Ihre Magd war durch einen Dienstboteneingang in den Thronsaal getreten und eilte nun auf sie zu: „Herrin, soll ich Euch schon einmal Euer Bad einlassen?"

Sie blickte die Frau an. Wie konnte sie es wagen, jetzt über ein Bad nachzudenken? Wie konnte sie es wagen, sich nicht um das Leben ihrer Herrin zu kümmern? Eiskalte Wut sprühte aus ihren Augen, als sie die Magd ansah. Diese zuckte erschrocken zurück, blieb aber trotzdem da und wartete auf eine Antwort. Der Zorn der Immra wurde immer größer. Mit einem Mal brach er aus ihr heraus und sie schleuderte der Frau einen starken Magieball entgegen. Bevor sich diese auch nur hätte bewegen können, war sie von der Kugel erfasst worden und flog durch die Luft. Am anderen Ende des Saals landete sie wie ein lebloses Stück Fleisch auf den Boden und blieb regungslos liegen.

„Wie kannst du es wagen mich wegen eines Bades zu stören?“, schrie die Immra. Ihr Gesicht war wutverzerrt und Schaum bedeckte ihre Mundwinkel.

Alba war endlich am Thronsaal angelangt. Dort wurde sie von den Wachen ohne die Frage, was sie wolle, durchgelassen. Als sie durch den Boteneingang die Halle betrat, erschrak sie. Direkt am Eingang der Halle lag eine reglose Gestalt auf dem Boden. Blut quoll ihr aus der Nase. Offensichtlich war diese durch irgendetwas gebrochen. Alba konnte kaum den Blick von diesem Szenario abwenden. Erst als sie eine laute Stimme hörte, wandte sie sich von dem erschlafften Körper ab.

„Wieso hat es so lange gedauert?“, brüllte die Immra sie an. Alba zuckte zusammen. Zwar wusste sie, dass der Elb, den sie gerade befragt hatte, eine Gefahr für die Herrscherin darstellen konnte, doch dass die Immra deshalb so aus der Fassung geriet, verwunderte die Elbin sehr. Gerade wollte sie etwas auf die Frage erwidern, da sprach die Immra auch schon weiter: „Was hat er gesagt? Ist er ein Feind? Hat er seine Kontaktpersonen genannt?“

Alba brachte kein Wort heraus. Immer wieder kehrten ihre Gedanken zu dem jungen Elben im Verlies und zu der toten Elbin hinter ihr zurück. Zwar hatte sie sich fest vorgenommen, der Immra eine Lüge auf zu tischen und ihr zu sagen, dass der Gefangene zwar ein Feind war, jedoch keine weiteren Namen kannte, doch angesichts der rasenden Wut der Herrscherin der Elben wusste sie nicht, ob es die richtige Entscheidung war. Immer wieder öffnete sie ihren Mund, jedoch kam kein Wort daraus hervor.

Aldri saß immer noch auf seiner Liege. Er dachte an das bisher Geschehene. Wieso hatte ihm diese Frau all diese Fragen gestellt? Was hatte es damit auf sich? Glaubte die Immra tatsächlich, dass er ein Feind war? Oder war er entführt worden? Gab es vielleicht sogar einen geheimen Ring innerhalb des Palastes, der gegen die Immra vorging? Fragen über Fragen schwirrten ihm durch den Kopf.

Noch immer konnte sich Aldri keine logische Antwort auf alles zusammenreimen. Allmählich bekam er außerdem Hunger, was das Denken zusätzlich erschwerte. Das Knurren seines Magens übertönte zuweilen seine Gedanken. Immer wieder dachte er an leckeres Essen. Aus diesem Grund stand der junge Elb von seiner Liege auf und ging hinüber zu den Gitterstäben. Dort stand auf jeder Seite je eine Wache. Er fragte: „Habt ihr etwas zu essen für mich?"

Obwohl er nicht erwartete, dass sie ihm antworten, geschweige denn eine Kleinigkeit zu essen gaben, verwunderte es ihn, dass sich einer der beiden zu ihm umdrehten. Die aufkommende Hoffnung Aldris wurde jedoch im Keim erstickt: „Setz dich wieder auf deine Liege und halt dein Maul!"

Aldri war verblüfft. Wie behandelte diese einfache Wache ihn bitte? Das konnte und wollte er nicht auf sich sitzen lassen, weshalb er zu einer erneuten Erwiderung ansetzte. Doch noch bevor er etwas sagen konnte, verpasste ihm die Wache durch die Gitterstäbe hinweg einen Faustschlag mit seiner gepanzerten Hand. Ganz deutlich hörte der junge Elb etwas knacken und taumelte zurück. Einen Schrei brachte er nicht hervor, obwohl es sehr wehtat.

Sie bereute es nicht, diese Entscheidung getroffen zu haben. Sie hoffte nur, dass die Immra sie dafür nicht bestrafte. Schließlich wusste Alba nicht, ob sie auf ihren Vorschlag eingehen würde.

„Dieser Spion will also mit mir sprechen?", fragte die Herrscherin mit skeptischem Blick.

„Immerhin scheint sie sich langsam zu beruhigen", dachte Alba. Sie nickte nur knapp und fügte dann an: „Es schien mir wichtig zu sein, Euch dies mitzuteilen. Er bestreitet felsenfest, ein feindlicher Spion zu sein. Falls Ihr Euch gegen ein persönliches Gespräch mit ihm entscheidet, würde ich es noch einmal versuchen. Dann allerdings mit einer anderen Methode."

Kurz schien die Immra darauf eingehen zu wollen, aber dann sagte sie zu Albas Überraschung: „Ich werde mit ihm reden." Mit diesen Worten entließ sie die junge Elbin.

Kurz war Alba noch zu überrascht von dieser Entscheidung, als dass sie sich hätte bewegen können. Dann, ganz allmählich, kam jedoch die Gewissheit zurück, dass sie sich nun ganz und gar dem Zwerg widmen konnte. Lächelnd verbeugte sie sich und verließ mit einem Kribbeln im Bauch den Thronsaal. Schon freute sich Alba wieder, ihr neuestes Folterinstrument ausprobieren zu können. Die Erregung kam mit jedem Schritt, den sie in Richtung ihres Gemachs machte, zurück. Nachdem sie ihr Instrument geholt hatte, würde sie geradewegs zu dem Zwerg zurückkehren. „Bestimmt wartet er schon“, dachte sie sich.

Sie schritt den Gang entlang. Mit jedem Schritt, der sie näher an ihr Ziel brachte, wurde sie unsicherer. Hatte sie tatsächlich die richtige Entscheidung getroffen? Sollte sie sich wirklich mit ihm unterhalten? Kurz überlegte sie, wieder in den Thronsaal zurückzukehren und ihn einfach seinem Schicksal zu überlassen. Dann jedoch blickte sie nach links und rechts. Neben ihr gingen die vier Wachen, die sie mitgenommen hatte. Was konnte schon passieren?

Während sie die lange Treppe hinunter in den Kerker gingen, fragte sie sich, über was der junge Elb mit ihr sprechen wollte. Sie achtete einen kurzen Augenblick lang nicht auf ihre Schritte und drohte zu stolpern und damit die Treppenstufen hinunterzufallen. Sie ruderte mit ihren Armen, um das Gleichgewicht zu halten, da spürte sie eine Hand an ihrem Handgelenk, die sie zurückzog. Als sie wieder aufrecht stand, drehte sich die Immra um und bedankte sich bei ihrer Wache. Dann schritten sie die restlichen Stufen hinab.

Kurze Zeit später waren sie bei den Verliesen angekommen. Die Herrscherin über das Elbenvolk ging direkt auf den Gefangenenwärter zu und forderte ihn auf, sie zu dem Elben zu bringen. Bereits von Weitem vernahm sie Stimmen. Dann gab es ein lautes Scheppern, und als sie um die Ecke bogen, sah die Immra, dass einer der beiden abgestellten Wachen dem Gefangenen einen Schlag mitten ins Gesicht verpasst hatte.

Aldri taumelte zurück und ließ sich auf seine Liege fallen. Für einen Moment vollkommen schockiert, registrierte er zunächst nicht, dass sich Personen seiner Zelle näherten. Erst als diese direkt vor seinen Gitterstäben standen, hob er seinen Blick. Zu seiner großen Freude sah er dort in das Gesicht der Immra. Glücklich darüber, dass sie seiner Bitte nach einem persönlichen Gespräch gefolgt war, erhob er sich und versuchte, sie zu begrüßen, doch ein wahrscheinlich gebrochener Kiefer hinderte ihm am Sprechen. Stattdessen verzog er sein deformiertes Gesicht zu einem Lächeln, das noch mehr schmerzte. Mit einer Hand deutete er auf seinen Kiefer, mit der anderen versuchte er der Herrscherin durch Zeichensprache zu verdeutlichen, dass er nicht sprechen konnte. Dies gelang ihm jedoch nicht so gut, wie er gehofft hatte.

Denn mit einem vor Ekel verzogenen Blick betrachtete sie ihn nur kurz und fragte die beiden Wachen vor seiner Zelle: „Was macht er da?“ Sie betrachtete ihn. Sein Gesicht schien keine richtige Form mehr zu besitzen. Seine Unterlippe hing schlaff herunter und er deutete immer wieder darauf. Mit der anderen Hand fuchtelte er in der Luft herum. Sie konnte, oder wollte nicht verstehen, was er damit ausdrückte. Deswegen wandte sie sich an die beiden Wachen und fragte: „Was macht er da?“

Während der eine Mann nur mit den Schultern zuckte, erwiderte der andere: „Meine Herrin, ich vermute, er möchte Euch sagen, dass er nichts sagen kann.“ Die Wache lachte kurz auf.

„Und wieso kann er nichts sagen?“, fragte sie verwundert über diese Aussage.

Für einen Moment schien es, als blickte der Mann verschämt zu Boden, dann jedoch rang er sich zu einer Antwort durch und sagte: „Weil ich ihm mit einem Schlag wahrscheinlich den Kiefer gebrochen habe. Aber zu meiner eigenen Verteidigung, er hat mich vorher provoziert.“

Die Immra hörte schon nicht mehr zu. Stattdessen dachte sie sich ihren Teil und sprach eine kleine aber wirksame magische Formel. Mit einem lauten Knacken sprangen alle Knochen und Gelenke an ihren richtigen Ort und der Elb vor ihr sah wieder normal aus.

Aldri befühlte sein Kinn. Es schien, als ob alles wieder seine richtige Form angenommen hätte. Er schaute zur Immra, die jetzt genau vor seiner Zelle stand. Sie schien ebenfalls froh darüber zu sein, dass er wieder normal aussah.

„Du wolltest mit mir reden?“, fragte sie ihn.

Aldri überlegte kurz, wie er am besten vorgehen sollte. Schließlich entschied er sich, sie zu testen. „Ja! Aber mir wäre es lieber, wenn die anderen verschwinden könnten.“ Mit einem Kopfnicken deutete er auf die Wachen und den Gefangenenwärter, die interessiert zuhörend hinter der Herrscherin standen.

Als die Immra sich umdrehte, erschraken sie und wurden rot vor Scham. Die wandte sich wieder dem jungen Elb zu und nickte. Warum sie dies tat, konnte sie nicht sagen. Allerdings meinte sie, dass er ihr nicht viel anhaben könne. Aldri freute sich innerlich darüber, dass sie ihm vertraute und ihre Wachen wegschickte. Als sowohl die sechs Wächter und auch der Wärter mit seinem rasselnden Schlüsselbund verschwunden waren, blickte sie ihn fragend an.

Sie wartete darauf, dass er ihr endlich erklären würde, was das alles wollte, aber er sagte nichts. Stattdessen starrte er sie nur andauernd an. Nach einigen Sekunden verlor sie die Geduld und fauchte ihn wütend an: „Was soll das Ganze hier?"

Immer noch nichts sagend, fing dieser Elb auch noch an, schelmisch zu lächeln. Sie wurde immer wütender und wollte ihm gerade etwas Zynisches entgegenschleudern, da öffnete er seinen Mund und fing an zu singen:

Vor langer Zeit,
lang ist es her,
da war alles weit,
so weit wie das Meer.
Die Blätter saftig und grün,
Mutter Erde war so schön.
Die Luft war so rein,
Der Wald war riesenhaft,
Eine Blume wollte man sein,
Vöglein zwitscherten lebhaft.
Die Schönheit machte blind,
Jeder Baum ein Riese.
Bäume neigen sich im Wind,
wie Blumen in einer schönen Frühlingsbrise.

Am Ende des Liedes kullerte ihm eine einzelne Träne über die Wange und blieb an seinem Kinn hängen. Sie wusste nicht, was sie sagen sollte. Sie war sprachlos.

Aldri spürte, dass er ihr Herz berührt hatte. Auch meinte er, in ihren Augen zu erkennen, dass sie wusste, wer er war. Zu seiner großen Enttäuschung jedoch verzog sie keinen Mundwinkel und zeigte keine offene Gefühlsregung. Einzig das Schimmern in ihren Augen zeigte ihm, dass sie gerührt war. Immer noch war sie in ihrer Rolle der Herrscherin aller Elben. Als diese musste sie stark, wachsam und vor allem abweisend zu persönlichen Gefühlen einer anderen Person sein. Er legte seinen Kopf schräg und blickte sie an. Gerade wollte er sie etwas fragen, da sah er das Zucken ihrer Mundwinkel. Offensichtlich konnte sie die Emotionen nicht mehr unter Kontrolle halten. Hatte er vielleicht doch ihren innersten Punkt getroffen?

Während er darüber nachdachte, lösten sich einzelne Tränen aus den Augen der sonst so starken Immra. Offensichtlich war das alles zu viel für sie. Mit einem Schnippen ihrer Finger öffnete sich die Tür und sie stürzte auf ihn zu. Während sie in seinen Armen lag und weinte, vernahm Aldri durch die vielen Schluchzer immer wieder das eine Wort: „Bruder!"

Sie konnte sich nicht beruhigen. Immer wieder schluchzte sie die Worte: „Bruder, Bruder, mein Bruder!"

Tränen flossen wie ein Wasserfall aus ihren Augen und ihr Herz schlug so schnell wie lange nicht mehr. In diesem Augenblick war sie sorgenlos und dachte an nichts mehr, außer daran ihren Bruder nie wieder loszulassen. Immer wieder schoss ihr ein Gedanke durch den Kopf: „Ich habe einen Teil meiner Familie wieder!" Dass das eine große Gefahr für sie wie auch für ihren Bruder war, daran wollte sie in diesem Moment nicht denken.

Erst nach einigen Minuten ließen sich die wiedergefundenen Geschwister los. Lange noch starrten sie sich gegenseitig an. Beide hatten rot verquollene Augen vom Weinen. Doch diesen magischen Augenblick wollte keiner von ihnen durch ein falsches Wort zerstören. Deswegen blieben sie stumm und unterhielten sich nur mit Blicken.

Rückblick: Der Traum

Mitten in der Nacht erwachte Lycia schweißgebadet. Neben ihr lag Walter. Seine rechte Hand umklammerte ihre Hüfte. Lycia schob seine Hand beiseite und setzte sich auf die Bettkante. Sie stand auf, ging hinüber zu der Schüssel mit Wasser und wusch sich das Gesicht. Das kühle Nass fühlte sich wohltuend auf ihrer Haut an. Noch immer war ihr heiß. Sie stützte sich an den Seiten der Schale ab und blickte in das Wasser. Sie hatte einen schlimmen Traum gehabt. Dieser Albtraum war anders als die anderen gewesen. Er hatte so echt gewirkt. Sie versuchte, sich daran zu erinnern, was genau darin vorgekommen war. Nach einer Weile kam es ihr wieder in den Sinn.

Sie hatte ein Verlies gesehen. Darin hatte Dondrodis flach auf dem Boden gelegen, alle viere von sich gestreckt. Er hatte schwer geatmet. Nach einigen Sekunden hatte sich Dondrodis umgedreht. Lycia sah sein Gesicht noch immer klar vor ihren Augen. Er hatte blutige Wunden an seinen Wangen gehabt. Auch an seinem Hinterkopf hatte sie eine Platzwunde gesehen. Das einst wunderschöne Antlitz war vor Pein verzerrt gewesen. Doch als wäre das nicht genug, war nach einigen Augenblicken eine zweite Gestalt in den Raum gekommen. Es war ein Mann gewesen. Er hatte eine schwarze Rüstung angehabt und Dondrodis etwas gefragt. Dondrodis hatte sich ein wenig aufgerichtet und geantwortet. Lycia hatte nicht verstanden, über was sich die beiden unterhalten hatten. Scheinbar war der Mann jedoch nicht mit der Antwort zufrieden gewesen, denn er hatte den Gefangenen an den Haaren empor gezerrt und ihm mit einem kleinen Dolch tiefe Schnitte in den linken Arm geritzt. Dondrodis hatte dabei vor Qualen geschrien. Zwar hatte sie keinen Laut wahrgenommen, dennoch hatte sie das schmerzverzerrte Gesicht gesehen. Als die düstere Person mit der Folter fertig gewesen war und den Raum verlassen hatte, war Dondrodis in einer Ecke wimmernd zusammengebrochen. Lycia hatte zugesehen, wie er versucht hatte, sich die neuen Wunden mit einem Stofffetzen seiner Kleidung zu verbinden, doch es hatte nicht geklappt. Dann hatte sich der Traum plötzlich verändert. Anstelle von Dondrodis hatte sie nun die düstere Gestalt alleine in einem großen goldenen Thronsaal sitzen gesehen. Der Mann hatte eine lange Narbe auf einer seiner Wangen gehabt. Auch hatte sie jetzt eine Krone bemerkt, die er in den Händen gehalten hatte. Nach dem, was Dondrodis erzählt hatte, war Lycia sich sicher, dass dies der König der Menschen auf der Elfeninsel gewesen war.

Nach einigen Minuten hatte sich die große Tür des Thronsaals geöffnet und eine weitere in Schwarz gekleidete Gestalt war erschienen. Die beiden Männer hatten sich kurz unterhalten, dann war die zweite Gestalt wieder verschwunden. Sie hatte einen großen Beutel da gelassen. Als der König in den Beutel sah, hatte Lycia mehrere Folterinstrumente erkannt. Offensichtlich hatte der König vor, Dondrodis weiter zu quälen. Nachdem der zweite Mann den Thronsaal verlassen hatte, war das Traumbild nicht zu Dondrodis zurückgekehrt. Nein, im Gegenteil, Lycia hatte auf einmal Leffert gesehen. Es musste Leffert gewesen sein, denn sie hatte eine große Mauer um die Insel herum erkannt. Auch Walters Schloss hatte sie gesehen. Während sie vermutete, dass der Albtraum vorbei war, hatte sie gesehen, wie sich Tausende Schiffe der Mauer näherten. Ohne jede Vorwarnung hatten die Schiffe plötzlich angefangen, die Insel von allen Seiten anzugreifen. Mit großen Kanonen hatte man auf die Verteidigungsanlage geschossen. Die Mauer war eingestürzt. Die Diamantenkrieger und Soldaten, die Wache gestanden hatten, waren von den Mauertrümmern begraben worden. Ein Tumult war ausgebrochen. Tausende Krieger Lefferts hatten sich versammelt und waren auf die Mauer zu gestürmt, doch zu spät. Die ersten Schiffe hatten bereits ihre Anker geworfen und angefangen, Beiboote voller Soldaten abzulassen. Weiterhin hatten die Kanonen der anderen Schiffe die heranstürmenden Verteidiger beschossen. Die ersten Beiboote der Angreifer hatten die Insel erreicht. Nach und nach waren immer mehr Feinde über den Strand gestürmt und hatten Angriffslinien gebildet. Dann hatte sie Walter, Carlos, Helena und sich selbst mit einer Streitmacht im Rücken auf eine der feindlichen Truppen zu reiten gesehen. Urplötzlich sah sie, wie die reale Lycia den Platz im Sattel eingenommen hatte und auf die Feinde zugestürmt war. Lycia stieß ihr Schwert in die Luft und schrie. Doch noch bevor sie die Feinde erreichte, tötete eine Kanonenkugel Helenas fliegendes Pferd und seine Reiterin stürzte zu Boden, wo sie reglos liegenblieb. Carlos begann zu schreien. Es war ein entsetzlicher Schrei. Er rannte hinüber zu seiner Frau, doch konnte er nichts mehr für sie tun. Es folgte eine zweite Salve Schüsse. Dieses Mal traf es Walter. Er wurde einige Meter zurückgeschleudert und war sofort tot. Während Lycia weiter versuchte, die feindliche Linie zu erreichen, wurde Carlos von den heranstürmenden Soldaten eines anderen Beibootes eiskalt umgebracht. Die restlichen Diamantenkrieger kamen Lycia zu Hilfe. Doch noch bevor sie sie erreichten, tötete ein Pfeilhagel zwei von ihnen. Es war ein grausames Bild. Einer nach dem andern wurde abgeschlachtet. Nicht einer von ihnen überlebte. Lycia erreichte schließlich mit einer geradezu lächerlich kleinen Truppe die feindliche Linie. Sie stürzte sich in den Kampf und traf auf einen Mann, der eine Krone auf dem Kopf trug. Sie schlug mit dem Schwert nach ihm, sodass ihm die Krone vom Kopf fiel. Der Mann griff sie seinerseits an. Lycia kämpfte um ihr Leben, doch sie konnte nicht gewinnen. Sie musste mit ansehen, wie der Mann ihr das Schwert aus der Hand schlug. Er ließ sein eigenes Schwert auf ihren Kopf sausen. In diesem Moment war sie schweißgebadet erwacht.

Noch immer war ihr viel zu heiß. Sie wusch sich erneut das Gesicht und ließ das kalte Wasser ihren nackten Körper hinunter rinnen. Das Wasser lief von den Brüsten auf ihren Bauch. Von dort aus suchte es weiter seinen Weg bis zu ihren Füßen. Auf einmal fühlte es sich nicht mehr an wie Wasser. Es fühlte sich wie warmes Blut an. Erschrocken blickte sie an sich herunter. Obwohl sie sah, dass es kein Blut war, konnte sie sich nicht komplett davon überzeugen. Tief durchatmend schaute sie wieder in die Wasserschüssel. Plötzlich berührte eine Hand sie an der Schulter. Lycia fuhr herum. Zu ihrer Erleichterung war es nur Walter. Auch er war offenbar erwacht und stand nun vor ihr.

„Was tust du da?“

„Ich habe schlecht geträumt.“

„Wieso bist du so nass?“, fragte er sie, während sein Blick ihren Körper entlangwanderte.

„Ich musste mich etwas abkühlen."

Er berührte sie an der Schulter. „Komm wieder schlafen. Wir müssen morgen ausgeruht sein. Oder willst du todmüde Steine tragen?"

Lycia schüttelte den Kopf. Sie war so froh, dass sie Walter hatte. Noch glücklicher war sie darüber, dass sie nun bald heiraten würden. „Walter? Kann ich dir etwas erzählen?"

„Aber klar. Ich habe immer ein offenes Ohr für dich. Was liegt dir denn auf dem Herzen?"

Lycia begann zu sprechen. Während sie ihrem Liebsten von ihrem Traum erzählte, hörte dieser aufmerksam zu.

„Und was sagst du dazu?"

„Ich denke, dass es nur ein gewöhnlicher Albtraum war. Jetzt lass uns schlafen. Wir müssen morgen wirklich weitermachen. Also, gute Nacht."

„Gute Nacht, Walter." Lycia drehte sich um. Sie starrte noch eine Zeitlang die Wand an. Wenn sie ehrlich war, hatte sie Angst, einzuschlafen und erneut einen derart schlimmen Albtraum zu haben. Während sie wach lag, spürte sie, dass sich Walter eng an sie schmiegte und umarmte.

„Hoffentlich träumst du schön", flüsterte Lycia ihm zu, doch Walter antwortete ihr nicht mehr. Stattdessen begann er zu schnarchen.

Falscher Ort – Richtiger Zeitpunkt

Mondri brach der Schweiß aus. Eindeutig vernahm er draußen vor der Scheune die Stimmen von mindestens drei Männern. Vielleicht waren es auch mehr. Dank seines sehr guten Gehörs konnte er jedes einzelne Wort verstehen.

„... genau. Ich habe alles in der Scheune. Wir müssen jedoch vorsichtig sein. Dort schläft ein Landstreicher, den ich gestern aufgesammelt habe."

„Ein Landstreicher? Was willst du denn mit dem?"

„Ich werde ihn solange hier schlafen lassen, bis er kein Geld mehr besitzt, um mich zu bezahlen. Dann werde ich ihm anbieten, für seine Unterkunft bei mir zu arbeiten."

Die beiden anderen Männer lachten laut auf. Einer von ihnen sagte: „Du bist echt ein schlauer Fuchs, Milok."

Milok, offensichtlich der Bauer, schien geschmeichelt zu sein, denn er kicherte nur. Die Schritte der Männer kamen immer näher. Mondri musste schnell überlegen, was er tun sollte. Sich schlafend stellen, oder die drei Männer nieder rennen? Was wäre, wenn draußen noch mehr von ihnen stehen würden? Der junge Elf wusste ganz genau, dass er es nie im Leben mit mehr als drei Personen gleichzeitig aufnehmen konnte. Daher blieb ihm nur, sich schnell wieder auf das Heu zu legen, die Augen zu schließen und so zu tun, als ob er schliefe. Gerade hatte er sich wieder auf das kuschelige und noch warme Stroh gelegt, da quietschte das Scheunentor. Ganz vorsichtig wurde es geöffnet. Das konnte Mondri durch die halb geschlossenen Augen noch erkennen. Die drei Männer kamen herein. Ab diesem Augenblick schloss der junge Elf seine Augen und hörte nur noch zu. Vielleicht würde er die Informationen, die er mitbekam, später noch einmal nutzen können.

Milok verfluchte dieses Tor. Warum musste es auch so laut quietschen. Bestimmt war dieser Landstreicher aufgewacht und würde sich über so viele Gäste wundern. Als die drei eintraten, sah er jedoch, dass der Mann immer noch tief und fest schlief. Scheinbar war er sehr müde gewesen, als er sich auf das Stroh gelegt hatte.

Er selbst wachte jedes Mal auf, wenn der Hahn das erste Mal krähte. Dann war es an der Zeit, die Kühe zu melken und die Schweine zu füttern.

Jetzt jedoch musste er die beiden Männer durch die Scheune geleiten. Der Verkauf von allem Überschüssigen reichte schon lange nicht mehr aus, um seine Familie zu ernähren. Aus diesem Grund hatte er damit angefangen, als Zwischenhändler für Schmuggler zu arbeiten. Dabei machte er einen so großen Umsatz, dass es am Ende des Jahres immer wieder für ein neues Schwein reichte. Dieses mästete er dann im darauffolgenden Jahr, um es auf dem letzten Markt des Jahres teuer zu verkaufen. Dafür wiederum konnte er einen Vorrat an Lebensmittel anschaffen, mit dem die Familie den Winter überstand. Ab und zu blieb sogar noch ein kleiner Rest des Goldes übrig, womit er seinen beiden Kindern und seiner Frau jeweils ein Geschenk kaufte. Dann freuten sie sich alle so sehr, dass die vergangenen härteren Zeiten so gut wie vergessen waren.

Mondri hörte, wie drei Paar Stiefel über den Boden gingen. Immer näher schienen sie zu kommen. Die Stimmen der drei, so leise sie auch sprachen, wurden immer lauter.

„Wo ist es denn?"

„Da hinten. Es musste schließlich ein sicheres Versteck sein."

„Ah gut, ich verstehe!"

Nur ganz leicht öffnete der junge Elf seine Augen, um etwas zu sehen von dem, was gerade passierte. Auch wenn es nur ein kleiner Schlitz war, durch welchen Mondri blickte, sah er genau, dass der Bauer namens Milok den beiden fremden Männern ganz hinten in der Scheune etwas zeigte. Offenbar gab es dort ein Versteck. Die drei Männer verschwanden kurz darauf aus seinem Blickfeld. Entweder waren sie irgendwo hinabgestiegen, oder sie duckten sich hinter den verteilten Strohballen.

Sie waren an der Tür im Boden angekommen. Milok bückte sich und schob das Heu, das er darüber verstreut hatte, um sie zu verstecken, beiseite. Anschließend zog er an der Eisenkette und öffnete dadurch den Eingang zu dem Versteck. Er trat beiseite und offenbarte den beiden Schmugglern die Treppe, die hinunter zu den Kisten führte. Die beiden grinsten sich an. Einer von ihnen sagte:

„Sehr gut! Hier hast du deine Belohnung! Du kannst jetzt deiner gewohnten Arbeit nachgehen. Wir werden einige Minuten brauchen, um alle Kisten da unten herauszuholen und sie auf unseren Wagen zu schleppen. Anschließend werden wir dich holen, damit du dein Versteck wieder unsichtbar machen kannst."

Milok schnappte nach dem Geldbeutel, der ihm zugeworfen wurde. Ohne die Münzen im Inneren zu zählen, spürte er schon am Gewicht, dass er durch dieses Geschäft seine Familie wieder einen ganzen Winter durchfüttern konnte. Trotz dieser Aussicht wollte er noch heute Abend an seinen Vermittler schreiben, um ihn nach einem weiteren Auftrag zu fragen. Vielleicht würde er sich dann ja neben dem Schwein auch noch ein neues Pferd leisten können. Denn sein jetziger Gaul war zu alt, als dass er noch lange durchhalten könnte.

Mondri bemerkte, dass eine Person die Scheune verließ. Ein einziges Stiefelpaar näherte sich ihm und verschwand in Richtung des Scheunentors. Trotzdem blieb der Elf ruhig liegen. Er wusste schließlich nicht, ob diese Person irgendwann zurückkommen würde.

Er roch das frische Heu unter sich und dachte an die schönen, saftigen Wiesen. Immer weiter träumte er sich in seine Heimat. Er lag im Gras und roch an den unterschiedlichsten Blumen. Keine hatte den Duft der anderen. Alle waren anders.

Ein lautes Muhen ließ ihn aufschrecken. Verwirrt schaute sich Mondri um. Wo war die Wiese geblieben, auf der er doch gerade noch gelegen hatte? Statt Blumen hielt er Heu in seiner Hand. Anstelle der Hasen, die über das Grün hoppelten, stand eine schwarzweiß gescheckte Kuh vor ihm. Auf einem Schemel davor saß der Bauer. Offenbar war der junge Elf eingeschlafen. Denn von den beiden Fremden war keine Spur zu sehen. Der Bauer hingegen drehte sich kurz um und lachte auf.

„Gott sei Dank! Er scheint nichts bemerkt zu haben", dachte Milok. Trotz der Tatsache, dass er gesehen hatte, dass der Mann geschlafen hatte, wollte er sicher gehen.

„Na? Eine angenehme Nacht gehabt?"

Der Mann schaute ihn an. Noch immer schien er sehr verwirrt darüber zu sein, dass er in einer Scheune lag.

„Ja", sagte er und fügte dann an: „Wie spät ist es?"

Milok lächelte. Ein großer Stein fiel im vom Herzen. Der Landstreicher schien tatsächlich nichts mitbekommen zu haben. „Wir haben fast Mittag. Wenn du dich beeilst mit deinem Essen, kannst du mit mir in die Stadt fahren. Ich habe noch einige Besorgungen zu machen."

Der Mann schaute kurz zu dem Teller, der auf einem der vielen Heuballen stand, nickte und stand auf. Anschließend wankte er schlaftrunken hinaus auf den Hof und hinüber zu dem Brunnen.

Mondri erinnerte sich langsam wieder daran, was er auf diesem Bauernhof tat. Er trottete hinüber zu dem Brunnen und wusch sich das Gesicht, um endgültig wach zu werden. Dabei achtete er ganz genau darauf, dass sein Umhang, den er immer noch trug, nicht verrutschte, sodass der Bauer ihn keinesfalls als Elf entlarven konnte. Mit jedem Tropfen Wasser wurde er wacher. Erst jetzt dachte er an die Geschehnisse in den frühen Morgenstunden zurück. Als er sich daran erinnerte, dass der Bauer anscheinend Schmuggler unterstützte, musste Mondri lächeln. Zwar war er am komplett falschen Ort. Schließlich sollte er die Stadt und ihre Schwachstellen erkunden und sich nicht auf einem Bauernhof eine Meile entfernt herumtreiben, allerdings konnte er die Information über den Bauern mit Sicherheit noch einmal zu seinem eigenen Vorteil nutzen.

„Es ist schon merkwürdig", dachte sich der junge Elf. In was war er da nur hineingeraten?

Der singende Zwerg

Bolk lag in dem kleinen Raum und wartete darauf, dass die Elbin endlich zurückkommen würde. Einige Zeit hatte er versucht, zu schlafen. Doch immer wieder schreckte er aus seinen Träumen hoch. Seine Wunden schmerzten so stark, dass er lange Zeit nicht eingeschlafen war. Mittlerweile lag er seit einigen Stunden wach und wartete. Er ging seinen Plan noch einmal in Gedanken durch. Er würde der Elbin zeigen, was es hieß, sich mit einem Zwerg anzulegen.

Alba schloss ihr Gemach sorgfältig ab. Dann erst machte sie sich wieder auf den Weg zu dem Zwerg. Sie freute sich schon sehr darauf, ihr neues Folterinstrument zu benutzen. Bald würde dieser Zwerg winselnd vor ihr auf dem Boden knien und sie anflehen, ihr die Antworten auf ihre Fragen geben zu dürfen. Davon war die Elbin überzeugt. In der rechten Hand trug sie den Gegenstand, der dafür sorgte. Nicht mehr lange und sie würde endlich wissen, wie gut er funktionierte. Sie würde sehen, was für Schmerzen er verursachte, und dann wäre sie die glücklichste Person der ganzen Welt.

Gerade bog sie in den Gang ein, der sie auf direktem Weg zu dem Zwerg führen würde, da vernahm sie näher kommende Schritte. Wütend schnaubte Alba. Sollte die Immra sie erneut rufen lassen, wüsste sie nicht, ob sie sich beherrschen konnte. In ihrer erregten Gefühlslage voll und ganz darauf fokussiert, den Gegenstand jetzt sofort an dem Zwerg auszuprobieren, beschleunigte sie ihre Schritte, um demjenigen zu entwischen, der sie verfolgte und sie mit Gewissheit von dem Zwerg wegzerren würde.

Bolk hörte Schritte. Er war angespannt. Wieso hatte es so lange gedauert, bis die Elbin wiederkam? Hatte sie sich etwas besonders Brutales ausgedacht? War dies Teil ihrer Strategie? Wollte sie ihn verunsichern, um dadurch leichter an die Informationen zu gelangen? Bolk konnte es sich nicht erklären. Sein Gehirn arbeitete unermüdlich, doch soweit er sich entsinnen konnte, hatte es keine Anzeichen auf diese lange Wartezeit gegeben. Mit einem Mal verstummten die Schritte. War es vielleicht gar nicht die Elbin? Doch, sie war es. Zwar gedämpft, aber dennoch deutlich genug vernahm er ihre Stimme. Was sie jedoch genau sagte, konnte er nicht hören. Nur vereinzelte Wörter drangen an sein Ohr.

„... nicht ... Zwerg ... befragen ... neue Methode ...“

Darauf antwortete eine eindeutig männliche Stimme. Die Person, die sprach, vernahm der Zwerg im Gegensatz zu der Stimme der Elbin so deutlich, als würde er direkt neben ihm stehen: „Ich habe einen Auftrag, Alba. Ich gebe dir zwei Stunden. Wenn du dann keine neuen Antworten bereithältst, musst du mit mir kommen. Hast du mich verstanden?“

Niemand antwortete. Da sich jedoch nach kurzer Zeit die Schritte wieder näherten, vermutete Bolk, dass sie stumm zugestimmt hatte. Dann öffnete sich die Tür und die Elbin trat ein.

Alba war nur noch wenige Schritte von der Tür, die sie vom Zwerg trennte, entfernt, da vernahm sie eine männliche Stimme hinter sich. Nachdem sie zum zweiten Mal beim Namen gerufen worden war, drehte sie sich entnervt um und fuhr den Elben wütend an: „Was gibt es? Ich muss den Zwerg weiter befragen.“

Erst als sie den Satz beendet hatte, erkannte sie den anderen. Es war einer ihrer guten Freunde, wenn man es überhaupt so sagen konnte, denn eigentlich besaß sie keine Freunde. Niemand konnte sich mit ihrem Vergnügen an der Folter anfreunden, weshalb es ihr auch nie möglich gewesen war, eine Freundschaft aufzubauen. Aus diesem Grund unterschied Alba lediglich zwischen Personen, die sie ertrugen, und denen, die es nicht taten.

Der Elb, der jetzt zu ihr aufgeschlossen hatte und somit direkt vor ihr stand, war einer der wenigen, die sie in ihrer Gegenwart duldeten.

„Ich freue mich auch, dich zu sehen“, entgegnete er.

„Was willst du denn hier?“, fragte Alba ihn jetzt ruhiger. Normalerweise war es seine Aufgabe als Waffenschmied, jede einzelne Rüstung instand zu halten, sodass die Krieger sie im Falle eines Kampfes nur noch überstreifen mussten. Dass er jetzt vor ihr stand, verwunderte sie daher sehr. Der Handwerker jedoch schien ein ernstes Anliegen zu haben. Er wirkte deutlich angespannt. „Ich habe eine Nachricht für dich. Du sollst innerhalb der nächsten drei Stunden beim Großen Rat erscheinen.“

„Das geht nicht! Ich muss zuerst den Zwerg befragen. Ich habe eine neue Methode entwickelt, ihm durch Folter das nötige Wissen abzupressen.“

Ehe sie ihre Ausführungen beenden konnte, schüttelte der Elb seinen Kopf und sagte: „Ich habe einen Auftrag, Alba. Ich gebe dir zwei Stunden. Wenn du dann keine neuen Antworten bereithältst, musst du mit mir kommen. Hast du mich verstanden?“

Schweigen trat ein, dann jedoch nickte Alba und drehte sich sofort um. Sie wollte noch ein wenig Spaß mit dem Zwerg haben, bevor sie sich auf den Weg machte.

Einige Augenblicke später öffnete sie die Tür und trat ein. Bolk bemerkte ihren gequält wirkenden Gesichtsausdruck. Scheinbar war sie mit dem Verlauf des vorangegangenen Gesprächs nicht zufrieden. Dennoch wirkte sie auf ihn nicht weniger bedrohlich als zuvor.

Nachdem sie die Tür geschlossen hatte, wandte sie sich dem Zwerg zu und lächelte boshaft. In ihrer rechten Hand hielt sie einen Gegenstand, den Bolk nicht kannte. Er war länglich geformt und hatte eine blau gefärbte Spitze. Jedoch war sie nicht wie bei einem Schwert oder Dolch gerade, sondern leicht nach gebogen. Auch lief der Gegenstand zur Spitze hin immer weiter zu, bis es am Ende nur noch hauchdünn war. Das Metall, aus dem das Ding geformt worden war, sollte es überhaupt eins sein, kannte der Zwerg ebenso wenig. Wenn er sich nicht komplett täuschte, sah es sehr nach einem knochenähnlichen Material aus. Offenbar freute sich die Elbin über den irritierten Gesichtsausdruck des Zwerges.

„Soll sie sich nur freuen. Ihr wird das Lachen noch früh genug vergehen“, dachte er. Noch musste das Lied einen Augenblick warten. Erst wenn sie ihn wieder etwas fragte, würde er damit beginnen, ihr die Strophen vor zu singen.

Alba lächelte boshaft. Sie sah genau, mit welchem Argwohn der Zwerg den Gegenstand in ihrer rechten Hand betrachtete. War er nur überrascht, es zu sehen, oder konnte er sich vielleicht schon vorstellen, wofür sie es gebrauchen konnte?

Sie ging auf ihn zu und hockte sich vor den Zwerg. Ihre Augen waren auf einer Höhe. Sie legte den Gegenstand noch einmal auf dem Boden ab. Einen Moment musste sie sich noch gedulden, das wusste Alba, doch dann würde sie es endlich ausprobieren dürfen.

„Na? Hast du mich schon vermisst?“, fragte sie ihn spöttisch. Die Elbin wollte ihn herausfordern und somit eine Möglichkeit provozieren, die es rechtfertigte, dass sie ihn noch vor der Befragung foltern durfte.

Zu ihrer Enttäuschung blieb er stumm und starrte sie wieder mit seinem leeren und abwesenden Blick an. Hätte sie nicht gesehen, dass er atmete, würde sie glatt vermuten, dass er in der Zeit, in der sie nicht da gewesen war, gestorben wäre. Ohne darauf weiter einzugehen, erklärte sie ihm: „Du hast jetzt die letzte Möglichkeit, mir alles zu erzählen. Solltest du es nicht tun, sehe ich mich gezwungen, mein neues Folterinstrument an dir auszuprobieren. Wie ich weiß, hast du in letzter Zeit nichts zu essen bekommen. Dieses Gerät wird dafür sorgen, dass du nie wieder etwas zwischen die Zähne bekommen wirst. Also, erzählst du mir nun die ganze Geschichte?“

Bolk schwieg. Er wartete auf diese eine Frage. Er wusste ganz genau, dass sie als Nächstes kommen würde. Zwar graute ihm ein wenig davor, was sie mit diesem langen Gegenstand anfangen würde, doch war er sich sicher, dass es nicht schlimmer werden könnte, als es sowieso schon für ihn war.

In genau diesem Moment kam die Frage, auf die der Zwerg gewartet hatte. Doch als er vernahm, was sie beabsichtigte, wenn er nicht kooperieren würde, wurde ihm mulmig zumute. Sollte er vielleicht doch alles erzählen, was er wusste. Es konnte nicht so wichtig sein, dass er dafür sein Leben riskierte, oder? Viele verschiedene Szenarien schossen ihm durch den Kopf. Am Ende entschied er sich jedoch dafür, seinen Plan durchzuführen, komme was wolle.

„... also, erzählst du mir nun die ganze Geschichte?“, beendete die Elbin ihre Ausführungen.

Bolk atmete kurz durch, dann öffnete er seinen Mund. Für einen Moment blickte die Elbin überrascht drein. Doch anstatt ihr alles zu erzählen, stimmte der Zwerg das Lied der Berge an: „Vor langer Zeit, da schuf uns der Herr der Berge und Gesteine aus dem härtesten Felsen ...“

Alba überraschte die Reaktion. Sie hätte nie gedacht, dass der Zwerg ihr tatsächlich antworten würde. Mit dem, was dann kam, hatte sie überhaupt nicht gerechnet. Der Zwerg, ihr Gefangener, den sie gleich quälen wollte, fing an, zu singen. Was wollte er damit bezwecken? Wollte er sie damit durcheinanderbringen? Da hatte er die Rechnung ohne sie gemacht.

Statt dem Gesang größere Bedeutung beizumessen, begann sie, das Gerät zu entrollen. Sie beugte sich über den Zwerg hinweg und schob seinen Wams hoch. Seine haarige Brust wurde entblößt. Anschließend setzte sie den Gegenstand, für den sie noch keinen Namen hatte, direkt über dem Magen an und stach zu.

Als sie spürte, wie sich das Material durch die Bauchdecke bohrte, überkamen sie heiße Wellen der Erregung. Noch nie hatte sie etwas Schöneres getan oder gefühlt.

Die letzte ruhige Nacht

Er lag wieder einmal wach. Die letzten Tage hatte sich die geheimnisvolle Stimme gemeldet und mit ihm gesprochen. Bis zu einem gewissen Punkt hatte er ihr alles erzählt, was sie wissen wollte. Bei Fragen nach seiner Heimat oder dem Grund, weshalb er gefangen gehalten wurde, antwortete er nicht. Schließlich kannte er die Person, die hinter der mysteriösen Stimme stand, nicht. Wenn es eine den Elfen feindlich gesinnte Person war, würde er sein Volk durch das Verraten von Informationen in den Untergang schicken.

Er wusste genau, dass dieser Elf ihm nichts Neues mehr verraten würde. Dieses Wissen machte ihn so rasend, dass er vor Wut eine Statue seiner selbst umstieß und mit der bloßen Hand, eine große Delle in ein an der Wand hängendes Schild schlug. Mittlerweile gab es für ihn nicht mehr viele Möglichkeiten, was er noch tun konnte, um an die nötigen Informationen zu gelangen.

„Wachen!“, brüllte er. Kurze Zeit später traten zwei ganz in schwarz gerüstete Männer in den Thronsaal. Sie trugen ebenso gefärbte Schwerter an ihren Gürteln.

„Bringt mir den Folterer!“, forderte er seine Bediensteten auf, die nickten und den Saal wieder verließen, um ihren Auftrag zu erfüllen.

Er ging immer wieder auf und ab. Seine Gedanken schwirrten kreuz und quer durch seinen Kopf. Immer wieder lauschte er, ob sich die Stimme vielleicht bei ihm meldete. Es blieb ruhig, zu ruhig. Es gefiel ihm gar nicht, dass nichts geschah. Schließlich musste die Stimme ihn eigentlich bereits angesprochen haben. Bisher war sie jede Nacht erklungen. Wieso hörte er nichts? In diesem Moment vernahm er sie wieder: „Hallo, mein Freund! Wie geht es dir heute?“

Kurz überlegte er, ob es dieses eine Mal vielleicht nur Einbildung war, oder ob die Stimme tatsächlich zu ihm sprach. Er stand an seiner Schale und sprach. Seine Stimme hallte an den Wänden des

Verlieses wider. Der Mann vernahm jedes seiner Worte genauso deutlich, als würde er direkt neben ihm stehen. Auch er vernahm die Worte des Gefangenen sehr deutlich.

Nachdem er ihn mehrmals gebeten hatte, die benötigten Informationen preiszugeben, dieser es jedoch nicht tat, wurde er ungeduldiger denn je. Allmählich schmiedete er einen teuflischen Plan, bei dem die grausamsten Foltermethoden eine große und wichtige Rolle spielten.

Er vernahm die Stimme und konnte nicht begreifen, was sie sagte: „Du musst denen alles erzählen, was du weißt. Auch die Informationen, die du mir vorenthalten willst. Wenn du es nicht tust, werden sie dich schlimmer foltern, als bisher."

Verlangte die Stimme tatsächlich von ihm, alle Geheimnisse seines Volks zu verraten? Es konnte nicht sein. Wieso sollte er das tun?

Während er darüber nachdachte, ob er der Stimme trauen sollte, vernahm er sie wieder: „Mein Freund! Ich will das Beste für dich. Vertraue mir! Ich werde dir nichts tun!"

In diesem Moment wurde es ihm klar. Schon länger hatte er überlegt, woher er die Stimme kannte. Schon vor seiner Gefangenschaft hatte er sie vernommen. Erst in diesem Moment wurde es ihm wieder bewusst. Es war die Stimme des Menschenkönigs Richard. Die Stimme des Mannes, die ihn jeden Tag foltern ließ.

„Ich habe dich erkannt Richard! Ich weiß, dass du es bist! Zwar hat es einen Moment gedauert, doch nun bin ich mir sicher. Dir werde ich nichts erzählen, egal wie sehr du mich auch folterst! Niemals würde ich dir etwas preisgeben, was dir hilft, mein Volk auszulöschen!"

Richard stand an seiner Wasserschale, die er verzaubert hatte, sodass er im glatten Wasser den Kerker und den Elfen sehen konnte. Wütend klammerten sich seine Finger immer fester um den Rand der Schale. Dann beendete er den Zauber und die Verbindung. Nichts vernahm er mehr. Er wollte auch gar nichts mehr hören. Seine Wut raste. Wie konnte es dieser Elf wagen, ihn so zu demütigen? Wie konnte er es wagen, ihn direkt mit seinem Namen anzusprechen? Hatte der Elf nichts aus ihrer letzten Zusammenkunft gelernt? Er jedenfalls erinnerte sich noch ganz genau.

„Sehr schön! Dafür werdet Ihr belohnt werden“, sagte Richard. Er klatschte einmal. Ein Diener kam herein.

„Gebt dem Offizier eine Goldmünze!“, befahl der König. Geistesabwesend strich er sich über die linke Wange. Der Diener verneigte sich und verließ den Saal. Einige Augenblicke später kam er erneut herein und übergab den Goldtaler an den Offizier.

„Danke, Euer Gnaden!“, sagte dieser und verließ den Saal.

König Richard setzte sich auf seinen goldenen Thron und rief: „Wachen!“

Kurz darauf öffnete sich eine Seitentür in dem großen Thronsaal. Vier Krieger kamen herein. Der König deutete auf die am Boden liegende Gestalt. „Richtet eure Schwerter auf ihn! Wenn er aufwachen sollte, haltet ihn fest, sodass er nicht entkommen kann.“ Die Soldaten taten, wie ihnen befohlen. Sie zogen ihre Schwerter und richteten sie auf die Gestalt. Dann standen sie still.

Er kam langsam wieder zu Bewusstsein. Zwar waren seine Sinne noch getrübt, dennoch merkte er sofort, dass man ihn offenbar nicht in ein Verlies gebracht hatte, denn dafür war es eindeutig zu warm. Als er sich aufrichten wollte, spürte er, dass ihm jemand Schwertspitzen in den Rücken drückte. Langsam ging er auf die Knie und hob den Kopf. Um ihn herum standen in Schwarz gekleidete Krieger. Sie ließen eine Lücke frei, sodass er nach vorne schauen konnte. Auf einem Thron saß ein Mann. Er erkannte ihn, noch bevor er auch nur ein Wort gesagt hatte.

„Ihr seid es, Richard!“, spuckte er aus.

„Ja, ich bin es. Aber wie du weißt, bevorzuge ich *König Richard*.“

Er lachte spöttisch auf und erwiderte dann: „Niemals würde ich Euch *König* nennen. Ihr seid kein König, höchstens ein Königsverräter!“

„Hüte dich! Ansonsten werde ich dir deine Zunge herausschneiden lassen!“ Der König stand von seinem Thron auf und kam langsam auf ihn zu.

Er erinnerte sich noch gut an die erste Begegnung mit diesem Mann. Es war an einem Herbsttag gewesen, als der damals noch junge Schüler im Wald gespielt hatte und plötzlich von mehreren Soldaten der Menschen überrascht worden war. Sein Lehrer hatte ihm damals bereits den Unsichtbarkeitszauber beigebracht, doch einer der Soldaten hatte ihn wohl gesehen, bevor er vollends verschwunden gewesen war. Er war gefangen genommen und zu Richard gebracht worden, der schon zu dieser Zeit die Krone des Königs besaß. Dieser grausame Mensch war schon damals bekannt dafür gewesen, Elfen zu foltern, um herauszufinden, wo sie den magischen Schatz versteckt hatten. Auch er selbst war vom König befragt worden, doch hatte er das Versteck damals selber noch nicht gekannt. Richard hatte ihn trotzdem gefoltert. Einmal jedoch, der Mensch war unaufmerksam gewesen, hatte er sich unbemerkt ein Messer greifen können und seinem Peiniger die Wange mit einem tiefen Schnitt aufgeschlitzt. Seit diesem Tag besaß Richard eine Narbe auf seiner linken Wange.

„Ich werde Euch niemals etwas verraten!", bestimmte er mit eiserner Stimme.

Richard lächelte. „Das habe ich mir fast gedacht. Ich habe auch nicht vor, dich etwas zu fragen. Vielmehr werde ich deinen Geist durchleuchten. Du weißt es vielleicht noch nicht, aber ich besitze inzwischen magische Kräfte. Diese habe ich gewonnen, nachdem ich einen Trank aus Elfenblut zu mir genommen hatte. Jetzt fließt elfisches Blut durch meine Adern. Daran kannst selbst du nichts ändern."

Es lief ihm eiskalt den Rücken hinab. Er hatte von dieser Art der schwarzen Magie gehört, doch nie gedacht, dass jemand genug Boshaftigkeit im Herzen tragen konnte, um sie tatsächlich auszuführen. Zwar wusste er, dass Richard grausam sein konnte, doch dass er Elfen auf diese Art opferte und dabei seine eigene Seele zerstörte, nur um magische Kräfte zu bekommen, das hätte er selbst von ihm nicht erwartet. Der König der Menschen schien um jeden Preis, die Elfen auslöschen zu wollen.

Jetzt konnte er nur noch hoffen, dass irgendjemand seinen Hilfezauber gehört hatte. Allerdings war er sich nicht mehr ganz so sicher, ob irgendeiner von ihnen kommen sollte, um ihn zu befreien.

„Das glaube ich nicht. Ihr könnt nicht so grausam sein!", schrie er.

Richard lachte bösartig. „Da sieht man es mal wieder. Du bist zu weichherzig, willst in jedem Wesen immer nur das Beste sehen. Doch nicht jeder Mensch oder Elf hat auch eine gute Seite. Nimm mich zum Beispiel. Ich habe nur eine Seite. Die dunkle."

Er konnte nicht glauben, was er da hörte und schüttelte den Kopf. „Jeder hat eine gute Seite. Man muss sie nur erkennen und benutzen. Selbst Ihr könntet noch ein guter König werden."

„Ich bin bereits ein guter König. Ich werde mein Volk von einer ewigen Plage befreien! Und du wirst mir dabei helfen." Der Gefangene senkte den Kopf. Richard kam näher und raunte ihm scheinbar vertraut zu: „Falls du es noch nicht bemerkt haben solltest. Du bist ganz alleine. Niemand ist bisher gekommen, um dich zu befreien. Alle haben zu viel Angst vor mir. Seit du in meinen Händen bist, ist dein Schicksal als einsamer Gefangener besiegelt." Dann wandte er sich an seine Wachen.

„Sperrt ihn in das Verlies und gebt ihm nichts zu essen."

Er erinnerte sich noch daran, wie ihre Zusammenkunft bei seiner Gefangenschaft abgelaufen war. Doch bis zu diesem Tage hatte Richard ihn noch nicht persönlich gefoltert oder seinen Geist durchleuchtet. Wieso tat er es nicht? Wollte er ihn nur verunsichern?

Immer wieder schwirrten ihm Gedanken und Überlegungen durch den Kopf, weshalb der König der Menschen ihn noch nicht besucht hatte. „Vielleicht war er einfach zu beschäftigt gewesen, oder er konnte gar keine Magie anwenden", dachte er sich.

Keine Minute verstrich, ohne dass sich der Elf darüber Sorgen machte. Doch als er sich gerade auf eine Lösung festgelegt hatte, erklang sie wieder, die Stimme Richards. Lauter und durchdringender als zuvor hallte sie von den Wänden seines Verlieses und drangen ihm in die Ohren: „Höre mich, Elf! Eine letzte Nacht wirst du ruhen, bevor sich dein Schicksal für immer wenden wird. Nie wieder wirst du glücklich sein, wenn ich mich deiner angenommen habe!"

Visionen

Weyra lag in ihrem Bett. Sie war sehr erschöpft. Den ganzen Tag hatte sie zusammen mit ihrem Bruder Lucian den Versammlungen ihrer Eltern beiwohnen müssen. Zwar waren seit dem Beginn der Zeit der Diamantenkrieger keine lebenswichtigen Entscheidungen mehr zu treffen, doch kümmerten sich die vier Herrscher stattdessen nur noch um die Belange ihres Volkes. Jeden Tag hatten die Untertanen die Möglichkeit, bei ihrem König oder ihrer Königin vorzusprechen. Genau bei diesen endlos scheinenden Sitzungen hatten die beiden Kinder dabei sein müssen. Nicht nur, dass es sterbenslangweilig war, nein, es waren auch noch belanglose Themen. Zumindest sah es Weyra so. Sie hatte die ganze Zeit darüber nachgedacht, was sie statt nur herumzusitzen alles Schönes hätte machen können.

Jetzt lag sie in ihrem Bett und machte sich Gedanken über den vergangenen Tag. Mittlerweile war es Abend und sie konnte nichts anderes mehr tun, als sich schlafen zu legen. Dieses Herumsitzen hatte sie tatsächlich so müde gemacht, dass sie beinahe eingeschlafen wäre. Erst als sich auch Lucian kaum noch hatte auf seinem Thron halten können, waren die Eltern einsichtig gewesen und schickten die Kinder zu Bett. Sie las noch das Kapitel des Buches zu Ende, das sie in der vergangenen Woche angefangen hatte. Es war die niedergeschriebene Geschichte des Beginns der Diamantenkrieger.

Kurze Zeit später schlug sie das Buch zu, löschte die Kerze und drehte sich um. Schnell schlief sie ein.

Sie segelten auf dem großen, weiten Meer. Sie, das waren Weyra, Lucian, Helios und Charletta. Das Boot war ziemlich klein. Neben dem einzigen Mast gab es noch ein Steuerruder und zwei Bänke, auf denen sie schlafen konnten. Um sie herum war es so dunkel, dass Weyra nur anhand des an das Bug schlagenden Wassers wusste, dass sie sich auf dem Meer befanden. Wieso sie segelten oder wohin, wusste sie nicht. Es hatte mit Sicherheit eine wichtige Bedeutung.

Andererseits hätten ihre Eltern sie bestimmt nicht losgeschickt. Erst jetzt bemerkte sie, dass die anderen drei Kinder nicht oder nur kaum älter waren, als zur jetzigen Zeit. Trotzdem konnte sie sich kein Szenario ausdenken, weshalb sie auf einem so kleinen Boot davon segelten. Auch wunderte sie sich darüber, dass die vier Kinder alleine unterwegs waren.

In diesem Augenblick veränderte sich die Szene. Es war helllichter Tag und die anderen drei Kinder waren im Vergleich zur vorherigen Szene wach. Während Helios am Ruder stand und das kleine Boot lenkte, saß ihr eigener Bruder Lucian auf einer der Bänke und aß etwas Brot. Charletta hangelte sich inzwischen den Mast hinauf, um von dort nach einer Insel oder einem anderen Schiff Ausschau zu halten. Da sie jedoch weit und breit nichts dergleichen fand, kam sie wieder herunter und stellte sich neben Weyra. Die beiden Mädchen standen am vordersten Teil des Bootes und schauten hinaus auf das Meer.

„Ist es nicht schön, wie das Licht auf dem Wasser glitzert?", hörten sie plötzlich die Stimme Helios' fragen. Weyra drehte sich um und sah, wie der junge Mann mit feuchten Augen auf das Meer blickte. Auch ihr war es aufgefallen. Es sah wunderschön aus. Sie mussten aber zunächst einmal eine Insel finden, bevor sie sich Gedanken über das glitzernde Wasser machen sollten.

Sie drehte sich gerade wieder nach vorne, da geschah es. Das Boot ruckte einmal kurz und hätten sich die vier nicht irgendwo festgehalten, wären sie über Bord gegangen. Sie klammerten sich verzweifelt an der Reling fest. Der Proviant und ihre restlichen Gegenstände rutschten vom Boot und verschwanden kurz darauf in den Weiten des Meeres.

„Was war das?", hörte sie die erschrockene Stimme ihres Bruders. Sie wandte ihren Blick dort hin, von wo sie kam. Lucian hatte sich vor Schreck so fest an ein Seil geklammert, dass er sich dabei die Fingernägel tief in sein Fleisch gedrückt hatte. Jetzt lief ihm das rote Blut aus den Handflächen und tropfte auf das Deck.

„Ich vermute, dass wir auf einen Felsen aufgelaufen sind, der sich direkt unter uns befindet. Mit etwas Glück ist das Boot nicht beschädigt", beantwortete Helios die Frage ihres Bruders. Dieser nickte nur und klammerte sich weiterhin an das Seil. Offenbar befürchtete er, dass er im Falle eines erneuten Ruckens sonst über Bord ging. Alle vier verharrten sie einige Minuten lang in ihren jeweiligen Positionen, dann erst gab sich Weyra einen Ruck und ließ die Reling los. Nachdem sie wiederum einen Moment lang freistehen konnte, ohne dass etwas passierte, lief sie langsam und bedächtig auf ihren Bruder zu. Bei ihm angekommen nahm sie eine seiner Hände und untersuchte sie.

In genau diesem Moment gab es ein erneutes und noch heftigeres Rucken und Weyra, zu überrascht, als dass sie sich hätte festhalten könne, ging über Bord. Kurz darauf spürte sie, wie das salzige Wasser in ihre Lunge eindrang. Panisch schlug sie um sich und versuchte, sich über Wasser zu halten. Ihre Kleidung sog sich immer weiter voll Wasser. Ein einziger Gedanke schoss ihr durch den Kopf: „Jetzt ist es vorbei mit mir. Ich werde ertrinken und meine Eltern nie wieder sehen."

Sie erwachte. Zitternd stieg sie aus dem Bett und wankte in der drückenden Dunkelheit hinüber zu dem Krug mit Wasser. Auf dem Weg dorthin stieß sie sich mehrere Male das Bein an herumstehenden Gegenständen, die sie nicht sah. Als sie endlich den Krug erreicht hatte, goss sie sich daraus Wasser in einen Becher und trank es. Nur allmählich beruhigte sich ihr Herzschlag wieder. Noch immer sah sie sich, in dem weiten und offenen Meer um sich schlagen. Zwar konnte sie schwimmen, dennoch schien es nicht den Anschein gemacht zu haben, als könnte sie sich aus dieser Situation von selbst befreien.

Als sie wieder auf ihrem warmen Bett saß, dachte sie über das Geträumte nach. War es tatsächlich ein Traum gewesen? Es hatte sich so echt angefühlt. Auch hätte sie meinen können, dass ihre Haut nass und feucht war. Oder war es nur Einbildung? Würde sie am Ende vielleicht sogar noch verrückt werden? Sie konnte es sich nicht erklären. Dennoch bekam sie es mit der Angst zu tun. Ein mulmiges Gefühl in ihrer Magengegend sagte ihr, dass es kein Traum gewesen war. Was war es dann?

Lucian wurde langsam wach. Wie fast jeden Morgen erinnerte er sich noch genau an seinen Traum der vergangenen Nacht. Es war jedes Mal der Gleiche. Er dachte einen Moment nach, dann fiel ihm wieder ein, wie die Träume immer wieder anfingen.

Er segelte zusammen mit seiner Schwester und den Kindern von König Carlos und Königin Helena in einem kleinen Boot. Es war mitten in der Nacht, nichts konnte Lucian sehen. Einzig das Rauschen der Wellen war zu hören.

Kurze Zeit später veränderte sich die Szene. Plötzlich waren sie auf einer Insel. Er kannte nichts von dem, was er dort sah. Nicht nur das machte ihn stutzig. Sondern auch die Tatsache, dass er seine Schwester nirgendwo entdeckte. Immer wieder versuchte er sich zu erklären, warum sie plötzlich verschwunden und vor allem wohin sie gegangen war. Es war immer die gleiche Stelle, an der der Traum endete. Immer genau dann, wenn Lucian die anderen beiden fragte, was geschehen war und wo seine Schwester sei. Sobald er den ersten Schritt auf dieser merkwürdigen Insel gemacht hatte, wurde er wach. Jedes Mal war Lucian enttäuscht darüber, dass er nicht weiterkam. Schließlich war er Lucian, der Sohn der großen Königin Lycia und des großen Königs Walter. Seine Eltern hatten ihm anscheinend ihren eisernen Willen vererbt, immer alles wissen zu wollen. Denn wenn er nicht bald herausfand, was es mit diesen Träumen auf sich hatten, würde er mit großer Sicherheit verrückt werden.

Sein Magen meldete sich. Er brummte und schien nach etwas Essbarem zu schreien. Aus diesem Grund beendete er seine Überlegungen und machte sich fertig, um anschließend frühstücken zu gehen.

Lycia lag auf dem Boden. Wieso sie dort lag, wusste sie nicht. Wahrscheinlich war sie nach diesem plötzlichen Schwindelanfall ohnmächtig geworden und zusammengebrochen. Es wunderte sie, dass niemand hereingekommen war, um nach ihr zusehen.

Langsam erhob sich die Königin und wankte auf die Tür zu. Dort jedoch musste sie feststellen, dass sie verschlossen war. Sie bekam ein mulmiges Gefühl. Wieso hatte sie die Tür abgeschlossen? Daran konnte sich Lycia gar nicht mehr erinnern. Doch die viel wichtigere Frage, wo war der Schlüssel?

Sie suchte jeden Winkel des kleinen Raumes ab, konnte ihn jedoch nicht finden. Erst als sie sich auf den Stuhl setzte, fiel ihr auf, dass der Raum anders aussah als zuvor. Bevor sie in Ohnmacht gefallen war, daran konnte sich die Königin noch genau erinnern, hatte der Raum neben einem Stuhl und Tisch auch noch ein Bett beinhaltet. Schließlich war das Ganze in ihrem Schlafgemach geschehen. Jetzt jedoch war sie auf keinen Fall in ihrem Gemach. Zusätzlich zu dem fehlenden Bett schien der Raum auch noch sehr verschmutzt zu sein. Mit großer Sicherheit konnte Lycia sagen, dass ihr Schlafgemach niemals so dreckig gewesen war. Irgendetwas stimmte hier nicht. Ihr schoss ein furchtbarer Gedanke durch den Kopf: „Bin ich vielleicht entführt worden?"

Wie sollte dies geschehen sein? Schließlich hatten direkt vor ihrem Gemach ein Dutzend Wachen gestanden. Selbst ein ausgebildeter Krieger hätte es niemals gegen so viele Gegner gleichzeitig aufnehmen können.

In diesem Augenblick vernahm sie eine Stimme. Sie schien aus den Wänden zu kommen: „Lycia, Königin der Waldwächter, du bist jetzt meine persönliche Gefangene! Niemals mehr wirst du das Sonnenlicht erblicken, solltest du mir nicht sofort sagen, wo sie sind. Sage es mir und du wirst von einer Gefangenen zu meiner persönlichen Dienerin."

Lycia brach der Schweiß aus. Doch eine Frage ließ sie nicht los: Wer waren sie und von wem stammte diese Stimme? Noch nie in ihrem ganzen Leben hatte sie eine so grausame Stimme vernommen.

In diesem Augenblick endete der Albtraum. Lycia lag in ihrem Bett. Ihre Magd Felicia stand über sie gebeugt und tupfte ihre Stirn mit einem feuchten Tuch ab. Schon wieder war es passiert. Schon wieder hatte sie einen ihrer mittlerweile fast täglichen Zusammenbrüche erlitten. Doch eine Ohnmacht wäre nicht das Schlimmste, wenn nicht auch noch diese merkwürdigen Fieberträume dazukommen würden.

Der geheime Zirkel

Alba betrat den Raum. Mittlerweile hatte sie keine Probleme mehr damit, den geheimen Eingang zu finden. Zu Beginn ihrer Zeit bei dem geheimen Zirkel musste sie immer wieder nachfragen, wo genau er sich befand. Das war jedoch schon einige Jahre her. Jetzt fand sie den Weg fast schon im Schlaf.

Sie schaute sich in dem großen Kellergewölbe um und erblickte den Waffenschmied. Sie ging, ohne ihn aus den Augen zu verlieren, direkt auf ihn zu. Kurz bevor sie den Schmied jedoch erreicht hatte, trat ihr ein anderer Mann in den Weg und versperrte ihr den Blick auf den Handwerker.

„Guten Tag, Alba! Wie schön, dass du uns auch einmal wieder mit deiner Anwesenheit beglückst. Ich hoffe, du hattest einige gute Gründe, warum du nicht zu unseren letzten Treffen gekommen bist. Schließlich sind wir noch ein kleiner Verbund und somit auf jedes Gesicht angewiesen."

Sie schaute ihn nicht an. Schon als die Person ihr den Weg versperrt hatte, wusste sie, wer es war.

„Es tut mir leid, Meister! Aber ich hatte einen wichtigen Auftrag zu erfüllen. Außerdem kann ich dem geheimen Zirkel heute ein oder zwei sehr wichtige Mitteilungen machen. Denn durch meine Arbeit als oberste Befragerin der Immra gelange ich an Informationen, von denen ihr nur zu träumen wagt."

Der Mann vor ihr zog die Augenbrauen hoch. Scheinbar war er noch misstrauisch, ob es die Wahrheit oder nur eine billige Ausrede war. „Nun gut! Dann setz dich und berichte uns von deinen Erkenntnissen, die du gewinnen konntest!", befahl ihr der Meister des geheimen Zirkels.

Auf eine Handbewegung des Mannes hin begaben sich auch die restlichen Anwesenden zu ihren Plätzen. Einige von ihnen erkannte Alba noch von den Zusammenkünften, bei denen sie anwesend gewesen war. Andere jedoch kannte sie einzig und alleine vom Sehen oder durch kurze Begegnungen im Palast.

Er beobachtete sie genau. Noch hatte sie sich keine sichtbaren Fehltritte erlaubt. Dennoch wartete er nur auf einen Fehler, denn dann könnte er sie vielleicht endlich beseitigen. Schon lange hatte er den Verdacht, dass jemand aus dem geheimen Zirkel ein Doppelagent war. Doch wer, hatte er bisher noch nicht herausgefunden. Allerdings war er sich ziemlich sicher, dass es diese Befragerin sein musste. Schließlich war sie die Einzige, die nur unregelmäßig zu den Zusammenkünften erschien und dann meistens auch nur teilnahmslos in die Gegend starrte. Selbst bei der letzten wichtigen Abstimmung hatte sie sich weder dafür noch dagegen ausgesprochen. Fast schien es so, als würde sie zwar körperlich jedoch nicht mit dem Geiste anwesend sein. Aus diesem Grund wollte er sie einer gründlichen Prüfung unterziehen. Jetzt jedoch wartete er zunächst einmal ab, was sie zu berichten hatte. Sollte es keine große Neuigkeit für den Zirkel sein, würde er sie öffentlich vor allen anderen Brüdern und Schwestern des Verrats anschuldigen.

Alba berichtete von dem Zwerg, den sie zurzeit vernahm. Dies war auch der Grund, weshalb sie in letzter Zeit nicht zu den Treffen des geheimen Zirkels kommen konnte. Allerdings würde sie bald einen kleinen Schritt weiter sein, denn mit ihrem neuen Folterinstrument würde sie den Willen des Zwerges sehr schnell brechen können. Noch war er ziemlich unbeeindruckt von den Schmerzen, die ihm der Gegenstand zugefügt hatte, aber es würde nicht mehr lange dauern, bis ihm das Singen wieder verging und er bettelte, dass sie an ihm das Leben nähme. Vorher jedoch hatte sie vor, ihm alle Informationen zu entlocken.

Als Nächstes erzählte sie dem Zirkel von dem vermeintlichen Spion der Feinde der Immra. Sie hatte ihn befragt und herausgefunden, dass er keiner von ihnen war. Dafür jedoch konnte sie den Brüdern und Schwestern von einem unerklärlichen Band zwischen dem Elb namens Aldri Spitzfinger und der Immra berichten. Immer, wenn er nach der Herrscherin verlangte, hatte Alba in seiner Stimme eine gewisse Verbundenheit zu ihr herausgehört. „Dies sind die Neuigkeiten, von denen ich dem geheimen Zirkel zu berichten hatte. Jetzt ist es an der Zeit, meine Brüder und Schwestern, dass ihr entscheidet, was mit diesen Informationen anzufangen ist“, beendete sie ihren Bericht. Anschließend setzte sie sich auf ihren Platz und blickte in die Runde.

Ein erstauntes Geflüster erhob sich, indem jeder versuchte, seinem Sitznachbarn oder seiner Sitznachbarin die eigene Meinung zu dem eben Gehörten mitzuteilen. Erst als der Meister seine Hand hob, verstummten alle und schauten ihn an. Er jedoch deutete mit einem anklagenden Finger auf Alba, die überrascht war von der Geste. Verstand sie sie falsch oder wollte er ihr wirklich etwas unterstellen? Alba bekam Angst. Denn selbst sie, die wohl grausamste Befragerin und Folterin der Immra, war nichts im Vergleich zu dem Meister des geheimen Zirkels. Er besaß die grausamsten Fähigkeiten von all denen, die hier versammelt waren. Niemand nahm es freiwillig mit ihm auf.

Er zeigte mit dem Finger auf sie. Zwar musste er zugeben, dass es keine schlechten Informationen waren, dennoch hatte er eine Idee, wie er sie trotzdem zumindest für eine gewisse Zeit aus dem Weg schaffen konnte. „Brüder und Schwestern! Ich muss selbst zugeben, dass dies interessante Neuigkeiten sind. Allerdings gibt es bei der ganzen Geschichte ein Problem! Während wir die Befragung des Zwerges ganz leicht auf Wahrheit oder Lüge überprüfen können, geht dies bei der Vermutung über ein mögliches Band zwischen diesem Elb und der Immra nicht. Wie sollen wir es kontrollieren. Schließlich hat es nur unsere liebe Schwester herausgehört." Das letzte Wort betonte er dabei absichtlich spöttisch. „Wollen wir tatsächlich jemandem vertrauen, nur weil er oder sie etwas vermutet? Ich sage nein! Denn dann ist unser geheimer Zirkel in noch größerer Gefahr, als er es bereits ist. Brüder und Schwestern! Ich, der euer Meister ist, zweifle öffentlich an der Aussage unserer Schwester und klage sie wegen der Weitergabe falscher Informationen an!"

Die letzten Sätze schrie er in den ansonsten stillen Raum. Die Elbin neben ihm war leichenblass geworden. Auch der Rest des Zirkels war zu Eis erstarrt. Erst nach und nach wurden sie mutiger und redeten wild durcheinander.

Eines der älteren Mitglieder erhob sich und bat um Ruhe, ehe er sprach: „Brüder und Schwestern! Dies ist wahrhaft eine interessante Sichtweise. Auch wenn ich unseren großen Meister nicht anzweifeln möchte, bin ich der Auffassung, dass es mehr als gerecht wäre, wenn auch unsere Schwester sich äußern und verteidigen darf."

Einstimmiges Gemurmel machte die Runde. Mit einer auffordernden Geste in Albas Richtung setzte er sich wieder und wartete auf ihre Erklärung. Alba konnte nicht fassen, was sie da hörte. Sie sollte eine Verräterin sein? Sie, die nach dem Meister wohl die grausamste Folterin war? Das konnte sie nicht glauben. Doch damit nicht genug. Jetzt verlangten ihre Brüder und Schwester auch noch eine Erklärung von ihr. Was sollte sie nur sagen? Vor lauter Empörung über diese Anschuldigung brachte sie kein Wort hervor. Zwar setzte sie immer wieder an, doch es kamen keine Worte hervor. Sie öffnete ihren Mund und schloss ihn wieder. Es war zum Verzweifeln. Sie wollte und musste etwas sagen, um nicht als schuldig abgestempelt zu werden. Doch genau jetzt, wo sie die Wörter am meisten benötigte, wollten sie ihr nicht über die Lippen kommen. Die Gedanken schwirrten ihr durch den Kopf. Sie konnten nicht mehr klar denken. Mit einem Mal wurde ihr sehr heiß. Kurz darauf kam auch noch der Schwindel dazu und nur wenige Augenblicke später wurde es schwarz um sie herum.

Alle standen sie um den leblosen Körper der Elbin herum. Keiner konnte glauben, was soeben geschehen war. Selbst der Meister schien überrascht von dem plötzlichen Tod zu sein. Gerade eben noch war alles in Ordnung gewesen, abgesehen von seinen Vorwürfen, und im nächsten Moment war sie tot zusammengebrochen.

„Ich denke, wir sollten den Leichnam untersuchen, bevor wir ihn in ihr Gemach bringen. Sollte sich herausstellen, dass sie keines natürlichen Todes gestorben ist, müssen wir die Leiche verschwinden lassen“, sagte der Meister.

Kurze Zeit später war die tote Alba auf eine Liege gelegt worden und die drei Mächtigsten des geheimen Zirkels stellten sich in einem Dreieck um sie herum auf. Alle drei sprachen magische Worte und untersuchten so den leblosen Körper der Elbin.

Erst als bereits einige Stunden verstrichen waren, fand einer von ihnen etwas. Er verstummte und hob die Hände. Dann blickte er die anderen an und erklärte: „Es war ein geplatztes Gefäß in ihrem Schädel. Scheinbar hat sie dem Stress nicht standgehalten.“

Der wahre Albtraum

Er lag flach auf dem Rücken in seinem Verlies, alle viere von sich gestreckt. Das Atmen fiel ihm schwer, ihm tat alles weh. Sein Peiniger hatte ihn am frühen Morgen ein letztes Mal gefoltert.

Jetzt lag er schweißgebadet auf seinem Rücken, kaum noch in der Lage, sich zu rühren. Durst trieb ihn, sich dennoch zu bewegen. Er rollte sich zunächst auf die Seite und versuchte, sich aufzusetzen. Er hatte blutige Wunden an den Wangen. Auch an seinem Hinterkopf hatte er eine übel aussehende Platzwunde. Der Folterknecht war dieses Mal nicht sparsam mit seinen Folterinstrumenten umgegangen. Er wollte sich nie wieder in einem Spiegel betrachten müssen. Mittlerweile hatte er es geschafft sich aufzurichten.

Auf wackeligen Beinen versuchte er, hinüber zu seiner Liege zu schlurfen. Schon nach dem ersten Schritt knickten seine mageren Beine ein und er stürzte zu Boden. Zwar versuchte er, erneut aufzustehen, doch verließ ihn nach einigen Versuchen sein Wille und stattdessen kroch er auf allen vieren zu seinem Schlafplatz. Dort angekommen zog er sich am Rand der Liege hoch und setzte sich darauf. Auf dem Tisch direkt neben seiner Liege stand ein Krug mit Wasser. Ohne sich darüber Gedanken zu machen, dass man ihm beigebracht hatte, immer einen Becher zu benutzen, goss er den gesamten Inhalt in seine trockene Kehle. Auch wenn mehr als die Hälfte der Flüssigkeit danebenging, beruhigte sich das Brennen allmählich. Er saß auf seinem Schlafplatz und betrachtete seine Arme. Sie waren dünn und knochig geworden. Zwar war er noch nie einer der Dicksten gewesen, allerdings hatte er noch nie so ausgemergelt ausgesehen.

Nach einigen weiteren Minuten vernahm er das Rasseln von Schlüsseln. Ohne es zu wollen, begann sein Körper, vor Angst zu zittern. Die Flüssigkeit, die er gerade noch in sich aufgenommen hatte, schwitzte er bereits wieder aus. Er hatte doch gerade erst mit der Folterung aufgehört. Wollte er etwa schon weitermachen? Er wollte und konnte nicht mehr. Ganz allmählich dämmerte es ihm, dass er den heutigen Tag vielleicht nicht mehr überleben würde. Einige Augenblicke später öffnete sich die Gefängnistür erneut. Ein Mann trat ein. Er war von Kopf bis Fuß in eine schwarze Rüstung gehüllt. Noch ehe er etwas sagte, wusste der Gefangene trotz seines sehr schlechten körperlichen Zustands, wer dieser Mann war.

„Richard!“, zischte er.

Unter dem Helm vernahm er ein lautes Lachen. Dann sprach die Person zu ihm: „Es ist anscheinend egal, was man dir antut. Deinen schnellen Geist wirst du nicht los. Doch genug dieser Unwichtigkeiten. Du kannst dir mit Sicherheit denken, weshalb ich hier bin.“

Er richtete sich auf seiner Liege ein wenig auf und antwortete dann: „Natürlich! Du willst mich persönlich nach den Diamanten fragen. Ich werde dir niemals preisgeben, wo sie sind!“

Er spuckte aus.

„Du wagst es, mich anzuspucken, alter Mann? Du wagst es, mich wie einen deiner Untergebenen anzusprechen? Ich werde dir gehorsam beibringen!“, schrie Richard.

Er ging auf den Gefangenen zu und zog ihn an den Haaren von seiner Liege. Als sie die Mitte des Raumes erreicht hatten, nahm der Gerüstete seinen Dolch hervor und fügte dem anderen tiefe Schnitte an den Armen zu. Dieser schrie vor Schmerzen laut auf. Seine Würde hatte er schon lange verloren, weshalb er noch nicht einmal versuchte, die Tränen zu unterdrücken. Kurze Zeit später ließ Richard von ihm ab.

„Das hast du nun davon! Ich werde dich heute Abend erneut besuchen. Dann wirst du mir das Versteck der vier Diamanten preisgeben. Ob du willst oder nicht, denn ich werde von meinen Fähigkeiten Gebrauch machen und gewaltsam in deinen Geist eindringen!“ Die Tür fiel ins Schloss, als der König ging, und er war wieder allein. Dieses Mal versuchte er gar nicht, bis zu seiner Liege zu gelangen. Stattdessen kroch er in eine Ecke seines Verlieses und brach dort wimmernd zusammen.

Bevor ihn die Ohnmacht packte, versuchte er noch, mit einigen Stofffetzen seines einst so schönen Gewandes die Wunden zu verbinden. Allerdings nützte es nichts. Binnen weniger Sekunden waren sie blutgetränkt. Zu diesem Zeitpunkt war er schon nicht mehr bei Bewusstsein.

Befreiungstrupp der Zwerge

„Nein, mein König. Wir haben nirgendwo eine Spur von ihm gefunden. Ich mache mir ernsthafte Gedanken um ihn“, berichtete ein gerüsteter Zwerg.

Die ganzen letzten Tage hatten er und seine Männer damit verbracht, nach dem vermissten Boten des Königs zu suchen. Doch noch immer hatten sie weder ihn noch einen Hinweis auf seinen Aufenthaltsort gefunden. Mittlerweile waren fast zwölf Tage vergangen, seitdem der König der Zwerge von den Schnaaks Bescheid bekommen hatte, dass dort nie ein Zwerg angekommen sei. Genau einen Tag später hatte man einen Suchtrupp losgeschickt. Den Befehl über die zwanzig Mann starke Gruppe war ihm, Fralk Eisenfinger, anvertraut worden. Doch auch er konnte den Vermissten nicht finden. Jetzt stand er im Thronsaal des Königs der Zwerge und erwartete eine Antwort auf seinen Bericht.

„Hoffentlich schickt er einen weiteren Trupp los, um uns bei der Suche zu unterstützen“, schoss es ihm durch den Kopf.

Er saß auf seinem aus dem edelsten Gestein geschlagenen Thron und hörte sich den Bericht des Befehlshabers des Suchtrupps an. Während er den Worten des Zwerges lauschte, schweifte sein Blick durch die mächtige Halle.

Sie war, wie es sich für ein Zwergenreich gehörte, in die großen Berge der Insel geschlagen worden. Es waren keine einfachen Steinmetzen gewesen, nein, der große Gott der Zwerge, Slägga, hatte dieses Reich erschaffen. Da es zu groß für ihn alleine gewesen war, hatte er irgendwann das Volk der Zwerge geschaffen. Er hatte mithilfe eines Hammers Gestein aus den Wänden geschlagen und durch präzise Steinmetzarbeit den Körper eines Zwerges geformt. Anschließend gab er ihm mit seinem Odem, dem Hauch des Berges, das Leben. So entstanden nach und nach immer mehr Zwerge.

Erst als Slägga bemerkte, dass das Reich zu klein geworden war, entschwand er. Seit diesem Tage lebte er auf den Gipfeln des höchsten Berges. Dieser bekam deshalb von dem Volk der Zwerge den Namen *Släggas Hem*.

Der König schüttelte innerlich den Kopf, um die Gedanken zu vertreiben. Es war keine Zeit dafür, er musste sich um das Verschwinden eines seiner Kinder kümmern. Der König wurde als Vater des Volks bezeichnet. Einzig ihr Gott stand über ihm. Die restlichen Zwerge waren die Kinder des Königs.

„Ich verstehe", sagte er. Einen Moment überlegte er, wie man weiter vorgehen sollte. Dann fasste er einen Entschluss und antwortete: „Ich übertrage Euch, Fralk Eisenfinger, das Kommando über weitere fünfzig Krieger. Mit deren Hilfe solltet Ihr in der Lage sein, ihn zu finden. Zieht mit Eurem Trupp tief in den Wald und sucht überall nach ihm. Scheut vor nichts zurück! Auch nicht dann, wenn Ihr in das gefürchtete Reich der Immra eindringen solltet. Denkt daran, dass es nicht gewiss ist, wo es beginnt und wo es endet. Selbst wenn Ihr dorthin gelangen solltet, unternehmt alles, um ihn zu finden!"

Fralk vernahm die Worte des Königs und war erleichtert über dessen Entscheidung. Denn auch wenn er den vermissten Zwerg nicht kannte, wollte der Befehlshaber des Suchtrupps nicht Mitschuld daran tragen, dass ein Zwerg vielleicht nicht nach den strengen Ritualen ihrer Religion in Stein eingehüllt beerdigt wurde. Wahrscheinlicher war es, dass, immer vorausgesetzt er lebte nicht mehr, sein toter Körper einfach irgendwo im großen Wald herumlag und seine Seele somit nicht hinauf auf die Gipfel der Berge ziehen konnte.

„Jawohl, mein Vater!", nahm der gerüstete Zwerg den Befehl seines Königs an und marschierte nach einer kurzen Verneigung aus den Thronsaal. Vor den vergoldeten Torflügeln standen zwei Zwerge seiner Einheit. Er hatte sie jeweils zu seinen Unterkommandanten ernannt. Zusammen mit ihm befehligten sie die restlichen Zwerge. Dabei behielt er immer den Oberbefehl. Immerhin hatte der König ihn dafür auserwählt. Wortlos winkte er sie hinter sich her. Zusammen gingen sie in die großen Säle des Zwergenreichs, um sich zu stärken und während des Schmauses das weitere Vorgehen zu besprechen.

Golk schritt hinter seinem Befehlshaber her. Zusammen mit dem anderen Unterkommandant hatte er vor den Toren des Thronsaals gewartet. Sie gingen gemeinsam in einen der großen Speisesäle, um beim Essen alles weitere zu besprechen. So hatten sie es vorher ausgemacht.

Erst als sich alle drei hingesetzt und den dampfenden Eintopf vor sich stehen hatten, begann der Kommandant Eisenfinger zu sprechen: „Der König erteilt mir den Befehl über weitere fünfzig Krieger. Zusammen mit ihnen wird unsere Gruppe aufbrechen, um in dem großen Wald nach dem vermissten Zwerg zu suchen. Dabei werden wir keinen Winkel auslassen. Selbst wenn wir in das Reich dieser verflixten Elben gelangen sollten, machen wir keinen Halt. Schließlich zählt unser Bruder auf uns."

Die beiden Unterkommandanten nickten nur knapp. Dann begannen sie zu schmausen. Immer wieder fragte einer von ihnen nach weiteren Details. Ihr Befehlshaber weihte sie erst nach einem kräftigen Schluck aus seinem Bierkrug in seinen Plan ein.

Nachdem die wichtigsten Sachen geklärt worden waren, begaben sie sich in drei unterschiedliche Richtungen. Während der Befehlshaber zu den Rüstungsschmieden ging, um dort nach Waffen und weiterer militärischer Ausrüstung verlangte, sollte sich Golk um die Vorräte für die Einheit kümmern. Der zweite Unterkommandant namens Skral Flinkfuß würde die Truppe darüber informieren, dass sie in zwei Tagen aufbrechen würden.

Fralk Eisenfinger betrat die Räume der Schmiede. Kaum hatte er die Türschwelle übertreten, kam ihm eine derartige Hitzewelle entgegen, dass ihm der Schweiß aus allen Poren seines Körpers rann. Er braucht einige Augenblicke, bis er sich einigermaßen an die Wärme gewöhnt hatte, sodass er seinen Weg fortsetzen konnte. Kurze Zeit später betrat er den wohl wichtigsten Raum: das Lager. Dort saß ein älterer Zwerg hinter einem Schreibtisch. Erst als sich Fralk räusperte, blickte er von seinem Pergament, über das er sich gebeugt hatte, hoch. Als er den Befehlshaber erkannte, machte sich ein Lächeln auf seinem Gesicht breit und er sprang sofort auf, um hinter seinem Tisch nach vorne zu gelangen. Einige Lidschläge später standen sich die beiden Zwerge gegenüber.

„Mein Herr Eisenfinger! Benötigt Ihr wieder einmal Ausrüstung?", kam die bereits eingespielte Frage des Lagerverwalters. Fralk nickte nur knapp. Daraufhin kam die ebenfalls einstudierte Frage: „Wie viele sind es denn dieses Mal?"

„Siebzig", war die kurze Antwort. Für einen kurzen Augenblick schien der Lagerverwalter über diese große Zahl verwundert zu sein. Dann jedoch nickte er und eilte davon.

Golk schritt vorbei an den Türen, aus denen die leckersten Düfte kamen. Am liebsten würde er den ganzen Tag hier verbringen und sich vollstopfen mit dem vorzüglichen Essen und anschließend alles mit einem ganzen Fass Bier herunterspülen. Jetzt jedoch musste er sich auf seine Aufgabe konzentrieren, schließlich war er für die ausreichende Menge an Vorräten für die gesamte Einheit zuständig. Dabei musste er genau abschätzen und errechnen, wie viel die Krieger an einem einzigen Tag verspeisen würden. Daraus wiederum berechnete er den Verbrauch für die gesamte Mission.

Endlich war er an die Tür gelangt, die ihn zu der Verwalterin brachte. Sie war dafür zuständig, die täglichen Essensrationen ordnungsgemäß einzuschätzen, damit auch jeder Zwerg des großen Reiches satt wurde und niemand hungerte. Außerdem kümmerte sie sich bei Missionen um die geeigneten Lebensmittel. Auf ihrer längeren Reise konnten sie keine schnell verderblichen Essensvorräte mitnehmen. Aus diesem Grund musste Golk mit der Verwalterin sprechen und sie darüber informieren, wie viele Männer den Auftrag erfüllen mussten, wie lange sie unterwegs waren und wie viel sie ungefähr an einem Tag an Lebensmitteln verbrauchten.

Zwei Tage später standen die siebzig gerüsteten Zwerge an der bereits vereinbarten Stelle einige Meilen von der Waldgrenze entfernt und warteten auf ihren Oberbefehlshaber.

Dieser ritt gerade mit seinen beiden Unterkommandanten aus dem großen Tor des Zwergenreichs und hielt auf die in der Ferne nur als großer schwarzer Fleck erkennbaren Zwergenkrieger zu. Als sie bei der Gruppe angelangt waren, wandte sich Fralk Eisenfinger an seine Männer.

„Zwerge! Heute ist es an der Zeit, dass wir unseren seit einiger Zeit vermissten Bruder suchen und finden. Dabei werden wir den gesamten Wald durchsuchen. Egal, wie groß der Stein ist, der uns im Wege liegt, wir werden ihn beiseiteschieben! Wir machen vor nichts und niemanden halt und werden erst dann unseren Heimweg antreten, wenn wir ihn gefunden haben!"

Ein einstimmiges „Ja, Herr Eisenfinger!“ schallte über die Ebene bis hinüber zu den ersten Bäumen. Dann war es endlich soweit und der Befreiungstrupp der Zwerge begann seine Mission. Diesen Namen hatte sich Fralk am Abend zuvor überlegt. Es klang zum einen beeindruckender als Einheit oder Suchtrupp, und zum anderen wusste durch die Fahnen, auf denen das Wort aufgestickt worden war, jeder sofort Bescheid, wen sie vor sich hatten.

Ruhe vor dem Sturm

Mondri betrat die Straßen der Stadt, in der er bereits seit einigen Wochen fast täglich ein- und ausging. Mittlerweile kannte er fast jeden Winkel und jede Schwachstelle. Teilweise war sich der junge Elf sogar sicher, sich besser in der Stadt der Menschen auszukennen, als so mancher von ihnen es tat. Er suchte gezielt nach Dingen, während die eigentlichen Bewohner diese nur noch so hinnahmen.

Seit der damaligen Nacht, in der der Elf alles über die geheimen Aktivitäten seines Gastgebers erfahren hatte, waren zwölf Tage vergangen. Wie bereits vermutet hatte der Bauer versucht, ihn als Arbeiter zu beschäftigen, nachdem das Geld für die Übernachtungen ausgegangen war. Doch schon nach einem kurzen Gespräch, in dem Mondri Milok sehr deutlich klar gemacht hatte, dass er ihn als Schmuggler offenbaren würde, war der Bauer auf seinen Vorschlag eingegangen, ihn umsonst in der Scheune nächtigen zu lassen. Zwar hatte es einige Versuche des Bauern gegeben, ihn loszuwerden, doch es war ihm nie gelungen. Während der Elf eine der vielen Straßen entlangging, erinnerte er sich an jenen Versuch vor sechs Tagen zurück.

Mondri erwachte wie die letzten Tage auch mitten im frisch duftenden Heu. Schon nach kurzer Zeit hatte er sich daran gewöhnt, dass der Hahn direkt bei Sonnenaufgang krähte. Es störte ihn nicht mehr und der junge Elf schlief seelenruhig weiter. An diesem Morgen jedoch war es etwas anders, denn dieses Mal weckte ihn ein merkwürdiges Geräusch. Was es war, konnte er zu diesem Zeitpunkt noch nicht sagen.

Leise erhob er sich vom leise raschelnden Heu und ging auf das große Scheunentor zu. Von dort kam dieses merkwürdige Geräusch. Mondri wusste, dass der Bauer das Tor jede Nacht zusperrte, schließlich sollten die Tiere nicht flüchten, weswegen er gar nicht erst versuchte, das Tor aufzuschieben. Stattdessen kletterte er die Leiter auf den Heuboden hinauf. Diese lehnte direkt neben dem großen Tor und führte durch eine kleine Luke nach oben. Hier war

Mondri schon in seiner dritten Nacht hinaufgeklettert, da er ein ängstliches Piepsen vernommen hatte. Am Ende hatte sich herausgestellt, dass es ein kleines Mäuschen verursacht hatte. Scheinbar war es auf der Suche nach seiner Mutter gewesen. Da der junge Elf dieses arme Wesen nicht hatte alleine lassen wollte, hatte er es kurzerhand mit zu sich nach unten genommen und die Maus wärmend in seiner Hand gehalten. Als er am nächsten Morgen aufgewacht war, hatte er die Maus nirgendwo entdecken können.

Jetzt jedoch ging er hinüber zu dem kleinen Fenster, das er mit einem leisen Quietschen öffnete. Sein Atem stockte. Sein Blick fiel auf den Bauern in dem Hof, der eine Armbrust dabei hatte und versuchte, diese zu spannen. Offenbar wollte er den Elfen im Schlaf überraschen und ihn durch einen gezielten Schuss beseitigen. Nach kurzer Überlegung hatte Mondri sich etwas ausgedacht, womit er dem Bauern zum einen den wahrscheinlich größten Schrecken seines Lebens einjagen und ihm zum anderen klarmachen würde, dass er so etwas besser nicht noch einmal versuchte.

Er begab sich zunächst auf die andere Seite des Heubodens. Dort gab es ebenfalls ein Fenster, das er öffnete und anschließend mit einer eleganten Bewegung hinab sprang. Bei der Landung rollte er sich ab. Zwar war sein Mantel nun staubig, jedoch war es ihm in diesem Moment egal. Als er sich wieder aufgerichtete hatte, begab er sich, so schnell es ging, auf die andere Seite. Bevor er den Hof betrat, lugte er noch einmal um die Ecke und sah den Bauern noch immer dort stehen und mit der Armbrust herumhantieren. Ein Lächeln schlich sich auf Mondris Gesicht. Das würde ein Spaß werden.

Nachdem der Elf einen kleinen Bogen um einige andere Gebäude geschlagen und sich somit dem Blickfeld des Bauern entzogen hatte, stand er nun direkt hinter ihm. Mit einem leisen Räuspern machte der junge Elf auf sich aufmerksam. Erschrocken fuhr Milok herum und starrte den Elfen irritiert an.

„Kann ich behilflich sein?“, fragte Mondri mit ironischem Unterton. Der Bauer bekam es scheinbar mit der Angst zu tun, denn er stolperte einige Schritte zurück und richtete die Armbrust auf den Elfen.

„Das würde ich jetzt besser nicht tun. Denn du hältst die Armbrust in die falsche Rich...“

Zu spät. Der Bauer hatte bereits den Abzug betätigt. Wie durch einen glücklichen Zufall fiel er in diesem Moment allerdings auf den Boden und ließ die Waffe fallen. Aus diesem Grund erschoss er sich nicht selbst, sondern erlitt nur einen Streifschuss an der Schulter. Mit einem Schrei befühlte er die getroffene Stelle. Mondri eilte hinüber und beugte sich über den Bauern.

„Bitte! Bitte tu mir nichts!“, flehte Milok. In seinen Augen lag eine scheinbar weit verdrängte Erinnerung aus seiner Kindheit. Der Elf wollte sich nicht weiter darum kümmern. Er antwortete nicht, sondern untersuchte die Wunde.

Als er zu dem Schluss gekommen war, dass es keine ernsthafte Verletzung war, blickte er dem Bauern direkt in die Augen und sprach mit einer drohenden Stimme: „Du wirst daran nicht sterben! Allerdings warne ich dich, noch einmal zu versuchen, mich umbringen zu wollen. Hast du mich verstanden?“

Der am Boden liegende Mann nickte sofort und schien erleichtert, als sich der Elf wieder von ihm wegbewegte. Bevor Mondri sich in Richtung der Scheune begab, bückte er sich und hob die Armbrust auf. Erst als er sie geschultert hatte, ging er zurück, um sich noch für ein paar Stunden schlafen zu legen.

Kurz nach diesen Geschehnissen kaufte ihm der Bauer einen neuen Mantel und sagte: „Du willst doch bestimmt nicht die ganze Zeit nur in diesem einen Mantel herumlaufen. Deswegen dachte ich mir, schenke ich dir einen zweiten.“

Mondri bedankte sich und nahm die Geste des Bauern als Entschuldigung für seinen versuchten Mord wahr.

Jetzt schritt er die Straßen der Stadt ein letztes Mal entlang. Am Tag zuvor hatte er eine magische Botschaft erhalten, dass die Truppen der Elfen höchstwahrscheinlich in zwei Tagen eintreffen würden. Das bedeutete, dass die Streitmacht am nächsten Tag mit der Belagerung der Menschenstadt beginnen würde. Mondri war das nur recht. Er war es leid, Tag für Tag in dieser Stadt herumzulaufen und nichts Neues mehr zu entdecken.

Mittlerweile war es dunkel geworden. Es war das Zeichen für den jungen Elfen sich auf den Weg zurück zu dem Bauernhof zu machen. Es gab bereits seit einigen Jahren, so erzählten es die Einwohner, eine nächtliche Ausgangssperre. Diese würde gelten, sobald die Wachfeuer der Torwächter entfacht worden waren. Jeder, der diese Ausgangssperre missachtete, wurde sofort festgenommen und eingesperrt. Weshalb es diese Regelung gab, konnte ihm niemand sagen. Dennoch hielten sich alle daran. Ihr Herrscher war nicht für eine gnädige Einstellung bekannt.

Als er die Stadt gerade verlassen hatte, sah er, wie eine der Wachen die Feuer mit einer brennenden Fackel entzündete. Wenn es sich Mondri recht überlegte, sah die Stadt doch ziemlich friedlich aus. Ab dem kommenden Tag, das wusste der junge Elf, würde sich alles ändern.

„Hoffentlich zum Guten!", dachte er. Dann machte er sich auf den Weg. Die Ruhe vor dem Sturm hatte begonnen.

Am nächsten Morgen erwachte der Elf noch vor dem allmorgendlichen Krähen des Hahnes. Als dieser seine ersten Töne von sich gab, war Mondri bereits auf dem Weg in den Wald. Er wollte dort seinen König treffen, um ihm alles über die Schwachstellen der großen Stadt zu berichten.

Milok betrat mit den ersten Sonnenstrahlen die Scheune und bemerkte überrascht, dass der Landstreicher verschwunden war. Bei genauerem Betrachten des einstigen Schlafplatzes entdeckte er einen Brief. Langsam entrollte er ihn und las:

Danke für deine freundliche Unterbringung! Als Dankeschön für deine Gastfreundschaft möchte ich dir einen gut gemeinten Ratschlag geben. Bleibe mit deiner Familie für eine Weile zu Hause und geht, wenn es möglich ist, nicht in die Stadt!

Leicht verwirrt nahm der Bauer den Hinweis zur Kenntnis und beschloss, dem fremden Menschen zu vertrauen.

Entscheidung der Hoheit

Seit sie ihren Bruder wiederbekommen hatte, war die Immra friedlicher gestimmt als zuvor. Sie war glücklich, einen Teil ihrer Familie zurückbekommen zu haben. Doch wusste sie auch, dass es eine Gefahr war, dies öffentlich zu zeigen. Aus diesem Grund hatte sie ihren Bruder zu ihrem persönlichen Berater befördert und ihm dadurch ein Gemach im sicheren Palast beschaffen können. Das wiederum verschaffte ihr die nötige Ruhe, die sie brauchte, um sich auf wichtige Entscheidungen konzentrieren zu können. Bevor ihr Bruder in den Palast gezogen war, hatte sie jeden Tag solche Angst um ihn gehabt. Schließlich wollte sie ihn nicht nach so kurzer Zeit wieder verlieren.

Jetzt saß sie auf ihrem Thron und erwartete einen ihrer Boten. Dieser sollte ihr einen Bericht über die Grenzen ihres Königreiches liefern. Die Gerüchte über einen Befreiungstrupp der Zwerge hatten es sogar bis an ihr Ohr geschafft. Sie fürchtete, sie würden ihn bei ihr suchen, weswegen sie jederzeit auf dem Laufenden gehalten werden wollte. Sie hatte bereits die Wachen an den Grenzen verstärken lassen. Sollte auch nur ein einziger Zwerg in ihr Reich vordringen, würde sie zum einen sofort Bescheid bekommen und zum anderen durch einen magischen Impuls ihren Wächtern mitteilen, ob sie ihn angreifen sollten oder nicht.

Aldri streckte sich. Er hatte tief und fest geschlafen. Mittlerweile hatte er sich sehr gut eingelebt in seinem neuen Zuhause. Er war froh darüber, nun endlich mehr Zeit mit seiner Schwester verbringen zu können. Natürlich war es schwierig gewesen, eine neue Tätigkeit zu finden, bei der niemand Verdacht schöpfte, dass zwischen ihnen beiden mehr war, als nur eine normale Herrin-Diener-Beziehung.

Ganz allmählich erhob sich der junge Elb aus seinem Bett und ging hinüber zu seinem Kleiderschrank. Er zog sich neue Kleidung an, die er für seine neue Tätigkeit als persönlicher Berater der Immra benötigte.

Nach einem kargen Frühstück begab er sich in den Thronsaal. Dort wartete seine Schwester bereits auf ihn. Mit zorniger Stimme fuhr sie ihn an: „Wo bist du gewesen? Ich hatte gesagt, dass heute eine wichtige Nachricht eintreffen würde, bei der ich deine Beratung gebrauchen könnte."

Aldri wusste, dass sie die zornige Herrscherin nur spielte. Die anderen anwesenden Diener durften nichts von ihrem innigen Verhältnis erfahren. Aus diesem Grund spielte auch der junge Elb mit und gab sich unterwürfig: „Es tut mir leid, meine Herrin!"

Nach einem kurzen prüfenden Blick nickte die Immra und Aldri stellte sich hinter ihren Thron, um auf den Ankömmling zu warten. Dabei ging er noch einmal die vergangenen Tage im Kopf durch. Er war sehr überrascht davon, welche Wendung sein Leben gemacht hatte. Niemand konnte behaupten, es innerhalb weniger Tage vom kleinen Spitzel bis zum persönlichen Berater der Immra geschafft zu haben. Diese Tatsache machte ihn stolz, weshalb er eine gerade, fast schon heroische Haltung einnahm.

Die Immra betrachtete ihren Bruder aus den Augenwinkeln. Sie sah ganz genau, dass er vor Stolz nur so strotzte. Dabei sollte er sich ihrer Meinung nach besser nicht zu hochnäsig geben. Schließlich war noch immer sie die einzige Herrscherin der Elben.

In diesem Moment betrat eine ihrer Wachen den Thronsaal und kam zu ihr gelaufen. Als er an den Stufen, die zum Thron hinaufführten, stehen blieb und sich kurz verneigte, fragte sie: „Was gibt es?"

Der Elb erhob sich und antwortete mit unterwürfiger Stimme: „Meine Herrin! Draußen vor dem Saal steht ein Bote und verlangt Euch zu sprechen. Er sagt, er bringe Kunde von den Grenzen Eures Reiches. Sollen wir ihn passieren lassen?"

„Ja, lasst ihn passieren!", befahl sie und setzte sich noch einmal gerader auf ihren Thron, als sie es sowieso schon tat. Die Wache nickte, verneigte sich erneut und verließ den Thronsaal.

Kurz darauf öffneten sich die beiden Flügel und ein junger Elb betrat den Saal. Er schritt bis an die Stelle, wo vor einigen Augenblicken noch der Wächter gestanden hatte. Dort angekommen, kniete er sich nieder und sprach: „Ich bringe Kunde von der Grenze, meine Herrin!" Während er dies sagte, blickte er zu Boden. Erst als die Immra ihm erlaubte, sich zu erheben, schaute er sie an. Kurz darauf begann er zu berichten. Während des Berichts überlegte sich Aldri bereits eine Lösung, die er seiner Schwester vorstellen würde. Scheinbar war es unmöglich, die Zwerge loszuwerden, ohne ein Blutbad anrichten zu müssen. Es sei denn, man gab ihnen den Zwerg, den er entführt hatte. Natürlich hatte die Immra dann Angst davor, in den Krieg gegen die Zwerge ziehen zu müssen, sollten diese sich für die Folterung ihres Freundes rächen wollen. Daher war der junge Aldri glücklich darüber, dass er sich eine geeignete Lösung ausgedacht hatte, mit der man beide Seiten friedlich stimmen könnte. Voraussetzungen dafür waren die Zustimmung der Herrscherin über das Elbenvolk und die Tatsache, dass die Zwerge ihnen die Geschichte glaubten. Sollte dies nicht passieren, würden sie auf jeden Fall in den Krieg ziehen müssen.

„... wir hoffen, dass Ihr eine Entscheidung trefft. Denn sollten wir die Zwerge weiter vordringen lassen, werden sie bald schon Euren Palast erreichen, meine Herrin“, beendete der Bote seinen Bericht und verneigte sich erneut vor der Immra. Diese bedankte sich bei ihm für seine ausführlichen Informationen.

Aldri beugte sich zu ihr hinunter und flüsterte ihr zu: „Gib ihm eine kleine Belohnung und lass uns anschließend kurz unter vier Augen reden. Ich habe eventuell eine Idee, wie wir beide Seiten friedlich stimmen können.“

Sie vernahm die Worte ihres Bruders und nickte unmerklich, ehe sie sich wieder dem Boten zuwandte und ihre Stimme erhob: „Als Dank für deine Mühen, diesen Bericht so schnell wie möglich zu mir zu bringen, sollst du eine Belohnung erhalten. Bringt ihm zehn Goldmünzen! Anschließend lasst den Raum räumen, damit ich mich zu Beratungen zurückziehen kann.“

Der Bote verneigte sich noch tiefer, als er es bereits getan hatte und bedankte sich tausendfach bei seiner Herrin. Nachdem er die Belohnung erhalten hatte und der große Thronsaal komplett leer war, drehte sich die Immra zu ihrem persönlichen Berater um und schaute ihn fragend an. Dieser begann sogleich mit der Erläuterung seiner Überlegungen.

Aldri beendete seine Ausführungen und schloss seine Rede mit den Worten: „Nun ist es an der Zeit, eine weise Entscheidung zu treffen.“ Anschließend trat er zurück an seinen ihm angestammten Platz direkt hinter dem Thron der Herrscherin über das Elbenvolk.

Von dort aus konnte er genau beobachten, wie seine Schwester überlegte.

„Und du meinst wirklich, dass es funktionieren könnte? Aber was ist, wenn sie es uns nicht glauben? Dann ist ein Krieg unvermeidlich!"

„Wie ich bereits erwähnte, ist es immerhin eine Möglichkeit. Sollten wir es nicht versuchen, wird es auf jeden Fall einen Kampf geben. Diese Idee gibt uns wenigstens die Chance, die gesamte Angelegenheit friedlich regeln zu wollen. Natürlich kann es auch sein, dass die Zwerge uns nichts von all dem abkaufen. Wir sollten es, meiner Meinung nach, zumindest versuchen."

Er sah ganz genau, wie sie kurz nickte und ihm dadurch zustimmte.

„Du hast vollkommen recht, mein Bruder. Wir sollten diese Möglichkeit, einen Krieg zu verhindern, wenigstens ausprobieren. Dennoch werde ich die Truppen mobilisieren. Falls es nicht bei dieser friedlichen Lösung bleibt, müssen wir auf alles vorbereitet sein."

Aldri stimmte ihr zu. Dann verließ auch er den Thronsaal, um die Entscheidung der Herrscherin aller Elben dem Kommandanten der Streitmacht mitzuteilen. Dieser sollte alle nötigen Schritte in Angriff nehmen. Erst wenn er die Truppen der Immra vollständig mobilisiert hatte, würden sie Aldris Lösungsvorschlag mit den Zwergen besprechen.

Der Anfang

Er lag auf dem Boden. Sein Herz schlug so schnell wie noch nie zuvor. Es raste so sehr, dass er dachte, es würde jeden Augenblick platzen. Diesen Gefallen tat es ihm nicht. Mittlerweile hatte er sich mit dem zunächst befremdlichen Gedanken abgefunden, dass er demnächst sterben würde. Hätte er die Macht darüber, wann es soweit wäre, ginge es ihm nicht schnell genug. Am liebsten würde er in diesem Moment einschlafen und im Schlaf von dieser Welt scheiden. Doch das geschah nicht. Offensichtlich wollte das Schicksal noch nicht, dass er starb.

„Vielleicht habe ich noch eine wichtige Aufgabe zu erfüllen", dachte er sich. Es war ein angenehmer Gedanke. Sollte sein Bestehen tatsächlich einen tieferen Sinn haben, wäre es erträglicher für ihn, die Schmerzen zu erdulden, die er durchlitt.

Noch immer pochten seine Wunden von der letzten Qual und auch die Verletzung, die ihm der König der Menschen zugefügt hatte, schmerzten so unerträglich, dass ihm andauernd ein kleines Rinnsal Tränen aus den Augenwinkeln lief.

Immer wieder kehrten seine wirren Gedanken zu seiner Familie und seinem Volk zurück. War seine Frau glückliche Mutter geworden? Hatte sie ein gesundes Kind zur Welt gebracht? Wie hieß es? Wie alt war es wohl jetzt?" Ein Gefühl für die vergangene Zeit hatte er längst verloren. Es kam ihm fast so vor, als wäre es erst gestern gewesen, dass er von den Kriegern des Königs Richards am Bootshaus gefangen genommen und zu dem Herrscher der Menschen gebracht worden war. Bei dieser schmerzlichen Erinnerung schossen ihm neue Tränen aus den Augen. Keine Hemmung besaß er mehr. Selbst einen Teil seiner Würde und seines gemäßigten Stolzes hatte er in der Zeit seiner Gefangenschaft verloren. Es kümmerte ihn nicht, dass er es aus eigener Kraft nicht mehr schaffte, seine Notdurft in die dafür vorgesehen Kuhle zu verrichten. Stattdessen hatte er sich, ohne dabei eine gewisse Scham zu empfinden, eingenässt. Im Gegensatz zu seinen alltäglichen Folterungen, die er durchgemacht hatte, war ihm diese Kleinigkeit nicht wichtig gewesen. Viel größere Sorgen hatte er sich um sein Leben gemacht.

Richard kaute ein Stück Fleisch, während er darüber nachdachte, wie er bei dem nächsten Treffen am besten vorging. Schließlich war es sehr entscheidend, dass er die Informationen bekam, die er verlangte. Um an diese zu gelangen, gab es in seinen Augen zwei mögliche Vorgänge bei der Befragung: Sollte er ihn zunächst foltern und ihm körperliche Schmerzen bereiten, oder war es vielleicht besser, wenn er seinen Geist direkt zu Beginn attackierte und ihm die Informationen abpresste? Anschließend könnte er ihn immer noch ein wenig foltern. Bei diesen Überlegungen musste der König unwillkürlich grinsen. Wie gerne er es doch mit ansah, wenn jemand gefoltert und vielleicht sogar bis zum Tode verstümmelt wurde. Bei so einem fantastischen Anblick kam sein Blut meist in Wallungen, sodass er nach solch einer Szene oftmals ein kühles Bad nehmen musste. Ansonsten würde er wahrscheinlich so stark überhitzen, dass er daran sterben würde.

Mit der linken Hand nahm sich der Herrscher über die Menschen dieser Stadt eine weitere Keule des saftigen Fleisches. Die andere Hand griff ganz selbstverständlich nach dem großen Krug, der bis zum Rand mit dem leckersten Bier der Gegend gefüllt war. Nachdem Richard einen großen Schluck aus dem Gefäß genommen und dieses anschließend wieder abgestellt hatte, wischte er sich zunächst über den Mund um etwaige Schaumreste zu entfernen. Erst danach biss er in das Fleisch und vernahm mit einem herrlichen Genuss die Laute, die seine Zähne beim Zerteilen der einzelnen Strähnen verursachten. In diesem Augenblick kam ihm die wahrscheinlich großartigste Idee. Jetzt wusste der Herrscher der Menschen, wie er bei der Folterung vorzugehen hatte.

Er hatte sich in einer Ecke des kleinen Raumes zusammengerollt und versuchte, ein wenig Schlaf zu finden. Doch so sehr er sich auch bemühte, er kam einfach nicht zur Ruhe. Immer wieder schossen ihm die Bilder der letzten Tage durch den Kopf. Die Gedanken kehrten jedes Mal zu den grausamen Folterungen zurück, die er in der letzten Zeit durchgemacht hatte. Bei diesen Erinnerungen kamen ihm immer wieder die Tränen, sodass er nur noch wie durch einen Schleier aus Wasser blickte. Sein Herzschlag beschleunigte sich ebenfalls, sobald er die furchtbaren Szenen erneut vor sich sah. Der Schmerz kehrte auf eine unheimliche Art und Weise zurück und brachte ihn dazu, obwohl er alles nur in seinen Erinnerungen durchmachte, kurz aufzustöhnen. Ganz so, als würde er die bereits durchlebten Folterungen noch einmal erleben.

Nach einiger Zeit hatte er das Gefühl, dass sein Leben keinen Sinn mehr machte. Aus diesem Grund, so hatte er sich geschworen, wollte er sich, sobald man ihn das nächste Mal folterte, das Folterinstrument in die Brust und durch sein Herz rammen. Die Müdigkeit gewann die Überhand und entführte ihn in einen unruhigen und sehr kurzen Schlaf.

Richard eilte die Stufen hinab. Immer näher kam er seinem Ziel. Nur noch wenige Minuten trennten ihn von dem Wissen, das er schon seit so langer Zeit erhalten wollte.

„Bald schon werde ich der mächtigste Mann der Welt sein. Bald werde ich den genauen Ort kennen, wo dieser Elf die vier Diamanten versteckt hat. Dann kann ich endlich die Macht nutzen, die mir schon seit Jahren zusteht“, dachte der König. Die Gier nach dieser schier unendlich scheinenden Macht machte ihn rasend. Sein Herz schlug so schnell, dass er befürchtete, es könnte ihm aus dem Körper fliegen. Immer geringer wurde die Strecke, die er zurücklegen musste, um an sein Ziel zu gelangen. Als er das Ende der langen Treppe erreicht hatte, stürmte er noch schneller auf den Gefängniswärter zu. „Den Schlüssel!“, befahl er rasch. Dabei flog ihm die Spucke aus dem Mund. Er war wahnsinnig vor Wissensbegierde. Er war wahnsinnig nach der Macht, die die Diamanten der Legende nach beinhalteten. Endlich hatte der Wärter ihm den passenden Schlüssel ausgehändigt und er schritt voller Vorfreude, voller Enthusiasmus auf das Verlies zu, in dem sich das Wissen befand, das Richard in wenigen Momenten kennen würde. Denn dann hatte er seinen Plan in die Tat umgesetzt. Er hatte diesem Elfen die Information aus dem Geist gepresst wie den Saft einer Frucht.

Er wurde wach. Noch bevor er die Augen geöffnet hatte, vernahm er das Klicken des Schlosses, das seine Tür entriegelte. Kurz darauf hörte er, dass jemand die Tür mit einem leisen Quietschen aufschob. „Jetzt ist es also soweit“, dachte er sich. Im Stillen hoffte er, dass es sich lediglich um seine karge Mahlzeit handelte. Wenn er tief in sich hinein lauschte, vernahm er eine ängstliche Stimme, die ihm sagte, dass er noch nicht sterben sollte. Er deutete es als die Angst vor dem Tod, von der er schon so oft gehört, diese Geschichten jedoch nicht geglaubt hatte. Eine kurze Stille trat ein, ehe die Schritte näher kamen. Er vernahm sie und wollte sich erheben, aber sein Körper sträubte sich mit allen Mittel dagegen. Selbst seine Augenlider waren so schwer geworden, dass er diese nicht öffnen konnte. Nach einigen Sekunden verstummten die Schritte und er spürte die Wärme eines Körpers, der sich über ihn beugte. Er hörte die Stimme, die er gefürchtet hatte: „Steh auf! Ich werde dich jetzt befragen!“ Nur langsam und mit größter Anstrengung schaffte er es, seine Augen zu öffnen und den Kopf ein wenig zu heben. Mit einem Mal traf sein Blick die Augen des Mannes, den er am liebsten auf der Stelle töten wollte. In seiner jetzigen Lage, würde er jedoch nicht einmal eine Fliege erschlagen können, das wusste er. Aus diesem Grund erhob er seine krächzende Stimme und nannte mit einem wütenden Unterton den Namen des Königs der Menschen: „Richard.“

Der König beugte sich über den Gefangenen. Er spürte die Angst. Dieser Elf schien ihn mehr zu fürchten als alles andere. Offensichtlich fürchtete er sich so sehr, dass sein Körper zu zittern anfing. Da der König die Informationen jedoch sehnsüchtig erwartete, beugte er sich noch tiefer über den geschundenen Körper des Gefolterten und sagte: „Steh auf! Ich werde dich jetzt befragen!“ Er bemerkte, dass der Mann sich anstrengen musste, um ihm in die Augen blicken zu können. Als er es geschafft hatte, presste er nur ein einziges Wort zwischen seinen aufgeplatzten Lippen hervor: „Richard!“ Der Herrscher vernahm den wütenden Unterton. Allerdings meinte er, auch einen gewissen Anflug von Angst und Verzweiflung zu hören. Allerdings war er sich dabei nicht sicher.

Nachdem der Elf seinen Namen ausgesprochen hatte, verließ ihn scheinbar seine Kraft wieder und sein Kopf fiel zurück auf den steinernen Boden. Der König deutete es als Zeichen der Schwäche.

„Genau darauf habe ich gewartet“, schoss es ihm durch den Kopf. Noch einmal sortierte er gedanklich seine Vorgehensweise, bevor er nach den Haaren des Mannes griff. Mit einem kräftigen Ruck zog er ihn hoch und hielt ihn etwas von sich. Schließlich wollte er es nicht riskieren, dass der Gefangene ihn plötzlich mit einem Anflug von Mut angriff und ihn dabei verletzte.

Nachdem er sich vergewissert hatte, dass keine Gefahr von dem Mann ausging, schleifte er ihn hinüber zu seiner Liege. Dort legte er ihn halb auf dem Boden liegend ab. Anschließend nahm er seinen Dolch aus seiner Halterung und beugte sich über das knochige und ausgemergelte Gesicht. Mit einem einzigen Schnitt trennte er dem Gefangenen einige Strähnen des verfilzten und dünnen Haares ab. Diese streckte er ihm hin und sagte: „Entweder du sagst mir jetzt sofort, wo die Diamanten versteckt sind, oder ich werde dir weitere Haare abschneiden. Sollte es keine mehr geben, werde ich mit den Fingernägeln weitermachen. Immer weiter werde ich deinen Körper verstümmeln. Am Ende wird von dir nicht mehr übrig bleiben als ein weinendes und dem Tode geweihtes Wrack."

Er wurde über den staubigen Boden geschleift. Mittlerweile hatte er sich an diesen Umgang schon gewöhnt. Außerdem war er sehr froh darüber, diesen kurzen Weg nicht selbst gehen zu müssen. Einzig das Ablegen schmerzte etwas, denn auch wenn er mit dem Oberkörper auf seiner Liege lag, war die Position nicht bequem. Seine Beine lagen immer noch auf dem Boden des Verlieses. Durch diese Position drückte ihm die Kante des Schlafplatzes sehr schmerzhaft in den Rücken. Jedoch war er zu schwach, um sich vollkommen auf die Liege hochzuziehen. Selbst wenn er es versucht hätte, wäre es ihm nicht gelungen. Richard schnitt ihm einige Strähnen seines Haares ab. Zwar spürte er dabei keinen Schmerz, dennoch war der Verlust seines Haares etwas Schreckliches für ihn. Woher dieses Gefühl kam, wusste er nicht. Allerdings schien es schon eine gewisse Zeit in ihm gewartete zu haben, um in diesem Moment herausbrechen zu können. Am liebsten hätte er auf der Stelle angefangen, zu weinen, aber ehe die Tränen die Drüsen verlassen hatten, sprach der König der Menschen zu ihm. Eigentlich sprach er klar und deutlich, aber er vernahm die Worte wie durch eine dicke Wand:

„Entweder du sagst mir jetzt sofort, wo die Diamanten versteckt sind, oder ich werde dir weitere Haare abschneiden. Sollte es keine mehr geben, werde ich mit den Fingernägeln weitermachen. Immer weiter werde ich deinen Körper verstümmeln. Am Ende wird von dir nicht mehr übrig bleiben als ein weinendes und dem Tode geweihtes Wrack." Einige Augenblicke musste er darüber nachdenken, was er soeben gehört hatte. Als ihm der Sinn dieser Worte klar wurde, hob er seinen Blick und schaute dem Herrscher direkt in die Augen. Dann sagte er mit seiner zittrigen Stimme: „Niemals würde ich dir etwas preisgeben. Ich sterbe lieber."

Richard lächelte ihn bei diesen Worten böse an und erwiderte in einem überheblichen Tonfall: „Das lässt sich einrichten. Allerdings werde ich dich vorher noch ein wenig quälen, dein Wissen aus dir herausquetschen und erst dann wirst du sterben." Während er das sagte, klang er belustigt und freudig zugleich. Ein leichtes Zittern in seiner Stimme ließ ihn erahnen, dass der König gehofft hatte, er würde so antworten. Scheinbar war es alles ein Teil seines sadistischen Plans gewesen, ihn bis zu seinem letzten Atemzug leiden und in dem Wissen sterben zu lassen, dass sein Volk dem Untergang geweiht war. Richard vernahm die Worte des Elfen mit Genugtuung. Bald, da war er sich sicher, wusste er, wo die Diamanten versteckt waren. „Und dann werde ich der alleinige Herrscher der Welt sein!"

Seine Gedanken ließen nur noch diese eine Vision zu. Böse lächelnd erwiderte der Herrscher dem Elfen: „Das lässt sich einrichten. Allerdings werde ich dich vorher noch ein wenig quälen, dein Wissen aus dir herausquetschen und erst dann wirst du sterben."

Richard vermutete, dass der Elf wusste, dass er ihn von Anfang an hatte foltern wollen. Schließlich war sein Gefangener einst einer der klügsten seines Volkes gewesen. Während der Zeit in Gefangenschaft hatte der Elf körperlich und geistig abgebaut. Davon war der Herrscher überzeugt. Ansonsten, so überlegte er, hätte er schon längst versucht, sich zu befreien. Der König stand über den eingefallenen Körper gebeugt und fragte ihn: „Wo ist das Versteck der magischen Diamanten?" Stille. Kein Laut war zu hören. Das Atmen der beiden Personen in dem Verlies hallte von den Wänden wieder, so laut schien es zu sein. Der Elf blickte ihn nur mit einer Mischung aus Wut, Verachtung und Mitleid an.

„Will er mich vielleicht wütend machen, damit ich ihn auf der Stelle töte?", schoss es Richard durch den Kopf. Selbst wenn es so war, hatte dieser dumme Elf nicht mit seiner Geduld gerechnet. Ohne einen weiteren Augenblick zu zögern, schnitt er dem hilflosen Mann einen weiteren Büschel Haare ab.

Angebotene Freundschaft

Aldri ritt auf einem schneeweißen und wunderschönen Hengst durch den Wald. Es war ein weiterer Vorteil seiner neuen Stellung als persönlicher Berater der Immra. Neben einigen anderen Annehmlichkeiten brauchte er sich außerhalb der Elbenstadt nicht mehr zu Fuß fortbewegen. Stattdessen wurde ihm ein eigenes Pferd zur Verfügung gestellt. Dies war nur wenigen Bediensteten der Herrscherin über das Elbenvolk vorbehalten. Aus diesem Grund war er auch besonders stolz darauf, dieses Privileg genießen zu dürfen.

Der junge Elb zügelte sein Pferd. Er war fast an seinem Ziel angelangt. Der Außenposten, zu dem er unterwegs war, lag nur noch wenige Minuten von seinem jetzigen Standpunkt entfernt. Allerdings meinte er, ein merkwürdiges Geräusch gehört zu haben, das aus der Ruine vor ihm kam. Seine Schwester hatte ihm angeboten, einen kleinen Trupp mitzuschicken, jedoch hatte er es abgelehnt.

„Zum einen werde ich es auch alleine schaffen. Zum anderen macht es keinen sehr vertrauenswürdigen Eindruck, wenn ich mit einer kleinen Armee auf die Zwerge treffe“, hatte er auf das Angebot der Immra erwidert.

In diesem Augenblick schoss ihm allerdings der Gedanke durch den Kopf, dass ein oder zwei ausgebildete Krieger vielleicht keine so schlechte Idee gewesen wären. Natürlich hatte auch Aldri eine Waffe bei sich. Jedoch würde er gegen einen Zwerg oder gegen eine andere Kreatur mit seinem Schwert nicht viel ausrichten können, schließlich war er kein Krieger.

Als sein Pferd stehen blieb, schwang er sich aus dem Sattel und landete, ohne das geringste Geräusch zu verursachen, auf dem Boden. Langsam zog er sein Schwert aus der Scheide und ging genauso lautlos, wie er bereits vom Pferd gestiegen war, auf das verfallene Gebäude zu. Wenn er sich richtig erinnerte, hatte hier noch bis vor einigen Jahren ein Turm des Außenpostens gestanden. Als sich das Reich der Immra jedoch noch einmal deutlich vergrößerte, wurde dieser Wachturm nicht mehr gebraucht. Seitdem war er weder betreten, noch instand gehalten worden. „Wer weiß, was sich in dieser Zeit dort alles eingenistet hat“, war sein Gedanke, als er kurz vor dem ehemaligen Eingang des Gebäudes stand. Eine Tür schien es schon länger nicht mehr zu geben. Die Natur hatte sich an durch das offene Loch einen Weg hinauf bis zu der Spitze gesucht.

Mit einem mulmigen Gefühl betrat Aldri den ehemaligen Turm. Im Eingang stehend ließ er seinen Blick durch den Raum schweifen. Alte Stühle und Tische standen halb zerfallen herum. Es gab noch einige Halterungen für die Waffen der Wächter. Diese waren jedoch leer. Ansonsten gab es nur noch einen weiteren Durchgang, der zu der Treppe führte.

Da der junge Elb kein Anzeichen für einen Feind entdeckte, bewegte er sich langsam und sich immer wieder umschauend auf die Treppe zu. Als er kurz davor stand und einen ersten Schritt hinauf machen wollte, bemerkte er, dass einige der Stufen abgebrochen und zerbröselt waren. Scheinbar hatte auch hier die Natur keinen Halt gemacht.

„Es ist schon sehr merkwürdig. Ich hätte nie gedacht, dass Gestein einfach so auseinanderbrechen könnte“, schoss es ihm durch den Kopf. Darauf bedacht, immer eine Stufe zu treffen, die noch ganz und stabil war, begann er den kurzen Weg hinauf zu der Spitze des Turms, wo sich eine Plattform befand, von der man herannahende Feinde erkennen konnte. Immer wieder kam er an Gucklöchern vorbei, von denen man Gegner mit Pfeilen beschießen oder kochendem Pech überschütten konnte.

Nach kurzer Zeit betrat er die Plattform. Sie bot ihm eine wunderbare Aussicht über das Reich der Immra. Wenn er sich anstrengte, konnte er sogar die Häuser der Stadt erkennen. Drehte er sich um, so sah er die Ausläufer des riesigen Waldes und auch einen kleinen Teil des Zwergenreichs. Einen Feind oder ein Geschöpf, das dieses merkwürdige Geräusch verursacht haben konnte, entdeckte er nicht.

Nach einigen Minuten des Staunens über die Schönheit der Aussicht machte sich der junge Elb wieder an den Abstieg. Schließlich wollte er den Außenposten des Reichs seiner Schwester so schnell wie möglich erreichen. Andernfalls könnte es sein, dass die Zwerge bereits weitergezogen waren. Einen Boten hatten sie ihnen nicht geschickt. Das hätten sie, zumindest in Aldris Augen, auch falsch deuten können. Aus diesem Grund wollte der persönliche Berater der Immra diesen Auftrag selbst ausführen und den Zwergen den Vorschlag der Herrscherin über das Elbenvolk unterbreiten. Niemand konnte seine Ideen besser darlegen als er selbst. Zwar behauptete er, dass diese Überlegungen von der Immra stammten, allerdings war er sich auch bewusst, dass dies einer seiner besten und ausgereiftesten Pläne war.

Bald saß er wieder im Sattel auf seinem Pferd und ritt weiter. Sein Ziel war immer noch der Außenpunkt des Elbenreichs, an dem man den *Zwergenbefreiungstrupp* zuletzt gesehen hatte. Bald war er dort angekommen und konnte dann mit den Zwergen einen Friedensvertrag aushandeln. Dies war ein Teil seines Plans. Die Immra musste sich in einer Zeit, in der ihre Feinde immer stärker wurden, von allen Seiten absichern. Sollte es einmal zu einem offenen Kampf zwischen den Anhängern seiner Schwester und ihren Gegnern kommen, hätte sie ein ernsthaftes Problem, wenn zur gleichen Zeit auch noch ein Krieg zwischen dem Volk der Elben und einem anderen des riesigen Waldes kommen sollte.

Noch während er die letzte Meile zwischen sich und seinem Ziel zurücklegte, fing es an zu dämmern. „Ich sollte die Zwerge erst antreffen, wenn es wieder hell ist. Ansonsten könnten sie es als Angriff interpretieren und mich attackieren“, war sein letzter Gedanke, bevor das Licht des Tages verschwand.

Fralk Eisenfinger führte die Truppe vorbei an riesigen Ruinen. Es hatte ganz den Anschein, als würden diese Gebäude schon seit Jahrhunderten verlassen sein. Irgendetwas sagte ihm, dass es nicht so war. Ein merkwürdiges Gefühl in seiner Magengegend warnte ihn davor, in der Nähe dieser zerfallenen Gebäude eine Rast einzulegen. Aus diesem Grund entschied sich der Befehlshaber des Zwergbefreiungstrupps dafür, noch eine weitere Meile zu laufen, ehe er seinen Männern eine Pause gönnen würde.

Er hatte sich gerade zu seinen beiden Unterbefehlshabern umgedreht, um sie über seine Entscheidung zu informieren, da passierte es: Ein Knacken drang aus den Schatten der Bäume. Ohne zu zögern griff der Zwerg nach seiner Axt und hob eine Hand, um seine Krieger zu warnen. Sobald sie sein Signal gesehen hatte, erklang vielfach das Schleifen, wenn eine Axt aus ihrer Halterung gezogen wurde. Kurze Zeit später stand seine gesamte Truppe mit ihren Waffen in der Hand hinter ihm und erwarteten seine weiteren Befehle. Mit einem kurzen und vor allem leisen Pfiff rief Fralk seine beiden Berater zu sich, um mit ihnen zusammen einige Schritte in das Dunkel des Waldes zu machen. Sollten sie nach wenigen Augenblicken nicht zurückkehren oder einen vereinbarten Ruf von sich geben, so würden die restlichen Krieger losstürmen, um ihren wahrscheinlich angegriffenen Befehlshaber zu Hilfe zu eilen. Das hatte sich der Zwerg bereits nach zwei Tagen überlegt. Nur so war es sicher, dass seine Männer nicht einfach nur hilflos in der Gegend herumstanden, sondern weiter angespannt und kampfbereit blieben. Ansonsten wären sie trotz ihrer zahlenmäßigen Überlegenheit eine leichte Beute für die Geschöpfe des Frendster Waldes.

Doljia schwang sich von Ast zu Ast. Zwar waren Elben nicht für das Schwingen, sondern eher für das Springen von Baum zu Baum bekannt, dennoch mochte sie diese Art der Fortbewegung deutlich lieber. Ohne sagen zu können, weshalb, fühlte sie sich dabei sicherer. Allerdings waren ihr auch die Gefahren bewusst. Sie war leichter zu erkennen zwischen diesem ganzen Grün und dadurch ein leichteres Ziel für Angriffe jeglicher Art und Weise. Außerdem verursachte sie deutliche Geräusche. Immer wenn sie einen neuen Ast umklammerte, knackte es einmal laut und deutlich. Trotz all dieser negativen Aspekte fühlte sie sich frei und unerreichbar. Es konnte allerdings auch böse enden. Das war ihr vor wenigen Tagen klar geworden. Sie hatte sich wie fast jeden Tag in dem großen Wald herumgetrieben, aber schon nach wenigen Schwüngen hatte sie ein Schmetterling so sehr abgelenkt, dass sie den nächsten Ast nicht ergriffen hatte und sehr hart auf den Waldboden gefallen war.

Jetzt machte sie sich jedoch keine Sorgen. Doch mit einem Mal gab es ein sehr lautes Knacken und der Ast, den sie gerade noch festgehalten hatte, war abgebrochen und hinuntergefallen. Dort prallte er gegen einen kleineren Felsen und zerbrach in zwei Teile.

Golk hatte seine Waffe gezogen und ging direkt hinter seinem Offizier auf die Bäume am Wegesrand zu. Trotz der Dunkelheit und der Tatsache, dass sie sich in fremdem Gebiet aufhielten, hatte der Zwerg keine Angst. Wieso auch? Schließlich war er, Golk, der Einzige in seiner großen Familie, der sich zum Krieger hatte ausbilden lassen.

„Was denkst du? Wird es wieder ein Gnom gewesen sein?", zischte der zweite Unteroffizier. Zwar hatte er leise gesprochen, aber es schien in dieser Nacht noch lauter nachzuhallen als gewöhnlich. Ihr Anführer schüttelte nur unmerklich seinen Kopf. Es, das wusste Golk, war kein einfaches Kopfschütteln, um ein *Nein* auszudrücken. Vielmehr sollte es heißen, dass er es selbst noch nicht wusste.

Unwillkürlich dachte der gerüstete Zwerg an ihren letzten Kampf zurück. Vor genau drei Tagen war die gesamte Garnison einem Holder über den Weg gelaufen. Zwar hatten sich einige Krieger verletzt, getötet worden war jedoch niemand. Jetzt schien alles anders zu sein. Nichts deutete auf ein größeres Geschöpf hin, ansonsten wären sie entweder schon längst angegriffen worden oder sie hätten bereits einen Schatten zwischen den Bäumen gesehen.

Aldri ritt in den Innenhof. Noch bevor die großen Flügel des Tores zu waren, kam ein Junge angelaufen, um ihm das Pferd abzunehmen. Der persönliche Berater der Immra stieg aus dem Sattel und ließ seinen Hengst in einen nahegelegenen Stall führen. Dort würde man sich mit Sicherheit gut um ihn kümmern.

Einige Atemzüge später stand Aldri umringt von mehreren Kriegern in dem großen Wachturm. Dorthin hatte man ihn geführt. Der Verwalter des Außenpostens Porta Boscus würde ihn dort empfangen, um ihm die neuesten Informationen zu den Zwergen mitzuteilen.

„Sie haben unseren Bereich so gut wie verlassen, mein Herr", berichtete Vilicus.

Aldri nickte und fragte dann seinerseits: „Wie lange werden sie noch reisen müssen, um den Bereich zu verlassen?"

Eine kurze Stille, in der der Verwalter überlegte, trat ein. Dann sagte er: „Höchstens noch einen Tagesmarsch."

Wieder nickte der Bruder der Immra. Auch er musste kurz über das Gehörte nachdenken. Den Aussagen Vilicus' nach, welcher der oberste Verwalter dieses Außenpostens war, würden die Zwerge innerhalb des nächsten Tages in einen der inneren Ringe eindringen. Dann wären nicht nur sie, sondern auch einige der Geheimnisse seines Volkes in Gefahr.

„Ich möchte sofort eine Karte haben!“, befahl Aldri. Nur wenige Augenblicke später hatte er sich in einen kleineren Raum zurückgezogen und studierte den Plan des Elbenreiches, den er vor sich liegen hatte.

Golk schaute immer wieder nach links und rechts. Nichts, aber auch wirklich gar nichts war zu erkennen. Dennoch befolgte er den Befehl seines Offiziers mit der größten Sorgfalt, die er an den Tag legen konnte.

Nachdem sie nach wenigen Augenblicken aus dem Frendster Wald zurückgekehrt waren, ohne etwas Merkwürdiges entdeckt zu haben, hatten sie ihr Lager in den anliegenden Ruinen aufgeschlagen.

Golk war als Erster zu einer der vielen Wachen eingeteilt worden, damit sich die restlichen Zwerge ausruhen und Kraft für den nächsten Tagesmarsch sammeln konnten. Immer wieder kehrten seine Gedanken zu dem kurz zuvor Erlebten zurück. Statt auf ein gefährliches Lebewesen zu treffen, hatten sie nur einen großen Ast gefunden, der heruntergestürzt und auf einem Felsen entzweigebrochen war. Seine müden Augen huschten immer wieder über die zerfallenen Gebäude und die Anfänge des Waldes. Immer wieder sprang der Zwerg auf, weil er dachte, eine Bewegung zwischen den Ruinen ausgemacht zu haben. Es war nur der flackernde Schein der Feuer, die sie entfacht hatten, um die Tiere der Nacht von sich fernzuhalten.

Doljia atmete schnell. Ihr Herzschlag beruhigte sich nur ganz langsam. Immer wieder musste sie an die Situation denken, in die sie geraten war. Obwohl sie gedacht hatte, dass der heruntergefallene Ast niemanden aufschrecken würde, waren nur wenige Augenblicke später drei Zwerge in den Wald gestapft. Hätte sich die junge Elbin nicht mit einer artistischen Bewegung in die Gipfel der Bäume geschleudert, wäre sie wohl entdeckt und attackiert worden. Selbst als sie sich schon in Sicherheit gewiegt hatte, war etwas geschehen, was ihr das Blut hatte gefrieren lassen. Einer der Zwerge, offenbar der Anführer, hatte genau in ihre Richtung geblickt. Seine Augen hatten sich verengt. Erst in diesem Moment war ihr aufgefallen, dass eines ihrer Beine von dem Ast herunterbaumelte, auf den sie sich gesetzt hatte. Schnell zog sie es zu sich hoch. Wahrscheinlich war es schon zu spät gewesen, denn der Zwerg hatte seinen beiden Begleitern etwas ins Ohr geflüstert, ohne den Blick von ihrem Baum abzuwenden. Erst als die drei wieder gegangen waren, entspannte sie sich etwas. Sie war sich bewusst, dass die Zwerge wiederkommen könnten, um sie zu ergreifen und zu entführen. Aus diesem Grund war sie, so schnell es ging, zu ihren Eltern geflüchtet. Dabei hatte sie sich nicht mehr von Baum zu Baum gehangelt, sondern war auf dem trockenen Waldboden gelaufen.

Jetzt saß sie in ihrem Zimmer und überlegte, ob sie ihre Eltern über den Zwischenfall informieren sollte.

Fralk schlug die Augen auf. Ein Geräusch hatte ihn geweckt. Schnell sprang er auf und nahm seine Axt in die Hand. Tatsächlich war es ein Glück, dass er wach geworden war, denn der Unteroffizier, den er damit beauftragt hatte, Wache zu halten, schien eingeschlafen zu sein. Außerdem hatte er wohl vergessen, das Feuer mit neuem Holz zu füttern. Es würde nicht mehr lange dauern, bis es ausging. Der Zwerg stieg über seine schlafenden Krieger hinweg und legte neues Holz in das Feuer. Kurz darauf wurde es endlich wieder etwas heller. Die Schatten huschten über die herumliegenden Gebäude. Der Befehlshaber des Zwergbefreiungstrupps kümmerte sich nicht weiter darum. Stattdessen blickte er über den Innenhof zu einem alten und verlassenen Turm. Dort im Eingang stand eine Gestalt. Sie war ganz in schwarz gekleidet, weshalb sie nur sehr schwer zu sehen gewesen war. Doch jetzt, wo das Feuer wieder hell leuchtete, sodass es genügend Licht spendete, sah er die Gestalt. Scheinbar war sie es auch gewesen, die das Geräusch verursacht hatte, durch das Fralk Eisenfinger erwacht war.

Die Gestalt spannte einen Bogen. Das sah der Zwerg ganz genau. Auch entdeckte er einen Köcher mit sehr vielen Pfeilen. Ob diese ausreichen würden, um seine gesamten Männer umzubringen, konnte er auf diese Entfernung nicht sagen. Noch während er über all diese Erkenntnisse nachdachte, sah er, wie die Gestalt ihren in eine Kapuze gehüllten Kopf hob und ihn anblickte. Scheinbar hatte sie nicht bemerkt, dass er wach geworden war und sie entdeckt hatte. Eine hektische Bewegung und schon hatte die Gestalt einen Pfeil angelegt und zielte damit direkt auf ihn. Fralk wurde bewusst, dass dies sein Ende sein würde, sollte er sich nicht sofort in Sicherheit bringen. Die Person ließ die Sehne los und das Geschoss surrte durch die Luft. Im selben Augenblick sprang der Zwerg aus der Schussbahn und schrie: „Alarm! Gefahr! Alarm!“ Viele seiner Krieger schraken hoch und zogen ihre Waffen. Darauf hatte er sie schließlich trainiert. Was wäre ein Zwerg mitten in der Nacht, der seine Waffe nicht griffbereit hatte?

Während die Zwerge versuchten, eine Ordnung herzustellen, gab es immer wieder laute Schreie und noch lautere Rufe, wenn einer von ihnen von einem Pfeil getroffen worden war. Kurz darauf brach ein großer Tumult aus und ein Zwerg, der eben noch vor Fralk gestanden hatte, brach zusammen. Aus seinem ungeschützten Nacken ragte ein Pfeil. Erst in diesem Moment schaffte es der Befehlshaber, sich Gehör zu verschaffen. Als er sich mit einigen Männern gesammelt und angreifen wollte, sah er, dass die geheimnisvolle Gestalt verschwunden war. Einzig der leere Köcher zeigte den Übriggebliebenen, wo der Angreifer gestanden hatte.

Aldri hörte dem Elb aufmerksam zu. Scheinbar hatte dieser tatsächlich nützliche Informationen für ihn. Noch immer zweifelte der Berater der Immra an der Glaubwürdigkeit. Dennoch schenkte er dem Gesagten weiter Gehör.

Als der Mann mit seinen Ausführungen fertig war, überlegte Aldri einen Moment, bevor er sagte: „Deine Tochter hat also drei Zwerge gesehen, als sie im Wald spielte. Die Zwerge schienen angespannt und kampfbereit zu sein und deine Tochter glaubt, dass zumindest einer von ihnen sie gesehen hat? Habe ich das richtig verstanden?“

Der Elb vor ihm nickte und antwortete: „Ja, mein Herr! Genauso war es.“

Aldri neigte ein wenig seinen Kopf und schaute ihn durchdringend an. Dann erwiderte er: „Nun gut. Du kannst gehen! Vielen Dank für deine sehr wichtigen Informationen.“ Der Mann vor ihm verneigte sich kurz und verließ anschließend den Raum.

Der junge Elb wandte sich von der Tür ab und schritt zurück zu seinem Tisch. Als er sich auf einen Stuhl setzte, zog er gleichzeitig noch einmal die Karte des Elbenreichs zu sich heran. Dort markierte er den Standpunkt, an dem die Zwerge das letzte Mal von den offiziellen Spionen des Verwalters gesehen worden waren.

Anschließend setzte er die Feder auf den Punkt, wo die Tochter des Elben, der ihm diese Informationen gegeben hatte, die drei Zwerge gesehen haben wollte. Als er die beiden Punkte miteinander verband, bemerkte er, dass sie gar nicht so weit auseinander lagen, weshalb die Geschichte von den drei Zwergen vielleicht wahr sein konnte. Mit einem genaueren Blick auf die Karte bemerkte Aldri, dass ganz in der Nähe der beiden Standorte ein alter und verlassener Außenposten der Immra stand. „Vielleicht haben sie dort ihr Lager aufgeschlagen“, dachte er sich.

Golk schreckte hoch. Sein Herz schlug so schnell, als wäre er die letzten drei Tage nur gerannt. Doch statt zu laufen, war er sitzend eingeschlafen und nun durch einen lauten Ruf erwacht. Nach einem kurzen Blick nach links und rechts wurde ihm sofort klar, dass es einen Angriff gegeben haben musste. Obwohl sich einige Ordnung in dieser Situation zu verschaffen versuchten, liefen viele der Zwerge kreuz und quer durch die Gegend. Andere schrien einmal kurz auf, ehe sie zusammenbrachen. Erst nach einigen Augenblicken hatte es ihr Offizier geschafft, eine kleine Truppe an Kriegern um sich zu sammeln und eine erkennbare Formation zu bilden. In dem Moment, in dem sie offenbar losmarschieren wollten, stockte der Befehlshaber. Ohne darüber nachzudenken, was er tat, griff Golk nach seiner Axt und lief hinüber zu seinem Offizier. Dort angekommen fragte er mit leiser flüsternder Stimme: „Was ist geschehen?“

Der Kommandant blickte ihn nicht einmal an. Stattdessen deutete er mit einem Finger auf einen zerfallenen Turm. „Dort im Eingang hat gerade noch eine Gestalt gestanden, die auf uns geschossen hat.“

Golk verstand nicht so recht, was er damit meinte. Erst als er auf den Boden um sie herum blickte, sah er die toten Körper der Zwerge, die jeweils durch einen einzigen gezielten Schuss mit einem Pfeil getötet worden waren.

„Ausschwärmen! Sucht diese verflixte Ratte in den Gebäuden! Geht niemals alleine!“, befahl der Unteroffizier, ohne einen derartigen Befehl abzuwarten. Auch die restlichen Krieger hatten sich mittlerweile um sie geschart und gehorchten Golks Worten sofort. Immer mindestens fünf Zwergen betraten die Gebäude und suchten nach dem verschwundenen Angreifer. Golk suchte den Blick des Offiziers, um sich dafür zu entschuldigen, dass er eingeschlafen war. Doch dieser hatte sich bereits entfernt. Er ging auf die Stelle zu, an der die Gestalt noch vor wenigen Minuten gestanden hatte. Bis auf den Köcher deutete nichts auf den Angreifer hin.

Doljia hatte sich dazu entschlossen, ihren Eltern von den Vorkommnissen im Wald zu erzählen. Zwar wusste sie, dass es Ärger geben würde. Schließlich sollte sie sich nicht ohne Erlaubnis ihrer Eltern im großen Wald aufhalten, doch dies war ihr in diesem Augenblick gleichgültig gewesen. Ihr Vater hatte ihr immer wieder gepredigt, alles sofort zu sagen. Wenn sie etwas verschwieg, käme es sowieso irgendwann ans Tageslicht und dann gäbe es nur noch größeren Ärger. Aus diesem Grund war Doljia noch vor dem Essen zu ihrem Vater ins Arbeitszimmer gegangen und hatte sich dort auf einen Stuhl gesetzt und gewartet. Erst als er mit seiner Arbeit fertig gewesen war, hatte er sie angeblickt und gefragt: „Was gibt es denn?“ Seine Stimme hatte eindeutig genervt geklungen. Es schien ihr ganz so, als hätte ihr Vater besseres zu erledigen, als sich mit seiner Tochter herumzuschlagen. Dennoch war die junge Elbin bei ihrem Entschluss geblieben und hatte ihm alles erzählt, was bei ihrer Spielerei im Wald geschehen war.

Jetzt lag sie in ihrem Bett und fühlte eine gewisse Erleichterung. Offenbar tat es tatsächlich gut, wenn man immer die Wahrheit sagte. Bevor sie zu ihrem Vater gegangen war, hatte sie ein merkwürdiges Drücken in ihrer Magengegend gespürt.

Kurz nachdem sie ihm alles berichtet hatte, war dieser von seinem Stuhl aufgesprungen und verschwunden. Ihre Mutter sagte ihr, dass er auf dem Weg zum nächstgelegenen Außenposten und dessen Verwalter, der für ihre Gegend zuständig sei, war. Doljia hatte genickt, obwohl sie es nicht so recht verstand. Ihrer Mutter gegenüber wollte sie so tun, als wüsste sie, was gemeint war.

Als ihr Vater einige Stunden später wieder nach Hause kam, die Nacht war bereits hereingebrochen, hatte er ihr gesagt: „Man war sehr froh darüber, dass du mir diese wichtige Neuigkeit mitgeteilt hast. Vielleicht bist du sogar dafür verantwortlich, wenn unser Volk einen Angriff feindlicher Truppen überlebt.“ Doljia war stolz auf sich. Nicht viele Elben in ihrem Alter konnten behaupten, dass sie bereits solche Leistungen erbracht hätten. Aus diesem Grund schwor sie sich, ihrem Vater immer sofort alles zu erzählen, sollte sie noch einmal ohne Erlaubnis ihrer Eltern im Wald unterwegs sein.

Aldri hetzte sein Pferd so sehr, dass er bereits befürchtete, es könnte zusammenbrechen. Doch auch wenn es ihm sehr schwerfiel, durfte er darauf keine Rücksicht nehmen. Wenn er sein Ziel nicht innerhalb der nächsten Minuten erreichte, konnte es eventuell schon zu spät sein. Schließlich ging der junge Elb davon aus, dass die Zwerge nicht ewig an ein und demselben Ort verweilen würden. Wenn seine Berechnungen stimmten, könnten sie innerhalb kürzester Zeit bereits in den nächsten Ring des Elbenreichs vordringen und somit sie alle und die Immra, seine Schwester, in größte Gefahr bringen.

Das Reich der Elben war in mehrere sogenannte Ringe unterteilt. Den äußersten Ring bildeten die meisten Außenposten. Bereits wenige Meilen weiter begann der zweite Ring. Insgesamt gab es sieben solcher Bereiche, die ein feindliches Heer zunächst überwinden musste, bevor es den Palast der Immra erreichte. Geschützt wurden die Ringe mit den unterschiedlichsten magischen und nichtmagischen Waffen. Der erste Ring, der lediglich dazu diente, die Grenzen im Auge zu behalten, war bis auf wenige Krieger pro Außenposten gar nicht geschützt. Dafür gab es jedoch insgesamt zweiunddreißig solcher Außenposten.

Der nächste Bereich war schon deutlich schwieriger zu erobern. Neben den Kriegern und einigen Belagerungsgeräten, wie zum Beispiel Speerschleudern, gab es eine magische Linie. Immer wenn ein Geschöpf, das kein elbisches Blut besaß, diese übertrat, wurde ein magischer Impuls an die Immra gesendet. Diese musste dann entscheiden, ob sie etwas unternahm oder nicht. Sollte sie jedoch nicht innerhalb weniger Minuten einen Gegenzauber sprechen, würden die magischen Fallen ihre Arbeit aufnehmen. Das bedeutete, dass zum einen ein Irrgarten in so kurzer Zeit aus dem Boden emporschoss, dass jeder durch diesen hindurchmusste. Zum anderen gab es im Boden eingelassene Käfige mit Holdern darin. Auch diese würden geöffnet werden. Das bedeutete, dass jeder Eindringling zum einen den Irrgarten verlassen und sich dabei auch noch gegen eine gewaltige Anzahl an Holdern durchsetzen musste. Sollte es tatsächlich jemand schaffen, den Irrgarten unbeschadet zu verlassen, würden die elbischen Krieger bereits am Ausgang auf den Glücklichen warten, um ihn mit einem Hagel aus Pfeilen niederzustrecken. Zwar war dies noch nie jemandem gelungen, dennoch musste auch für solche Vorfälle eine zweite Option bereitstehen. Die anschließenden Ringe waren alle noch einmal deutlich sicherer, sodass es unmöglich war, den Palast der Immra mit einem so großen Heer angreifen zu können, dass dieser auch tatsächlich in Gefahr war. Auch besaß jeder dieser Ringe, mit Ausnahme der Außenposten, einen kleinen Teil des magischen Wissens der Herrscherin der Elben.

Aldri ritt um eine halb zerfallene Mauer und sah sie: Die Zwerge waren gerade dabei, ihr nächtliches Lager zu verlassen. Ein letztes Mal gab der persönliche Berater der Immra seinem Pferd die Sporen.

Golk schulterte seinen Sack mit seinen Habseligkeiten und reihte sich direkt hinter seinem Offizier ein. Trotz der großen Verluste, insgesamt waren von den anfangs siebzig Kriegern nur noch siebenundvierzig übrig, hatte der Kommandant beschlossen, weiterzuziehen. Nachdem man die toten Zwerge in eines der am sichersten aussehenden Gebäude gebracht hatte, brachen sie ihre Zelte so schnell es ging ab. Immer noch waren sie mit dem Auftrag unterwegs, den verschwundenen Zwerg zu finden. Die Toten würden von ihrem König geholt werden, dafür hatte ihr Befehlshaber bereits gesorgt. Zum Erstaunen aller hatte er kurze Zeit nach dem Angriff eine der drei Vögel mit einer Nachricht losgeschickt. Diese würde ihren Herrscher innerhalb von zwei Tagen erreichen, sodass er einen Bergungstrupp losschicken könnte, um die toten Körper der gefallenen Zwerge nach Hause zu holen.

Golk konnte glücklich darüber sein, dass der Offizier offenbar vergessen hatte, ihn für seinen Fehler zu bestrafen. Er war schuld daran gewesen, dass sich die geheimnisvolle Gestalt hatte anschleichen können. Er war während seiner Wache eingeschlafen und hatte es dem Feind dadurch nur leichter gemacht. „Was wäre passiert, wenn ich wach geblieben wäre? Hätte mich dieses Geschöpf dann vielleicht als Ersten umgebracht, um sich anschließend seinen Brüdern widmen zu können?", schoss es ihm durch den Kopf.

Zwar konnte er es nicht genau sagen, doch vermutete der Zwerg, dass dies vielleicht der Grund war, weshalb der Kommandant ihn noch nicht bestraft hatte. „Auch er muss sich diese Gedanken gemacht haben", sagte sich Golk.

Der nächste Marsch begann. Sie hatten jedoch gerade ihren neuen Weg begonnen, da ertönte aus den hintersten Reihen ein Signal. Sofort drehte der Zwerg seinen Kopf und sah, wie eine Gestalt auf einem weißen Pferd auf sie zustürmte.

Aldri hörte, wie jemand in ein Signalhorn blies. Offensichtlich hatten die Zwerge ihn bemerkt. Urplötzlich wandten sich einige der erstaunlich wenigen Köpfe zu ihm um.

„Es sind wirklich sehr wenige Zwerge", dachte der junge Elb. Laut seiner letzten Informationen sollte es eine siebzigköpfige Gruppe sein. Während er auf die Zwerge zuritt, versuchte er, eine grobe Zahl zu ermitteln. Wenn er sich nicht verzählt haben sollte, war der Trupp, den Aldri vor sich hatte, gerade einmal zwei Drittel so groß, wie gedacht.

„Wo ist denn der Rest abgeblieben?", fragte sich der persönliche Berater der Immra.

Trotz dieser merkwürdigen Situation hielt Aldri nicht an, sondern lenkte sein Pferd an die Spitze des Zuges. Dort hoffte er, den Anführer des Zwergbefreiungstrupps anzutreffen. Noch bevor er seinen Hengst in die richtige Richtung umschwenken konnte, sah er, wie die Zwerge vor ihm ihre Äxte zogen. Ohne zu zögern, zügelte Aldri sein Ross und blieb stehen. Er vernahm einen Ruf aus der Mitte der vor ihm stehenden Gruppe.

„Wer seid Ihr und was wollt Ihr von uns?"

Aldri versuchte, den Sprecher in dem Meer aus Zwergen auszumachen, doch für ihn sahen diese kleinen Geschöpfe sich viel zu ähnlich, als dass er einen von ihnen vom anderen hätte unterscheiden können.

„Sprecht oder sterbt!", schallte die Stimme erneut zu ihm herüber. Noch während die Worte ausgesprochen wurden, ging ein Ruck durch die Reihen, und die Zwerge schienen ein kleines Stück auf ihn und sein Pferd zuzukommen.

„Mein Name ist Aldri und ich bin der persönliche Berater der Herrscherin aller Herrscher, der Bezauberndsten aller Bezaubernden, der Mächtigsten aller Mächtigen, der Immra über das Elbenvolk! Ich möchte Euch, meine werten Zwerge, helfen."

Als er verstummte, spürte Fralk Eisenfinger den durchdringenden und zugleich fragenden Blick des Elben. Scheinbar erwartete dieser nun, dass er sich ebenfalls vorstellte. Doch soweit wollte der Zwerg ihm noch nicht vertrauen. Stattdessen fragte er: „Wobei wollt Ihr uns helfen?“

„Ich weiß zufälligerweise von Eurer Mission. Ich weiß auch, dass Ihr nicht eher gehen werdet, bis Ihr Euren Freund gefunden habt. Ich kann Euch Euren Freund zurückbringen.“

Für einen Moment vernahm der Befehlshaber ein Gemurmel in seinen Reihen, das er jedoch mit einem scharfen „Ruhe“ unterband. „Steigt von Eurem Pferd und ich werde mich zeigen!“, sagte Fralk Eisenfinger nach einer kurzen Pause, in der er über ihre Lage nachdachte.

Aldri sprang mit einer Leichtigkeit aus dem Sattel, die der Situation, in der er gerade befand, überhaupt nicht angemessen schien. Trotz seiner inneren Anspannung wollte er vor den Zwergen den starken und vor allem selbstbewussten und entspannten Mann spielen. Er hatte gerade erst den Boden berührt, da ging eine erneute Bewegung durch die Reihen der Zwerge. Dieses Mal jedoch traten sie an die Seite und machten einem einzelnen Zwerg Platz, sodass dieser ohne Hindernis auf Aldri zugehen konnte.

„Mein Name ist Fralk Eisenfinger. Ich bin der Befehlshaber des Zwergbefreiungstrupps, den unser König ausgesandt hat, um den vermissten Zwerg zu suchen. Wieso glaubt Ihr, dass wir Eure Hilfe benötigen?“

Aldri musterte den Kommandanten von oben bis unten. Er war in der Tat ein gefährlich aussehender Zwerg. Erst als der junge Elb seinem Gegenüber komplett in Augenschein genommen hatte, öffnete er seinen Mund und erwiderte: „Ich weiß, dass Ihr meine Hilfe annehmen werdet, da sich der fragliche Zwerg derzeit in den Hallen meiner Herrscherin, der Immra der Elben befindet.“

Noch bevor er seine Ausführungen zu Ende bringen konnte, schrie ihn eine wütende Horde von Zwergen mit den übelsten Beschimpfungen an. Erst als ihr Offizier seine Hand hob, beruhigten sie sich wieder. „Was hat er bei Eurer Königin zu schaffen?“, fragte der Befehlshaber. Zwar versuchte er, in einem normalen und höflichen Tonfall zu reden, allerdings hörte Aldri den wütenden Unterton heraus.

Der persönliche Berater der Immra atmete einmal tief durch und fuhr anschließend fort. „Euer Freund wurde im Frendster Wald von einer Horde Gnome ausgetrickst und überwältigt. Zwar konnte er sie zunächst zurückschlagen, doch war ihre Anzahl einfach zu groß. Als dann auch noch ein Holder dazukam, musste er sich gegen zwei Gegner stellen. Der Holder tötete viele der Gnome, ehe er sich Eurem Freund widmete. Allerdings konnte er ihn nicht bezwingen. Stattdessen liegt er nun tot und vermodernd in den Tiefen dieses Waldes. Als er sich jedoch wieder auf den Weg machen wollte, tauchte eine Gestalt auf. Diese hatte eine Kapuze tief in das Gesicht gezogen, sodass man es nicht sehen konnte. Sie schlug ihn nieder und verschleppte ihn."

Wieder fiel einer der Zwerge dem Boten der Elbenkönigin ins Wort und brüllte: „Und woher wisst Ihr das?"

„Ich weiß es, weil ich dabei war", entgegnete der Elb mit ruhiger Stimme. Anschließend fuhr er fort. Er berichtete davon, dass er den Zwerg befreit und den Entführer getötet hatte. Als sich der Vermisste des Zwergenvolkes wieder erholt hatte, wollte er offenbar zurück, um seinem König alles zu berichten. Allerdings war er kurz vor seinem Ziel erneut verschleppt worden. Der Elb erzählte auch von einigen Feinden in den eigenen Reihen der Elben, die danach trachteten, die Herrscherin umzubringen. Als Nächstes erklärte er, wie er durch einen Zufall den Zwerg entdeckt hatte. Scheinbar wollten ihn die Feinde der Elbenkönigin dazu benutzen, einen Krieg zwischen dem Volk der Zwerge und dem der Elben herbeizuführen.

„Doch meine Herrin konnte Euren Freund befreien und versorgt ihn derzeit. Man hat ihm sehr übel mitgespielt. Mich hat die Immra des Elbenvolks zu Euch gesandt, um die Kunde zu übermitteln. Außerdem soll ich Euch berichten, dass Euer Freund in zwei Tagen hier eintreffen wird."

„Und wieso tut dies Eure Königin? Unsere Völker waren einander noch nie besonders freundschaftlich gesinnt", hakte Fralk Eisenfinger argwöhnisch nach.

„Sie tut es, um Euch und Eurem Volk die Freundschaft anzubieten." Aldri beendete seine Rede. Jetzt konnte er nur noch hoffen, dass die Zwerge zumindest einwilligten, die zwei Tage zu warten, damit sie sehen konnten, dass er die Wahrheit gesprochen hatte. Natürlich würden sie sich nicht einfach davon überzeugen lassen, dass ihr Freund wieder da war. Vielmehr vermutete der junge Elb, dass sie ihn selbst befragen und erst danach zurück zu ihrem König ziehen würden. Falls sie diesem dann jedoch von dem Friedensangebot der Elben berichteten, so würde der Zergenkönig, da war sich Aldri mehr als sicher, auf jeden Fall bei einem persönlichen Gespräch mit der Immra ihren Vorschlag, der eigentlich Aldris war, anhören. Sollte es so weit kommen, hätte seine Schwester die Chance, sich auf dieser Seite abzusichern. Im Falle eines Krieges würden die Zwerge dann nicht ihre Feinde, sondern ihre Verbündeten sein.

Während er sich über all diese Dinge Gedanken machte, sah er, wie der Kommandant der Zwerge namens Eisenfinger auf ihn zukam. Doch mit dem, was er sagte, hätte der persönliche Berater der Immra nie gerechnet.

Der starke Geist

Das Blut tropfte von der Klinge seines Dolches. Richard atmete schwer. Auch für ihn war es eine schwierige Aufgabe. Denn obwohl er dem Elfen nur Schmerzen zufügte, schoss ihm der Schweiß aus den Poren. Schließlich war er es mittlerweile nicht mehr gewohnt, diese anstrengenden Folterungen selbst durchzuführen.

Immer wieder hatte der König in der vergangenen Zeit sein zunehmendes Alter körperlich wahrgenommen. Auch dies war einer der immer öfter vorkommenden Momente. Sein Alter war ein zusätzlicher Anreiz, die magischen Diamanten, das Heiligtum der Elfen, so schnell wie möglich an sich zu reißen und damit der mächtigste Mann auf Erden werden zu können.

Jetzt jedoch musste er fokussiert bleiben. Schließlich durfte er dem Gefangenen die Finger nicht zu weit abschneiden. Sollte er eine wichtige Arterie treffen, würde der Mann vor ihm auf der Stelle verbluten. Das durfte noch nicht geschehen. Ein weiteres Mal beugte sich der König über den Elfen, ehe er fragte: „Wo ist das Versteck?“

Immer noch keine Antwort. Stille. Unendliche Stille. Als der Gefangene nach weiteren Augenblicken immer noch nichts gesagt hatte, schnitt ihm Richard, ohne auch nur einen Moment zu zögern, den letzten verbliebenen Finger ab.

Der Mann schrie kurz auf vor lauter Qualen und sein Blut schoss aus der neuen Wunde. Er presste sich die verstümmelte Hand auf sein bereits blutgetränktes Hemd. Nach einigen weiteren Atemzügen wimmerte er nur noch leise vor sich hin, während der König nachdachte: „Soll ich ihm als nächstes die Fußnägel ausreißen, oder doch mit den Schnitten an den Armen weitermachen?“

Er lag zusammengekauert auf dem Boden, der feucht von seinem Blut war. Obwohl er es gar nicht anders erwartet hatte, hatte der König seine Drohung tatsächlich wahr gemacht und ihm nach und nach immer schmerzhaftere Verletzungen zugefügt. Nie wieder, das wusste er, könnte er sich in einem Spiegel betrachten, ohne die Qualen dieser Folter noch einmal vor seinem geistigen Auge zu erleben. Diese Erinnerung würde ihn ein Leben lang verfolgen und neben den seelischen Verletzungen auch körperlich zusetzen. Wenn er nur daran dachte, wie ausgemergelt sein Körper nach dieser scheinbar ewigen Zeit der Gefangenschaft geworden war, wollte er sich erst gar nicht ausmalen, wie dünn er nach einigen weiteren Jahren aussehen würde.

Erneut schrie er auf. Seine Stimme klang dabei jedes Mal etwas heiserer als zuvor. Schon wieder hatte ihm Richard einen sehr schmerzhaften Stich mit dem bereits vor Blut triefenden Dolch zugefügt. Nachdem er ihm zunächst die Haare abgeschnitten, die Fingernägel ausgerissen und zuletzt die Finger abgehackt hatte, versetzte der König ihm nun einige gezielte Stiche in den Unterarm. Dabei war er ganz genau darauf bedacht, keine überlebenswichtige Blutbahn zu treffen. Vielmehr, so schien es ihm, während er vor nicht auszuhaltenden Schmerzen aufstöhnte, wollte er seine Sehnen durchtrennen, damit er seine Arme nie wieder bewegen könnte.

Das Blut, das ihm über die aufgeschlitzten Unterarme lief, spürte er nicht mehr. Stattdessen merkte er, wie sein Blutverlust ihn ganz allmählich in eine Bewusstlosigkeit führte. Eine Ohnmacht, aus der er höchstwahrscheinlich nie wieder erwachen würde. Mittlerweile wäre es ihm jedoch mehr als recht, sollte er innerhalb der nächsten Zeit zum letzten Mal seinen Atem ausstoßen.

Richard stand über den Körper gebeugt und konnte es selbst nicht fassen. Dieser Elf schaffte es doch tatsächlich trotz der immensen Qualen, die er durchleiden musste, sein Wissen vor ihm geheim zu halten.

„Wenn er nach den nächsten Verletzungen nicht spricht, werde ich versuchen müssen, in seinen Geist einzudringen“, dachte sich der König. Obwohl er gehofft hatte, dass der Gefangene bereits nach wenigen Quälereien wie ein Fluss sprudelte, war er innerlich bestens darauf vorbereitet, den Geist magisch anzugreifen, um ihn zu brechen und endlich erfahren zu können, wo diese verflixten Elfen die vier Diamanten versteckt hatten.

Ein weiteres Mal ließ er seinen Dolch auf den bereits mehrfach zerstochenen Unterarm des Elfen niedersausen. Auch bei diesem Stich schrie der Gefangene vor Schmerzen auf. Richard hatte sich in diesem Augenblick etwas überlegt und hielt dem Mann den Mund zu, sodass seine Schreie erstickt wurden. „Vielleicht", so dachte der Herrscher über das Königreich der Menschen, „wird ihm jetzt endlich bewusst werden, dass sein Leben und alles, was dazu gehört, in meiner Hand liegt und er meine Frage besser beantworten sollte."

Er spürte erneut diesen bestialischen Schmerz und schrie, als würden seine Qualen dadurch gelindert. Doch noch bevor er seinen ersten richtigen Laut von sich geben konnte, hatte ihm der König der Menschen eine Hand auf den Mund gepresst, sodass seine Stimme nur gedämpft in dem Kerker widerhallte.

Als er sich bewusst geworden war, dass das Schreien nichts brachte, verstummte er. Stattdessen begann er, erneut zu schluchzen, und Tränen flossen ihm aus den mittlerweile vom Weinen geröteten Augen.

„Egal, was er auch mit mir vorhat, ergeben werde ich mich niemals", war der immer wiederkehrende Gedanke, der ihm die Kraft verlieh, die weitere Prozedur durchzustehen.

Er blickte hinauf zu dem vom Schweiß überströmten Gesicht seines Widersachers und freute sich innerlich darüber, dass auch ihm die Folter einiges abverlangte.

Ehe er seinen Blick abwenden konnte, lächelte ihn der König böse an und sagte mit einer vor Wut verzerrten Stimme: „Nun gut! Du hast es nicht anders gewollt, Elf! Ich werde dir noch beibringen, was es heißt, sich mit dem demnächst mächtigsten Herrscher anzulegen!"

Richard hatte eine Entscheidung getroffen. Keine Sekunde länger würde er es mit den üblichen Foltermethoden versuchen. Keinen Augenblick mehr mit der körperlichen Quälerei vergeuden. Vielmehr wollte er nun einen Schritt weitergehen. Doch zuvor gab er seinem Gefangenen eine letzte Chance ihm alles zu offenbaren: „Sprich! Erzähle es mir und du wirst nur diesen Schmerz davontragen. Schweige und du wirst dein restliches kurzes Leben damit verbringen, dich vor Qualen zu krümmen."

Während der Herrscher dem Elfen seine Situation darlegte, lächelte er in sich hinein. Eine innere Stimme verriet ihm bereits, wie sich der verstümmelte Mann entscheiden würde.

Als dieser nach einigen Atemzügen noch immer schwieg, nickte Richard, um ihm zu zeigen, dass er sich somit für die schmerzhaftere und unangenehmere Methode ausgesprochen hatte.

„Wie du willst!“, ergänzte der König sein Nicken. Dann ging er für einen kurzen Augenblick in sich und sammelte seine Konzentration und die wenigen magischen Bestandteile, die er durch den Trank aus Elfenblut erhalten hatte.

Er schwieg. Nie wieder würde er im Beisein dieses Monsters etwas sagen. Das hatte er sich geschworen. Schließlich wollte und konnte er sein Volk nicht einfach so verraten. Wenn er dem König der Menschen das Versteck der vier Diamanten offenbarte, könnte er diese an sich bringen und hätte damit gleichzeitig auch die Macht über das Fortbestehen des Volks der Elfen.

Seine Gedanken schweifen ab. Etwas viel Schlimmeres, als die bisherige Folter, konnte sich Richard nicht ausgedacht haben. Zwar war er für seine Grausamkeiten bekannt, doch wie wollte er das Ganze jetzt noch steigern? In diesem Augenblick stach ihm etwas von innen gegen seine Schädelwand.

„Was war das?“, fragte er sich.

Im gleichen Moment ertönte eine Stimme in seinem Kopf, die ihm böse flüsternd erwiderte: „Ich war es!“

Bei diesen Worten wurde ihm bewusst, dass der Mann, der vor ihm stand und noch immer seinen Dolch in der Hand hielt, seinen Geist attackierte.

Richard hatte die kleine Truhe in seinem Hinterkopf gefunden, in der er die magische Kraft verstaut hatte. Auch dies war ein schwieriger und langwieriger Prozess gewesen. Über mehrere Tage hinweg musste er seine gesamte Aufmerksamkeit dem magischen Fluss, der durch seinen Schädel floss, umzuleiten, damit er in die dafür vorgesehene Truhe strömte. Diese war zwar nur eine Vorstellung in seinem Geist, aber genau das war, so das Handbuch, das er benutzte, nötig, damit eine Speicherung seiner gesamten Magie gelingen würde. Wenn er seine neu gewonnen Fähigkeiten nirgendwo gesammelt hätte, wäre sie innerhalb eines Jahres wieder verschwunden.

Jetzt ging der König in seinem Geist zu eben jener Truhe, um sie zu öffnen und ihren Inhalt für den Angriff auf den fremden Geist zu nutzen.

Er sah das goldene Schimmern, das sie umgab. Seine Schritte wurden immer schneller, während Richard sich seinem Ziel weiter näherte. Nur wenige Lidschläge später war er bei ihr.

Mit laut pochendem Herzen hockte er sich hin und befühlte den aus Holz bestehenden Deckel. Dann schob er diesen mit einem kräftigen Ruck an die Seite.

Mit einem Mal strömte ein goldenes mit schwarzen Streifen durchzogenes Licht an ihm vorbei aus der Truhe hinaus. Sein gesamter Schädel wurde von diesem herrlich warmen Licht ausgefüllt und auch in seinem restlichen Körper spürte der König ein Gefühl unendlicher Stärke und Macht.

Er versuchte, sich mit allen Mitteln gegen den fremden Geist zur Wehr zu setzen. Immer wieder musste er seine Abwehr neu ausrichten, denn kontinuierlich attackierte Richard ihn von anderen Seiten. Gerade hatte er eine Mauer an der einen Stelle hochgezogen, da begann der Angriff an einer anderen Seite seines Geistes. Zwar war er einer der klügsten Elfen, doch in seinem geschwächten und ausgehungerten Zustand besaß er nicht genügend Kraft und Ausdauer, um den Angriffen mit einer starken Gegenattacke zu begegnen. Stattdessen konzentrierte er sich ganz und gar allein darauf, seine Verteidigung zu stärken, und somit sein Wissen und seinen Geist vor dem Herrscher der Menschen zu beschützen.

Dabei musste er, so hatte er es gelernt, immer an eine bestimmte Zeile eines sehr alten und schönen Elfenliedes denken. Dies allein wäre kein großes Problem gewesen, wenn er nicht auch noch darauf aufpassen müsste, von wo die Angriffe kamen.

„Nicht mehr lange und er wird eine Lücke gefunden haben“, schoss es ihm durch den Kopf.

„Da hast du ganz recht!“, erwiderte die Stimme Richards.

Verflixt! Er hatte ganz vergessen, dass der König alle seine Gedanken mithörte, obwohl dieser noch nicht einmal in seinen Geist eingedrungen war.

Richard suchte mit den Fühlern seines Geistes nach dem Elfen. Erst nach einigen Augenblicken fand er ihn und schlich sich vorsichtig und mit größter Konzentration in seinen Kopf. Dort angekommen nahm er seinen Dolch in die Hand und stach zu. Er spürte, wie der Gefangene zusammenzuckte. Noch während dieser sich erholte und nach dem Grund für diesen Schmerz suchte, sprach der König zu ihm. Niemals wieder, das wusste Richard in diesem Moment, würde der Elf einen klaren Gedanken fassen, ohne Angst davor zu haben, von ihm bespitzelt zu werden.

Keine Sekunde ließ der Herrscher verstreichen, ohne den Geist des Elfen zu attackieren. Dieser versuchte seinerseits, die Angriffe mit einer behelfsmäßigen Mauer abzuwehren. Richard lächelte innerlich.

„Wenn er es so will, dann soll er es auch bekommen", dachte er sich. Im Gegensatz zu den Gedanken seines Gegenübers, die er alle hören konnte, waren seine eigenen durch einen großen und stabilen Wall geschützt, sodass der Elf seine Absichten nicht voraussehen konnte.

Er spielte mit ihm. Immer wieder griff er den Geist des Gefangenen von einer anderen Seite an. Dieser war bereits nach einigen Malen nachlässig genug, dass Richard seine mickrige Verteidigung ohne größere Mühe hätte überrennen können. Doch statt dies zu tun, wollte er sein Spiel noch ein wenig weiter treiben. Wenn er den Elfen lange genug angriff, würde er nämlich nie wieder in der Lage sein, seinen Geist vor Angriffen zu schützen. Denn auch Elfen hatten nur einen begrenzten Vorrat an Abwehrkräften, die durch seine langjährigen Folterungen und Aushungerns sowieso schon geschwächt waren. Bald konnte der Elf seine Mauer nur noch mit letzter Anstrengung aufrecht halten.

„Fast habe ich es geschafft!", sagte sich der König.

Er konnte einfach nicht mehr. Die Angriffe Richards hörten nicht auf. Bald schon, das wurde ihm jetzt erst bewusst, könnte er sich nicht mehr dagegen verteidigen, und dann wären sowohl sein Volk als auch die magischen vier Diamanten für immer verloren. Doch noch hatte er nicht verloren und aufgeben würde er erst recht nicht.

Noch einmal raffte er sich auf und zog seine geistige Mauer hoch. Zu seiner Überraschung schien diese größer, stärker und vor allem stabiler zu sein als die bisherigen. Seine letzten Reserven mobilisierend brachte er das Stück Wall dazu, sich um seinen gesamten Geist herum auszudehnen. Am Ende dieses Kraftaktes stand eine Mauer zwischen seinem und dem Geist des Königs.

Zwar wusste er, dass diese den Angriffen des menschlichen Herrschers nicht lange standhalten würde, aber wollte er sein Wissen nicht einfach so opfern.

Richard bemerkte überrascht, dass sich die Mauer verstärkt und auch noch ausgedehnt hatte. Sie umschloss nun den gesamten Geist des Elfen.

„Wie kommt das denn zustande?“, fragte sich der König. Hatte sich der Gefangene seine Kräfte vielleicht bis zu diesem Zeitpunkt aufgehoben oder war es einfach nur ein Trick? Nichts deutete auf die zweite Überlegung hin, denn er konnte immer noch die Gedanken des Elfen wahrnehmen, und sollte dieser ihn austricksen, so müsste sich davon eigentlich etwas in seinem Denken wiederfinden.

Mit einem wütenden Aufschrei drang er vorwärts und krachte mit voller Wucht gegen die Mauer, die nicht einmal wankte. Ein weiteres Mal probierte es der König mit brachialer Gewalt, doch auch bei diesem Versuch blieb der Schutzwall ohne einen einzigen Kratzer zurück.

„Nun gut. Dann werde ich wohl auf meine magischen Kräfte zurückgreifen müssen.“

Einen Moment lang konzentrierte er sich und sammelte das gleißende Licht in einem einzigen Strahl. Diesen richtete er anschließend auf den geschützten Geist des Elfen und sagte ein einziges Wort. Mit einem ohrenbetäubenden Rauschen schoss das Licht auf die Mauer zu und, zu der großen Überraschung Richards, zerbarst daran.

Mut einem Schrei der Enttäuschung und Wut, zog er sich aus dem Strom der Magie, verbannte den Rest davon wieder in die Truhe und kehrte in seinen eigenen Geist zurück.

Mit einem verrückten und schiefen Lächeln betrachtete er den Elfen, der während ihres geistigen Kampfes auf den Boden gerutscht war und sagte mit einer keuchenden und vor Zorn verzerrten Stimme: „Du hast einen starken Geist. Doch dieser wird dir nicht viel nützen. Ich werde dich jeden Tag bekämpfen und erst, wenn ich deinen Widerstand gebrochen und deinen Geist in meiner Gewalt habe, höre ich auf mit der Quälerei.“

Auskünfte

Mondri schlich langsam durch den Wald. Bald würde er die Streitmacht des Königs erreicht haben. Dennoch musste er aufmerksam sein, keinem der Waldarbeiter in die Arme zu laufen. Zu seiner großen Überraschung hatte er bislang noch niemanden entdeckt. Auch war die ganze Zeit keine einzige Stimme an seine sehr guten Ohren gedrungen.

Plötzlich erstarrte der junge Elf. Ohne es zu merken war er auf der Lichtung angelangt, auf der die Hütte des Waldaufsehers gestanden hatte. Scheinbar waren die Krieger seines Königs auf die Stätte gestoßen und hatten vor Wut das aus Holz bestehende Gebäude in Brand gesteckt. Es brannte lichterloh und war bereits zu einem Großteil eingestürzt. Auch die grausam misshandelten Elfenköpfe steckten nicht mehr vor dem Haus auf den Pfählen. Stattdessen entdeckte der junge Elf eine eiligst errichtete Grabstätte.

„Vermutlich wurden sie hier begraben“, dachte sich Mondri.

Mit bedächtigen Schritten umrundete er das brennende Haus und wollte gerade in den Schatten des Waldes verschwinden, da vernahm er Schritte. Schnell duckte sich der junge Elf hinter einen großen und breiten Baum und lugte um den dicken Stamm herum.

Eine große Gestalt, die dem Waldaufseher sehr ähnlich sah, trat aus dem Wald heraus. Tatsächlich erkannte Mondri auf diese Entfernung, dass diese Person der Besitzer der brennenden Hütte war. Der Mann blickte auf und sah sein zerstörtes Heim. Er blieb stehen und ließ seine Axt, die er in den Händen gehalten hatte, auf den Boden fallen.

Fredrik stapfte durch den Wald zurück zu seiner Hütte. Er wunderte sich darüber, dass er seine Waldarbeiter nirgendwo entdecken konnte.

„Vielleicht machten sie gerade Pause“, dachte er sich. Aus diesem Grund ging auch der Waldaufseher zu sich nach Hause, um eine Mahlzeit zu verspeisen.

Gerade trat er aus dem Schatten der Bäume, da bemerkte er ein merkwürdiges Flackern, weshalb er seinen Blick hob und seine Hütte betrachtete. Sie sah nicht so aus, wie er sie verlassen hatte. Stattdessen brannte sie lichterloh und war bereits an einigen Stellen eingebrochen. Mit einem gemischten Gefühl aus Wut, Verständnislosigkeit und Trauer schritt er zögernd auf sein altes Heim zu.

„Wer macht denn so etwas?“, fragte der Waldaufseher in die Stille hinein, die nur durch das Knistern des Feuers unterbrochen wurde.

Erst in diesem Augenblick bemerkte er, dass sein Meisterwerk, das vor seinem Haus gestanden hatte, zerstört worden war. Die Elfenköpfe standen nicht mehr auf Pfählen gestützt vor seiner Hütte. Zorn brach in ihm aus. Er hatte lange Zeit damit verbracht, diese scheußlichen Kreaturen zu einem echten Kunstwerk umzuformen.

Langsam beschlich ihn eine leise Ahnung, wer das alles getan hatte.

„Elfen“, presste Fredrik zwischen seinen Zähnen hervor. Eine rasende Wut packte ihn.

„Ich werde euch finden und umbringen!“, schrie der Waldaufseher in den Wald hinein. Dann dachte er nach: „Wenn diese Viecher sich in der Nähe meines Hauses herumtreiben, sind sie auch nicht mehr weit entfernt von der Stadt.“ Diese Erkenntnis wurde immer deutlicher.

„Ich muss es dem König sagen“, hörte Mondri unterdessen den Waldaufseher vor sich hin murmeln.

Zum einen war der junge Elf sehr froh, dass er ein so gutes Gehör besaß. Das hieß aber auch, dass er den brutal aussehenden Mann hier und jetzt aufhalten musste. Ansonsten würde dieser auf der Stelle zu seinem König Richard gehen und ihm womöglich noch von den seltsamen Vorkommnissen berichten. Der Herrscher würde sich von allein zusammenreimen können, dass die Elfen kurz vor seiner Stadt standen und diese vielleicht sogar angreifen würden. Sollte es soweit kommen, könnten die von Mondri herausgefundenen Schwachstellen der Stadt entweder ausgebessert oder sogar zur Falle werden. Auch würde der König der Menschen mit Sicherheit seine Krieger aufrüsten und somit wäre ein schreckliches Blutvergießen nicht mehr zu verhindern. Natürlich war klar, dass die Elfen nicht komplett ohne Verluste durch diesen Kampf kommen würde, aber im Gegensatz zu dem befürchteten Szenario, wären diese Zahlen noch relativ gering. Mondri fasste einen Entschluss. Nur mit seinem Bogen bewaffnet, musste er den Waldaufseher auf der Stelle handlungsunfähig machen. Ob er ihn tötete oder nur so schwer verletzte, dass er nicht mehr zu seinem König laufen konnte, war ihm noch nicht bewusst. Vielmehr nahm er seine Waffe vom Rücken und hakte die Sehne ein. Auch stellte er den Köcher mit den dreißig Pfeilen vor sich auf dem Boden ab, um immer wieder Geschosse daraus entnehmen zu können. Dann nahm er den ersten der vielen Pfeile in die Hand und legte ihn an.

Fredrik hatte inzwischen eine Entscheidung getroffen. Er würde sofort, und ohne noch einen weiteren Augenblick zu zögern, zu seinem König gehen, um ihm von seinen Vermutungen und den Geschehnissen des Tages berichten. Zuvor jedoch wollte er ein letztes Mal in seine Hütte, um dort nach einem ganz bestimmten Gegenstand zu suchen.

Der Waldaufseher stapfte auf das mittlerweile fast komplett eingestürzte Haus zu. Während er sich dem Feuer näherte, spürte er die unglaubliche Hitze, die von dem Haus ausging.

Plötzlich blieb er stehen und starrte wie gebannt auf etwas, das er in den Flammen ausgemacht hatte. Konnte es sein? Täuschte er sich auch nicht?

Fredrik rieb sich die Augen und blinzelte. Dann schaute er erneut zu der Stelle, an der er es gesehen hatte. Tatsächlich war es immer noch da. Es konnte keine Täuschung sein. Dort mitten in den Flammen, die das Haus zum Einsturz gebracht hatten, entdeckte der Waldaufseher einen seiner Waldarbeiter. Dieser lag regungslos und teilweise verbrannt zwischen dem heruntergestürzten Holz. Er war tot.

Mondri nahm den Mann ins Visier. Noch ehe er die Sehne loslassen und den Pfeil damit abschoss, wandte sich der Waldaufseher zu seiner Hütte um. Er ging einige Schritte auf das brennende Haus zu, dann blieb er stehen. Der junge Elf bemerkte von seinem Versteck aus, dass sich der Mann offenbar verspannte. Wieso? Was konnte es so Schlimmes geben, dass er, einer der grausamsten Menschen überhaupt, so verkrampft dastand? „Besser, ich denke nicht darüber nach, sondern schieße ihm den Pfeil in den Rücken. Vielleicht fällt er vor Schreck in die Flammen und verbrennt darin", überlegte Mondri. Das war in seinen Augen ein hervorragender Plan. Er müsste sich keine Sorgen darum machen, wie er den schweren Waldaufseher ansonsten von der Stelle bewegte.

Aus diesem Grund hob er seinen Bogen erneut, legte den Pfeil an, spannte und zielte mit der Spitze des Geschosses direkt zwischen die Schulterblätter des Mannes.

Fredrik konnte noch immer nicht glauben, was er dort vor sich sah. Wie konnten diese Viecher von Elfen es nur wagen, einen Menschen zu töten? Schließlich waren es doch sie selbst, welche die Beute waren.

„Ich werde euch alle rächen!", schwor er den toten Waldarbeitern. Mittlerweile ging er sehr stark davon aus, dass auch die anderen seiner Männer dort irgendwo unter dem brennenden Holz lagen. Ein letztes Mal blickte er zu dem leblosen Körper, dann drehte er sich um.

In diesem Augenblick traf ihn ein Pfeil in die rechte Schulter. Kurz aufschreiend, versuchte der Waldaufseher, sein Gleichgewicht zu halten, damit er nicht in die Flammen hinter sich fiel. Gerade hatte er es geschafft und sich vollständig umgedreht, da traf ihn das zweite Geschoss in den linken Unterarm. Vor Schmerz aufstöhnend blickte er kurz an sich hinab und sah, dass der Pfeil seinen Arm durchbohrt hatte. Mit einem einzigen Ruck riss er das Stück Holz heraus und warf es hinter sich in das Feuer.

Noch während er bemerkte, dass das Blut seinen Arm herunterlief, spürte er einen noch größeren Schmerz am Hals. Seine rechte Hand betastete die Stelle an seiner Kehle. Dort ragte nun ebenfalls ein Pfeil aus seinem Fleisch. Er wollte ihn gerade ebenfalls herausziehen, da traf ihn zum vierten Mal ein Pfeil. Dieses Mal direkt über dem Herzen. Noch während er den Schaft des Geschosses betrachtete, brach er zusammen.

Mondri sah, wie sein erster Pfeil nur die Schulter des Waldaufsehers traf. Noch bevor er sah, ob dieser vielleicht dennoch in die Flammen stolperte, nahm er bereits das zweite Geschoss in die Hand. Genau wie der dritte und auch der vierte Pfeil, traf er dieses Mal sein Ziel. Kurz nach dem vierten Treffer bemerkte der junge

Elf, wie der Berg von einem Mann zusammenbrach. Offenbar war er besiegt. Mondri traute dem Ganzen noch nicht so sehr. Aus diesem Grund zog er seinen kleinen Dolch aus dessen Halterung und schlich behutsam auf den Waldaufseher zu. Argwöhnisch beobachtend, ob der Mann sich auch nicht bewegte, kam er dem Körper immer näher. Als er ihn einige Augenblicke später erreichte, sprang er, ohne einen weiteren Moment zu zögern, auf den Waldaufseher zu und stach ihm das kleine Messer in das Herz.

Erst jetzt beruhigte sich Mondri. Denn er wusste, dass der Mann tot war. Schnell lief er zu seinem Bogen und den Pfeilen, schulterte diese und kehrte ein letztes Mal zu dem Toten zurück. Schließlich musste er den Mann noch irgendwie beseitigen. Aus diesem Grund nahm der junge Elf seine gesamten Kräfte zusammen und schob den leblosen Körper mit größter Kraftanstrengung in das noch immer knisternde Feuer. Als er sich wieder aufrichtete, sah er, wie sich die Flammen begierig am Fleisch des Mannes sättigten.

Einige Sekunden lang blieb Mondri am Rand des Brandes stehen. Erst als er den Geruch von verbranntem Fleisch roch, wandte er sich ab und begann den letzten Abschnitt seines Weges, um seinem König Auskünfte über die Schwachstellen der Stadt zu berichten. Schließlich war das seine Aufgabe gewesen. Nur durch seine Informationen würden die elfischen Krieger die Mauer der feindlichen Burg innerhalb kürzester Zeit überwinden können.

Der freie Zwerg

Bolk streckte und reckte sich. Dann ging er humpelnd und sehr langsam hinüber zu seiner Kleidung, zog sich das Nachthemd aus und das lederne Wams und die Hose an.

Während er sich die Hose über die Beine streifte, fiel sein Blick auf die langen und ekelerregenden Narben auf seinem Bauch. Dort hatte ihn die verrückte Elbin mit ihrem merkwürdigen Folterinstrument brutal verletzt. Jetzt, sieben Tage nach seiner Befreiung durch die Wachen der Immra, hatte der Zwerg große Schwierigkeiten bei der Verdauung von Nahrung.

Zwar war ihm erklärt worden, dass die Folterungen an ihm durch einen geheimen Bund durchgeführt worden waren, der danach trachtete, die Königin der Elben durch Intrigen zu stürzen, aber er wusste nicht, ob er das alles glauben konnte. Schließlich hatte die Elbin, die ihn gefoltert hatte, immer wieder betont, dass diese Handlungen von der Herrscherin der Spitzohren befohlen worden war.

Mit der linken Hand strich er sich vorsichtig und ängstlich zugleich über die vernarbten Stellen und zuckte kurz zusammen. Der Zwerg konnte keinen Schmerz mehr spüren, allerdings fühlte es sich noch immer sehr merkwürdig an, das wulstige Fleisch zu berühren. Aus diesem Grund nahm er sein Wams zur Hand und streifte es sich sehr schnell über, damit er die Narben nicht mehr sah.

Kurze Zeit später saß er angezogen und zurechtgemacht vor seinem Mahl und aß die Speisen, die man ihm zubereitet hatte. Eine Brühe aus diversem Gemüse, Fleisch und zerkleinertem Brot, damit seine Verdauung keine großen Probleme bekam.

Bolk nahm den hölzernen Löffel in die Hand und schöpfte sich etwas von der Brühe darauf. Anschließend hob er diesen zu seinem Mund, pustete einige Male und schluckte das flüssige Mahl dann hinunter. Trotz der Tatsache, dass die Elfen ihm das Essen bereits erleichterten, indem sie ihm seine Mahlzeiten zerkleinerten, hatte der geschundene Zwerg noch immer teilweise große Schmerzen, wenn das Essen in seinem Körper verdaut wurde. Auch in diesem Moment spürte er einen dieser unangenehmen Stiche in der Magengegend und musste kurz pausieren, ehe er einen weiteren Löffel der Suppe zu sich nehmen konnte. Gerade hatte Bolk das letzte Bisschen der Brühe hinuntergeschluckt, da klopfte es an seine Tür.

Das war, so empfand es der Zwerg, ein interessanter Unterschied zwischen seinem Volk und dem der Spitzohren. Im Gegensatz zu den Elben klopften die Zwerge nicht an die Tür, sondern platzten einfach ins Zimmer hinein. Egal, was man gerade tat oder womit man beschäftigt war.

„Herein!“, rief Bolk schnell, da er seinen Besucher nicht zum Gehen animieren wollte. Schließlich waren diese merkwürdigen Spitzohren, auch wenn er sie noch immer nicht sonderlich leiden konnte, die einzigen Lebewesen, mit denen sich der Zwerg unterhalten konnte.

Die Tür öffnete sich und ein junger Elb, der in einem hellblauen Umhang gekleidet war, betrat das Gemach des Zwerges. Er blieb kurz in der Tür stehen, schaute sich einen Moment lang um, als hätte er sich vertan, erblickte dann jedoch Bolk und verneigte sich tief vor ihm. Auch das war eine wunderbare, neue Erfahrung für den Zwerg gewesen. In seinem Volk machte man nur vor dem König und den unzähligen Statuen und Büsten ihres Gottes eine Verbeugung. Die anderen Zwerge begrüßte man lediglich mit einem Kopfnicken, oder, wenn man sich besser kannte, mit einer Umarmung. Dass sich jedoch ein Elb vor ihm verneigte, ließ die Brust des Zwerges jedes Mal aufs Neue anschwellen und bereitete ihm ein schönes Gefühl der Genugtuung. In Gedanken überlegte er immer wieder, dass die Elben es auch nicht anders verdient hatten. Schließlich waren sie schuld daran, dass man ihn, den Boten des Zwergenkönigs, niedergeschlagen, entführt und auf das Grausamste gefoltert hatte.

Der junge Elb machte ein, zwei Schritte in den Raum hinein und schloss anschließend die Tür hinter sich.

Als er den Zwerg erneut anblickte, hob dieser nur fragend eine Augenbraue, um ihm zu signalisieren, dass er vortragen solle, was er zu erzählen habe. Auch dies hatte sich Bolk in seiner kurzen Zeit als freier Zwerg bei den Elben angewöhnt.

Der junge Elb betrat den kleinen Raum, in dem der Zwerg hauste und von den Heilern des elbischen Volks gesund gepflegt wurde. Seine Aufgabe war es, ihm bekannt zu geben, dass er in wenigen Tagen zu seinem Volk zurückkehren würde.

Nachdem er sich kurz in dem Gemach umgeschaut hatte, bemerkte der junge Elb, dass ihn der Zwerg fragend ansah. Erstaunt stellte er fest, dass er sich diesen Blick, der eigentlich typisch für sein eigenes Volk war, scheinbar von den Elben, die ihn tagtäglich besuchten, abgeschaut hatte.

Ohne einen weiteren Augenblick abzuwarten, begann der junge Elb mit der Erklärung seines Auftrags: „Meine Herrin, die Herrscherin aller Herrscher, die Bezauberndsten aller Bezaubernden, die Mächtigsten aller Mächtigen, der Immra über das Elbenvolk, hat mich beauftragt, Euch, mein werter Zwerg, eine wichtige Botschaft zu überbringen."

Nachdem er dies gesagt hatte, wartete er einen kurzen Moment ab, um zu sehen, ob der Zwerg etwas einwendete und ihm klarmachte, nicht zu sprechen. Doch da dies nach einigen weiteren Lidschlägen nicht geschah, sprach der junge Elb weiter: „Ich soll Euch die Nachricht übermitteln, dass Ihr in wenigen Tagen zu Eurem Volk zurückkehren dürft. Ihr werdet dabei von einer kleinen Garnison begleitet, der auch meine Herrin, die Herrscherin aller Herrscher, die Bezauberndsten aller Bezaubernden, die Mächtigsten aller Mächtigen, der Immra über das Elbenvolk, angehören wird. Zusammen werdet ihr einen kleinen Trupp weiterer Zwerge in unserem Reich antreffen. Dort wartete zudem auch Euer König, um Gespräche mit meiner Herrin zu führen. Meine Aufgabe ist es nun, Euch, mein werter Herr Zwerg, zu fragen, ob diese Entscheidung Eure Zufriedenheit findet."

Bolk musste schmunzeln. Nie hätte er gedacht, dass die Königin der Elben ihn, einen einfachen Boten seines Volks fragen würde, ob er mit ihrem Vorhaben einverstanden sei.

„So schnell kann es sich ändern", dachte sich der Zwerg. Vor wenigen Tagen noch wäre einfach entschieden worden, dass man sich mit den Zwergen trifft. Jetzt jedoch, wo einige Elben ihn entführt und brutal gefoltert hatten, war Diplomatie gefragt. Sollte die Herrscherin über das Elbenvolk jetzt einen Fehler machen, könnte es das Ende ihres Reiches sein. Schließlich hatten ihre Feinde genau diesen

Plan verfolgt. Ein Streit zwischen dem Volk der Zwerge und ihrem eigenen würde die Immra, wie sie die Elben nannten, derartig ablenken, dass sie die Gefahr, die ihr vom Inneren ihres eigenen Volks drohte, vernachlässigen würde. So zumindest hatte man es ihm erklärt.

Nach einigen Augenblicken des Schweigens, die Bolk lediglich einlegte, um dem jungen Elben zu zeigen, wie es war, hochnäsig behandelt zu werden, nickte er und brummte eine Antwort.

„Nun gut! Ich bin damit einverstanden! Allerdings habe ich auch eine Bedingung. Sage deiner Herrin, dass ich neue Kleider benötige. Zwar habe ich diese hier“, sagte er und deutete auf sein ledernes Wams und die Hose, „bereits erhalten, allerdings benötige ich etwas Prachtvolleres, damit ich meinem König unter die Augen treten kann.“ Der junge Elb nickte nur kurz, dann verließ er den Raum.

Bolk war zufrieden damit, wie sich dieses Gespräch entwickelt hatte. Zum ersten Mal, seit er bei den Elben verweilte, fühlte er sich als freier Zwerg, der seine Forderungen ohne Angst aussprechen konnte. Mit einem Mal bekam er richtigen Appetit, weshalb er sich erhob und sein Gemach ebenfalls verließ, um die Küchen des Palastes aufzusuchen.

Die geheimnisvolle Fremde

Golk lag auf seinem Nachtlager. Ihr oberster Befehlshaber hatte angeordnet, solange wie der König ihnen noch nicht auf den Vorschlag des Elben antwortete, ihr Lager an Ort und Stelle aufzuschlagen. Auch der Bote der elbischen Königin war scheinbar auf diese Idee gekommen, denn ohne dass es die Zwerge vorgeschlagen hätten, nächtigte er am Rande des nahegelegenen Waldes. Von dort, so sagte er, könne man die gesamte Ebene im Auge behalten. Sollte sich also eine fremde Person den Zwergen nähern, würde er sofort eingreifen und Alarm schlagen können.

Golk lag wach und konnte aufgrund der vielen herumschwirrenden Gedanken einfach nicht einschlafen. Zu viel war in den vergangenen wenigen Stunden geschehen: die fremde Gestalt, die dem Zwergbefreiungstrupp erhebliche Verluste zugefügt hatte, der Elb, der behauptete, seine Herrin wolle Frieden mit ihrem König schließen, und natürlich auch die Tatsache, dass er, Golk Silberschneide für den Tod der vielen Brüder verantwortlich war. Schließlich hatte er an dem Abend Wache gehalten und war dabei eingeschlafen. Nur durch seinen Fehler, seine Unachtsamkeit, hatte die fremde Gestalt überhaupt in das Lager der Zwerge eindringen können.

Aldri saß im Schneidersitz an einen Baum gelehnt und beobachtete die Umgebung ganz genau. Nach dem, was er vom Befehlshaber des Zwergentrupps erfahren hatte, gab es scheinbar eine geheimnisvolle fremde Gestalt, welche die Zwerge nicht gerade mochte. Ob diese die Elben genauso verabscheute, konnte er zu diesem Zeitpunkt nicht sagen. Jedoch ließ sich feststellen, dass die Person, wer immer es auch war, nicht zum elbischen Volk gehörte, denn der Bogen, den die Zwerge als Beweis mitgenommen hatten, war nicht mit der Kunst seines Volkes angefertigt worden. Vielmehr hatte man das Stück Holz grob, aber keinesfalls hässlich, in die richtige Form geschnitzt. Als erstes Zeichen der vielleicht schon bestehenden Freundschaft zwischen seinem und dem Volk der Zwerge hatte Aldri beschlossen, in dieser Nacht ein Auge auf die Geschehnisse zu werfen. Sollte sich die Gestalt tatsächlich noch einmal wagen, die verbliebenen Krieger der Truppe zu attackieren, wäre der persönliche Berater sofort zur Stelle und würde sie nach seinen Möglichkeiten davon abhalten, weitere Morde zu begehen. Es rührte sie allerdings nichts. Nicht der geringster Luftzug wehte über die Ebene. Offenbar schien alles ruhig zu sein.

„Vielleicht kommt diese Person auch nicht mehr. Wahrscheinlich hat sie mich entdeckt und traut sich jetzt nicht mehr", dachte sich der junge Elb. Bei diesen Überlegungen musste er schmunzeln.

Fralk Eisenfinger schritt durch die Reihen der schlafenden Zwerge. Er selbst hatte sich vorgenommen, wenn nötig, die gesamte Nacht wach zu bleiben, um einen überraschenden Angriff wie in der vergangenen Nacht zu verhindern. Wenn diese Gestalt noch einmal angreifen sollte, würde er, der Befehlshaber über den Trupp, alles Zwergenmögliche daran setzen, seine Krieger zu beschützen. Schließlich waren sie ein Volk und waren alle aus dem gleichen Gestein geschaffen worden. Dies zählte in seinem Volk genauso viel, wie bei den Elben die Familie wert war. Schließlich war das gesamte Volk der Zwerge eine einzige, riesengroße und eng verbundene Familie.

Bereits zum wiederholten Male schritt der Zwerg nun an dem äußersten der drei Wachfeuer entlang und spähte in die Dunkelheit.

Hatte er dort nicht gerade eben einen Schatten gesehen? War dieser nicht von einem Baum zum nächsten geschlichen? Oder spielten ihm seine immer müder werdenden Augen bereits Streiche?

Sie schlich durch den sehr dunklen Wald. Ein Glück, dass sie dank ihrer hervorragenden Augen auch in dieser Schwärze alles sehr scharf erkennen konnte. Schließlich war sie genau für einen solchen Auftrag ausgebildet worden.

Immer näher kam sie dem Lager der Wesen, die bereits in der vergangenen Nacht in dem Bereich ihres Volkes genächtigt hatten. Aus diesem Grund war sie von ihrem Anführer losgeschickt worden, um das Problem, wie er es nannte, zu beseitigen. Zwar hatte sie es in der letzten Nacht bereits geschafft, einige dieser eigenartigen Kreaturen zur Strecke zu bringen, allerdings liefen, leider, immer noch viel zu viele von ihnen herum. Während sie am Rand des Waldes entlangschlich, entdeckte sie plötzlich eine weitere Gestalt. Diese hatte ihr Nachtlager auf einem kleinen Hügel, ganz in der Nähe des größeren Lagers aufgeschlagen und schien die Umgebung ganz genau im Auge zu behalten. „Wer das wohl ist?", fragte sie sich. Da ihre Mission darin bestand, die merkwürdig kleinen und dicken Geschöpfe auszulöschen, wandte sie ihren Blick von der einzelnen Person ab und schlich weiter.

Golk schlug die Augen auf. Offensichtlich war er nach kurzer Zeit doch eingeschlafen. Nun stand sein Befehlshaber über ihm und schüttelte seinen ganzen Körper. Als dieser sah, dass der Zwerg wach war, sprach er leise flüsternd: „Komm mit! Du musst etwas überprüfen."

Golk, immer noch leicht schlaftrunken, erhob sich und blickte sich um. Offenbar hatte ihr Kommandant lediglich ihn geweckt. Das fand der Zwerg ein wenig merkwürdig, da bei einem Angriff eigentlich alle in Kampfbereitschaft versetzt werden sollten. Nach dieser Erkenntnis blieb er stehen und wartete darauf, dass sich ihr Befehlshaber zu ihm umdrehte. Dieser tat es auch kurz darauf.

„Komm!", befahl er ihm.

Golk jedoch schüttelte seinen Kopf und fragte: „Was ist mit den restlichen Kriegern? Sollten sie nicht auch alarmiert werden?"

Fralk Eisenfinger brauchte Gewissheit, dass ihm seine Augen nur einen Streich spielten. Sollte dies nicht der Fall sein, würde er durch sein Zögern wahrscheinlich alle seine Krieger in den Tod schicken.

Er hastete, so schnell und leise wie er nur konnte, hinüber zu einem seiner Unteroffiziere. Dieser schlief so tief und fest wie bereits in der letzten Nacht, als er eigentlich hatte Wache halten sollen. Mit einigen kraftvollen Rüttlern schaffte es Fralk jedoch, ihn zu wecken. Als er ihm mit flüsternder Stimme befahl, mitzukommen, erhob sich der Zwerg und folgte ihm zunächst, blieb dann aber stehen und fragte, warum die anderen Zwerge noch schliefen. Eine kurze Pause trat ein. Dann erwiderte Fralk Eisenfinger: „Es gibt noch keinen Angriff. Du hast nun die Möglichkeit, deine Schuld der vergangenen Nacht vergessen zu machen. Dafür sollst du lediglich die Ausläufer des Waldes nach einer Gestalt absuchen. Wenn du nichts findest, komme nach einhundert Schritten zurück. Falls du attackiert werden solltest, rufe einmal ganz laut den Namen unseres Königs. Hast du mich verstanden?"

Der Unteroffizier nickte und sie begannen erneut mit ihrem Weg. Als sie den Rand des Lagers erreicht hatten, deutete Fralk Eisenfinger auf die Stelle, an der er glaubte, einen Schatten gesehen zu haben. Von diesem erzählte er seinem Krieger jedoch nichts. Falls es sich als ein Streich seiner Augen herausstellte, würde man ihn sonst mit Sicherheit für verrückt erklären.

Aldri beäugte die Aktion im Nachtlager der Zwerge mit Argwohn. Wieso der Befehlshaber der Truppe einen seiner Krieger weckte, konnte er nicht sagen. Auch warum dieser Zwerg anschließend ganz alleine in den angrenzenden Wald stapfte, war ihm ein Rätsel. Ohne einen weiteren Augenblick darüber nachzudenken, nahm der junge Elb seinen wunderschönen Bogen und seinen Köcher mit den Pfeilen. Auch sein Schwert hängte er sich an den Gürtel, ehe er in die Richtung ging, in die der einzelne Zwergenkrieger unterwegs war.

Kurze Zeit später vernahm der persönliche Berater der Immra die schweren Schritte des Zwerges. Aldri blieb stehen, um zu lauschen, aus welcher Richtung sie kamen. In diesem Moment hörte er ein zweites Geräusch. Zunächst konnte er es nicht richtig einordnen, allerdings hakte er aus Sicherheit die Sehne seines Bogens ein und legte einen Pfeil an. Nur ganz leicht spannte er den Bogen. Plötzlich fiel ihm auf, woher er das eben gehörte Geräusch kannte. Es war derselbe Laut, wie er ihn selber gerade verursacht hatte. Es war das Spannen eines Bogens.

Der Schweiß strömte ihm mit einem Mal aus allen Poren. Wenn er den Berichten des Befehlshabers des Zwergbefreiungstrupps Glauben schenken konnte, gab es nur eine Erklärung, warum der junge Elb dieses Geräusch vernommen hatte. Die fremde Gestalt schlich durch den Wald.

Golk stapfte in den angrenzenden Wald. Immer schneller wurde sein Herzschlag.

„Wieso hat er mich hier rein geschickt?", schoss es ihm immer wieder durch den Kopf. Sein Atem wurde schneller und der Schweiß trat ihm vor Angst aus allen Poren.

Sollte die merkwürdige Person sich tatsächlich in diesem Wald aufhalten, würde sie ihn ganz leicht erledigen können, immerhin verursachte der Zwerg durch sein massives Körpergewicht und seine schwere Ausrüstung ein lauteres Knacken nach dem anderen, wenn er auf einen trockenen Ast trat. Auch das Rascheln der Blätter musste ihn unweigerlich verraten. In der ansonsten stillen Nacht kamen ihm diese Geräusche wie ein Orkan mit Donnergrollen vor.

„67, 68, 69 …“, zählte Golk in seinem Kopf mit. Nur noch zwanzig Schritte und er durfte endlich wieder umkehren. In diesem Augenblick vernahm er ein Geräusch links von ihm. Ohne zu wissen, weshalb, duckte er sich und rollte sich auf die Seite. Dabei zog er seine schwere Axt und stieß den vereinbarten Ruf aus.

Aldri vernahm das Surren eines Pfeiles. Kurz darauf hörte er eine Art Schrei. Nein, es war ein Ruf, der nicht weit von ihm ertönte. Den gespannten Bogen in der Hand, beschleunigte der junge Elb seine Schritte, um dem Zwerg zur Hilfe zu eilen. Gerade wollte er einen Ast beiseiteschieben, da sah er sie. Die Gestalt, welche die Zwerge ihm ganz genau beschrieben hatten, stand einige Schritte rechts von ihm und zielte mit einem pechschwarzen Bogen auf jemanden oder etwas direkt hinter dem Baum, vor dem der persönliche Berater der Immra stand. Ohne großartig zu überleben und ohne eine weitere Sekunde abzuwarten, hob er seinen eigenen Bogen und zielte. Dann ließ er die Sehne los und vernahm das Surren seines Geschosses. Ohne darauf zu achten, ob der Pfeil sein Ziel erreichte, zog Aldri bereits den nächsten aus seinem Köcher auf dem Rücken, legte ihn an, spannte und zielte erneut. Gerade als er das zweite Mal die Sehne losließ und den Pfeil freigab, sah er, wie das erste Geschoss in die rechte Schulter der Gestalt einschlug und diese einen überraschten und schmerzerfüllten Schrei ausstieß.

Fralk Eisenfinger stand am Rand des Lagers und lauschte in die nächtliche Stille hinein. Noch immer hatte er weder den Hilferuf vernommen, noch seinen Unteroffizier zurückkommen sehen. Was dies bedeutete, konnte er sich nicht erklären. Schließlich waren bereits einige Minuten vergangen, seit er den Zwerg damit beauftragt hatte, in den Wald hineinzugehen. Mit einem kurzen Blick hinüber zu dem Nachtlager des Elben bemerkte der Befehlshaber des Trupps, dass auch dieser nicht dort war, sondern wahrscheinlich ebenfalls in den Wald hineingelaufen war. Wieso? Wollte er seinen Krieger vielleicht hinterrücks attackieren? War der Elb vielleicht gar nicht der, der er vorgab zu sein, der persönliche Berater der Immra, sondern die geheimnisvolle Gestalt der vergangenen Nacht? Ganz genau wusste er es nicht. Doch da sich sein Zwerg scheinbar nicht melden konnte, beschloss Fralk Eisenfinger, einen Suchtrupp loszuschicken.

In dem Augenblick, in dem er sich vom Rand des Waldes wegdrehte, vernahm er einen sehr lauten und ängstlich klingenden Schrei. Dieser hallte über die Ebene und schreckte einige seiner Krieger auf. Keiner von ihnen konnte mit dem Laut etwas anfangen. Einzig ihr Befehlshaber wusste ganz genau, dass dies der vereinbarte Hilferuf des Unteroffiziers war, den er in den Wald geschickt hatte.

Sie hörte, wie sich eine Person mit schweren Schritten durch das Dickicht kämpfte. Schnell verbarg sie sich hinter einem Baum und entdeckte, wie sich einer der merkwürdigen Kreaturen einen Weg durch das Unterholz suchte. Scheinbar war er losgeschickt worden, um nach ihr zu suchen. Doch dies würde nichts nutzen. Wenn sie wollte, konnte sie für jeden unsichtbar werden. Auch diese Fähigkeit war ihr in ihrer Ausbildung beigebracht worden.

„Hin und wieder musst du dich unsichtbar machen, um deine Feinde zu überraschen“, hatte ihr Meister gesagt. Daraufhin hatte sie ihre Anstrengungen noch verdoppelt.

Jetzt war sie eine der Besten ihres kleinen Volks. Nicht viele konnten sich so geräuschlos durch den Wald bewegen.

Sie verfolgte das Geschöpf und hakte währenddessen die Sehne ihres Bogens ein. Auch nahm sie einen ihrer pechschwarzen Pfeile aus dem gleichfarbigen Köcher. Die Farbe hatte einige Vorteile. In der Nacht, die Tageszeit, zu welcher ihr Volk aktiv wurde, waren die Geschosse für Gegner fast unsichtbar. Sie legte den Pfeil an und spannte. Einige Atemzüge später ließ sie die Sehne los und ein einzelnes Surren durchschnitt die Stille. Scheinbar hatte die dickliche Kreatur dieses Geräusch gehört, denn sie duckte sich und rollte sich gleichzeitig auf die Seite. Auch stieß sie einen merkwürdigen Laut aus. Im nächsten Augenblick spürte sie einen heißen Schmerz in ihrer Schulter.

Fralk Eisenfinger schritt an der Spitze der kleinen Gruppe, die in den Wald marschierte, um nachzusehen, was mit dem Unteroffizier geschehen war. Insgesamt waren es die zehn besten Zwergenkrieger seiner Einheit. Die restlichen Zwerge waren im Lager geblieben, um auf ihre Vorräte aufzupassen. Außerdem sollten sie, im Falle des Todes der Gruppe, einen Brief an ihren König schicken.

Jetzt jedoch schlug sich der Befehlshaber mit seiner Axt einen Weg durch das Grün. Seiner Meinung nach mussten sie immer nur geradeaus gehen, wenn sie den Zwerg finden wollten.

„Waffen bereithalten!“, gab Fralk Eisenfinger flüsternd den Befehl, als er einige Augenblicke später Stimmen vor sich hörte. Sie mussten lediglich aus dem Gebüsch treten und wären dann an der Stelle, von der, seiner Meinung nach, die Geräusche kamen.

„Attacke!“, schrie er einen kurzen Moment später und sprang als Erster hinter dem Dickicht hervor. Mit dem, was der Befehlshaber des Zwergbefreiungstrupps auf der kleinen Lichtung, auf der sie nun standen, vorfand, hätte er als Letztes gerechnet. Ganz verblüfft ließ er seine Waffe ein wenig sinken und starrte auf die drei Gestalten vor ihm.

Golk vernahm den schmerzerfüllten Schrei und sah, wie kurz darauf der Elb, den er bereits kannte, aus dem Gebüsch trat. Neben sich zog er eine fremde Gestalt her. Diese trug einen pechschwarzen Umhang und einen gleichfarbigen Bogen sowie Köcher. Der Zwerg rappelte sich auf und schritt den beiden Personen entgegen.

„Wer bist du und weshalb hast du uns angegriffen?“, fragte er die fremde Kreatur und spuckte anschließend vor ihr auf den Boden.

„Einen Teil können wir sofort klären“, erwiderte der junge Elb und zog die Kapuze mit einem kurzen Ruck vom Schopf der Gestalt. Zum Vorschein kam ein rundes und pechschwarz angemaltes Gesicht. Die grünen Augen schienen an der gesamten Kreatur das einzig normal aussehende zu sein.

Schwert, Bogen, Pfeil

Hartmud hielt seinen Speer in der rechten Hand und blickte wie jeden Tag immer nur geradeaus. Seine Wache am Eingang zur Stadt wurde mit jedem neuen Tag langweiliger, da es immer weniger neue Menschen hierhin zog. Auch wenn dies bedeutete, dass er weniger zu arbeiten hatte, konnte er sich daran nicht besonders erfreuen. Denn lieber würde der Wachmann Personen befragen, welche die Stadt betraten, als immer nur dumm in der Gegend zu stehen. Zwar gab es immer noch einiges zu tun, beispielsweise die Bauern, die Lebensmittel oder Wolle oder anderes in seinen Augen nutzloses Zeug verkauften, zu kontrollieren. Auch wenn es natürlich möglich war, dass diese Schmuggler oder deren Ware hineinbrachten, hatten weder er noch die anderen diensthabenden Wachmänner etwas derartiges gefunden.

„Hat dir dein Weib auch schon diese merkwürdige Geschichte vom Verschwinden des Waldaufsehers erzählt?", drang es plötzlich an sein Ohr. Hartmud drehte sich zu der zweiten Wache, sein Name war Siegfried, um und betrachtete ihn einen Moment lang. Dann dachte er an das Gespräch vom letzten Abend zurück und erwiderte: „Ja! Sie sagte, dass Dämonen ihn wahrscheinlich verspeist und seine Hütte in Brand gesteckt hätten."

Der andere Mann lachte laut los. Dabei kniff er seine Augen derartig zusammen, dass die Falten auf seinem eigentlich noch jungen Gesicht schlagartig zunahmen. Als er sich allmählich wieder beruhigte, sagte er mit vor Belustigung zitternden Stimme: „Dämonen. Wenn, dann waren es diese Elfen. Die treiben sich schon seit Jahren in unserem Wald herum. Ich vermute Mal, dass unser König ihnen bald zeigen wird, was mit denjenigen geschieht, die die gesamten Waldarbeiter getötet haben."

Bei den letzten Worten drehte sich Hartmud erneut zu dem Mann um: „Wie meinst du das? Die ganzen Waldarbeiter getötet?"

Einen kurzen Augenblick blickte ihn der Wachmann irritiert an. Dann antwortete er: „Hat dir das dein Weib etwa nicht erzählt? Die gesamten Waldarbeiter werden vermisst. Nicht nur der Aufseher." Hartmud schaute einen Moment lang erschrocken drein.

„Dann habe ich meiner Hilde heute Abend zur Abwechslung auch einmal etwas zu erzählen", dachte er sich.

Mondri wartete in seinem Zelt auf den Befehl des Königs, in die Schlacht zu ziehen. Nachdem er seinem Herren alles erzählt hatte, was er bei dem Aufenthalt in der Welt der Menschen erlebt hatte, hatte dieser mit großer Besorgung auf seine Ausführungen reagiert. Vor allem die Tatsache, dass man den Waldaufseher und seine Arbeiter nach einiger Zeit vermissen würde, bereitete ihm große Sorge. Dies erkannte der junge Elf an den tiefen Falten, die sich auf der Stirn des Königs bildeten, als er diese runzelte und angestrengt nachdachte.

Nun betrat Mondri die große Lichtung, auf dem das Heer der Elfen ihr Lager aufgeschlagen hatte. Nach einem weiteren kurzen Marsch war er von der brennenden Hütte des Waldaufsehers innerhalb weniger Minuten auf das Lager der Elfen gestoßen. Ohne einen weiteren Augenblick zu warten, begab sich der junge Spion der Elfen zu seinem König. Das größte und prachtvollste Zelt verriet ihm sofort, wo er zu finden war. Auch die vier Wachen vor dem Eingang der Unterkunft zeigte Mondri, dass er richtig lag.

Gerade hatte sich der junge Elf zu den zurückgeschlagenen Zeltwänden gewandt, da kreuzten die davor stehenden Krieger ihre Lanzen und einer der vier, sprach ihn mit scharfer Stimme an: „Was willst du?"

„Ich muss dringend mit dem König sprechen. Ich habe wichtige Informationen für ihn."

Die Wache, die zu ihm gesprochen hatte, blickte ihn kurz an und fragte: „Wie lautet dein Name?"

„Mondri", antwortete der junge Elf rasch, da er seinem Herren das Geschehene so schnell wie möglich berichten musste, damit dieser ebenfalls in angemessener Zeit darauf reagieren konnte.

Einige Augenblicke verstrichen, in denen der fragende Krieger das Zelt betreten und wahrscheinlich mit dem König gesprochen hatte. Als er wieder herauskam, nickte er den übrigen drei Elfenwachen zu und sagte an Mondri gewandt: „Du darfst passieren." Sofort schritt der junge Elf mit seiner ganzen Entschlossenheit in das Zelt. Sein

Blick fiel auf den Thron, den man in die Unterkunft des Herrschers gestellt hatte. Zwar war es nicht derselbe, der im Thronsaal in ihrer Stadt stand, dieser wäre durch seine aus Gold hergestellte Lehne zu schwer, aber der Ersatz sah auch aus Holz anmutig und sehr prachtvoll aus, ganz so wie es für einen König ziemte.

Auf dem Stuhl saß der Herrscher über das Elfenvolk. Anders als an dem Tag, an dem Mondri seinen Auftrag bekommen hatte, trug der König nun kein schneeweißes Gewand. Vielmehr saß er in einer nicht weniger schönen und ebenfalls strahlend weißen Rüstung auf dem Thron.

Nachdem der junge Elf das Zelt betreten hatte und vor dem König niedergekniet war, erhob dieser seine Stimme und sprach: „Erhebe dich, Mondri Spitzohr, und berichte mir von deiner Mission. Wie es aussieht, hast du sie mit Bravour gemeistert, denn ansonsten würdest du mit Sicherheit nicht mehr unter uns weilen und mir erst recht nicht von deinen Tagen in der Welt der Menschen erzählen."

Er endete mit einer auffordernden Geste, die Mondri sagen sollte, dass er nun damit beginnen möge, seinem Herren alles über die vergangenen Tage zu berichten und ihm die Schwachstellen der Burg der Menschen mitzuteilen.

„Mein Herr! Ich muss Euch etwas mitteilen ..."

Er öffnete die Tür und trat in die kleine Wohnung, die aus drei Räumen bestand. Der größte davon, war derjenige, in dem Hartmud stand. Es war sowohl die Küche als auch das Esszimmer. Würde der Mann durch die linke der beiden Türen gehen, stünde er im kleinsten der drei Räume. In diesem schlief sein Sohn. Durch die andere Tür hingegen betrat man das Schlafgemach. Seine Gemahlin stand an dem kleinen Ofen, den Hartmud eigenhändig hatte bauen müssen, da seine Familie nicht sehr viel Gold besaß. Das war ebenfalls der Grund, weshalb das Haus, in dem sie wohnten, sich am Rand der Stadt befand. In diesem doch relativ großen Teil des Reichs seines Königs Richard lebten hauptsächlich die ärmsten Bewohner. Auch einige Schmiede hatten sich in diesem Bezirk niedergelassen und nahmen das meiste Geld durch kleinere Arbeiten, wie zum Beispiel neue Töpfe für die Frauen, oder Spielzeug für die Kinder, ein. Zwar reichte das Gold auch für Hartmud und seine Familie, allerdings konnte er ihnen niemals ein kleines Geschenk machen. Denn dann müssten sie mindestens einen Tag ohne Essen auskommen.

„Na, wie war dein Tag?“, fragte ihn seine Frau. Er betrachtete seine Hilde einen kurzen Augenblick. Er war sehr froh, sie zur Frau zu haben. Obwohl sie mit ihrem üppigen Busen und der doch sehr breiten Hüfte nicht gerade die Schönste war, liebte Hartmud sie. Sie gab ihm das Gefühl, der glücklichste Mensch der Welt zu sein. In ihrer Nähe wurde ihm immer sofort warm. Zumindest war dies bislang so gewesen. In letzter Zeit war seine Frau jedoch immer abweisender zu ihm geworden. Woran dies liegen konnte, wusste der Wachmann nicht. Allerdings war er fest entschlossen, sie danach zu fragen, sollte sie ihm auch heute eine gemeinsame Nacht verweigern.

Hartmud öffnete seinen Mund, um zu antworten: „Nichts Besonderes. Obwohl, warte mal. Mir fällt gerade ein, dass ich heute etwas Interessantes erfahren habe. Wusstest du, dass nicht nur der Waldaufseher, sondern auch all seine Arbeiter verschwunden sind?“

Einen Moment lang trat Schweigen ein. Dann drehte Hilde sich zu ihm um, eine schmutzige Kartoffel in der Hand, und betrachtete ihn einen kleinen Augenblick. Sie schüttelte den Kopf, wandte sich wieder dem Essen zu und hakte nach: „Wer hat dir das denn erzählt?“

„Ein anderer Wachmann“, antwortete Hartmud und hoffte, sie würde sich erneut zu ihm umdrehen. Allerdings tat sie ihm diesen Gefallen nicht.

Stattdessen erwiderte sie: „Das ist tatsächlich sehr interessant.“

Mondri saß in seinem Zelt und wartete immer noch. Seine Gedanken überschlugen sich, während er immer ungeduldiger wurde. Schließlich hatte der König der Elfen schon vor einiger Zeit den Befehl gegeben, sich für den Kampf zu rüsten. Seit diesem Augenblick trug Mondri seine Rüstung. Diese war, dank der grandiosen Schmiedekunst seines Volks, nicht aus dem schweren Metall geschmiedet, wie es die Panzerungen der Menschen waren, allerdings wurde auch sie mit der Zeit zu einer Last.

„Immerhin“, so dachte er, „wird einem nicht so schnell warm hier drin.“ Das Material, das die Schmiede der Elfen verwendeten, war eines der größten Geheimnisse seines Volks. Schon alleine der

Name klang für Außenstehende meist sehr geheimnisvoll und mysteriös. Sein Volk nannte es *Baumeisen.* Diese gewannen die Elfen aus den ältesten und größten Bäumen des Waldes. Wenn man die Baumrinde mit einem kleinen Messer abtrennte, konnte man es bereits sehen. Das merkwürdige Metall war eine sehr dünne, allerdings fast undurchdringliche Schicht zwischen der Rinde und dem Harz des Baumes.

Sobald man diese Schicht entfernt und in einem kleinen Behältnis aufgefangen hatte, was bei einem großen Baum einige Stunden in Anspruch nahm, brachte man dieses Material zu den Schmieden. Diese wiederum wussten genau, wie sie daraus ein leichtes, flexibles, aber dennoch undurchdringliches Metall herstellten. Erst einmal war es Mondri möglich gewesen, bei diesem Herstellungsprozess zuzusehen. Doch diesen wundervollen Augenblick, als das merkwürdige Baumeisen schneeweiß aufgeleuchtet hatte, würde der junge Elf niemals vergessen. Dieses Bild hatte sich wahrscheinlich für immer in seinem geistigen Auge eingebrannt. An die restliche Arbeit konnte er sich nur mühsam und bruchstückhaft erinnern. Allerdings meinte er, es noch einigermaßen richtig aufzählen zu können. In Gedanken ging er die einzelnen Schritte, an welche er sich noch erinnern konnte, durch.

Hilde schälte die Kartoffeln, die sie erst an diesem Morgen zu einem sehr günstigen Preis auf dem Markt erworben hatte. Zwar waren sie an einigen Stellen bereits überzogen von einer feinen Schicht weißlichem Schimmel, allerdings schnitt sie diese Stellen einfach aus der Kartoffel heraus, sodass sie aussah wie neu. Außerdem mussten sie schließlich etwas essen. Ob die Mahlzeit aus dem Müll stammte, verschimmelt war oder von einem Schmuggler stammte, interessierte weder sie noch ihren Mann.

Genau in diesem Augenblick öffnete sich die Tür ihrer kleinen Hütte und Hartmud trat ein. Mit einem kurzen Blick über die Schulter vergewisserte sie sich, dass er es auch wirklich war. Dann begrüßte sie ihn. Erst nach einigen Sekunden der Stille antwortete er auf ihre Frage, wie denn sein Tag gewesen sei. Hilde hielt kurz in ihrer Arbeit inne, als sie hörte, dass scheinbar die gesamten Waldarbeiter vermisst wurden. Gegen ihren Willen drehte sie sich zu ihrem Mann um und betrachtete ihn einen kurzen Augenblick mit einem neugierigen Blick. Erst als sie bemerkte, was sie da tat, wandte sich die Frau wieder zu den Kartoffeln zu und schälte die nächste. Gleichzeitig hakte sie bei ihrem Mann nach, von wem er diese Information hätte. Schließlich musste sie wissen, ob es eine zuverlässige Quelle war, bevor sie den anderen Frauen der Stadt, die sie gut kannte, davon in Kenntnis setzte. Zum ersten Mal seit langer Zeit hatte sie wieder ernsthaftes Interesse an einem Gespräch mit ihrem Ehemann. In letzter Zeit quälte sie eine gewisse Art von Unzufriedenheit, die sich Hilde nicht erklären konnte. Diese trat komischerweise immer genau dann ein, wenn sie ihren Gatten betrachtete oder mit ihm sprach. Wieso das so war, konnte sie nicht sagen. Schließlich liebte sie ihren Mann, allerdings gab es etwas, was sie so sehr anwiderte, dass sie seit langer Zeit keine gemeinsame Nacht mehr miteinander verbracht hatten.

Horlon Schwertarm trat in das königliche Zelt, um seine Befehle vom Herrscher der Elfen persönlich zu erhalten. Noch bevor er die Unterkunft seines Königs betrat, wusste der Anführer der Leibgarde seines Herren, dass er mit großer Sicherheit die Krieger auf den Kampf vorbereiten sollte. Das war schließlich die einzige, logische Erklärung, weshalb man ihn mitten in der Nacht in das königliche Zelt rief. „Ihr habt nach mir gefragt, mein Herr?“, fragte Horlon, als er mit gesenktem Kopf vor den Thron des Königs trat.

Dieser blickte ihn nicht an, sondern erwiderte in einem besorgten Ton: „Ja, das habe ich in der Tat. Es gibt eine wichtige Aufgabe für dich, Horlon Schwertarm, Anführer meiner Leibgarde.“

Der Elf nickte, blickte seinen Herren an und fragte dann mit gespielt unwissender Stimme: „Soll ich die Krieger wecken? Greifen wir an?“ Zu seiner großen Überraschung schüttelte der Herrscher des Elfenvolks nur kurz den Kopf und lächelte ihn an.

Dann erklärte er dem Anführer seiner Leibgarde: „Du wirst mit einigen auserwählten Kriegern die Schwachstellen der Menschenstadt, die uns der junge Mondri Spitzohr mitteilte, ausfindig machen und nutzen, um unbemerkt in die Stadt zu gelangen. Dort wirst du mit der Hälfte der Elfen, die dich begleiten, versuchen, ebenfalls ohne Verluste in die Burg des Königs der Menschen zu gelangen. Die übrigen Krieger sollen uns die Tore öffnen, sobald wir angekommen sind.“

Horlon nickte mehrere Male, bevor er erneut eine Frage stellte: „Was soll ich tun, wenn ich nicht in die Burg des Menschenkönigs gelange?“

„Dann wirst du versuchen müssen, die Tore, wenn nötig, mit Gewalt zu öffnen, sodass unser Heer ohne größere Kämpfe in die Gemächer Richards eindringen und ihn ermorden kann.“

Hilde saß an dem hölzernen Tisch zusammen mit ihrem Mann und dem Sohn, den sie vor fast neun Jahren zur Welt gebracht hatte. Sein eher dunkleres Haar fiel ihm immer wieder ins Gesicht, sodass er beim Essen Schwierigkeiten hatte, den Löffel ohne seine Haare in den Mund zu schieben. Diese Szene belustigte sie so sehr, dass sie sich beinahe an dem eigenen Bissen, den sie sich gerade in den Mund geschoben hatte, verschluckte. Mit einem Hustenanfall, der ihren gesamten Körper schüttelte, versuchte sie zu Luft zu kommen. Erst nach einigen Augenblicken konnte sie wieder einigermaßen normal atmen.

Früher, das wusste Hilde, wäre ihr Ehemann auf der Stelle aufgesprungen, um ihr zu helfen. Heute jedoch blieb er regungslos sitzen und tat so, als würde er es gar nicht mitbekommen. Vielmehr aß er seinen eigenen Brei mit einer solchen Ruhe weiter, dass es sie wütend machte. Nach einigen beruhigenden Atemzügen verschwand die Wut wieder und sie konnten ihre Mahlzeit ohne einen erneuten Streit zu Ende einnehmen.

„Mama, ich will noch was“, hörte sie mit einem Mal ihren Sohn quengeln.

Mit einem liebevollen Lächeln schaute sie ihr Kind an und versuchte ihm zu erklären: „Das geht nicht, mein Schatz. Schließlich haben wir nicht so viel zu essen, das weißt du doch.“

Einen Moment hörte man nichts außer dem Schmatzen ihres Mannes, der einfach weiter aß, ohne auch nur auf die Szenerie zu achten.

Dann begann der Junge, mit einem lauten Schrei zu weinen. Immer wieder rief er: „Ich habe aber Hunger!“

Bevor Hilde etwas erwidern konnte, sah sie, wie ihr Mann den erst halb aufgegessenen Brei seinem Sohn zuschob und ihm sagte: „Hier! Nimm meinen Rest.“

Mondri erwachte. Er war also doch noch eingeschlafen und nun durch ein merkwürdiges Geräusch geweckt worden. Langsam erhob sich der junge Elf und ging auf den Zelteingang zu. Dort angekommen zog er die Planen ein wenig auseinander und sah es. Mit einem Mal war er hellwach. Er schritt zurück zu seinem Schlafplatz und nahm sich das Schwert, das an einer der Zeltwände lehnte, und schnallte es sich mitsamt dem Gürtel um. Diese Waffe hatte er kurz nach seiner Rückkehr vom König der Elfen persönlich geschenkt bekommen. Es war die Belohnung für seinen erfüllten Auftrag, so hatte es der Herrscher zu ihm gesagt.

Jetzt strich er ein letztes Mal sehr sorgsam und bedächtig über die Scheide, bevor er das Schwert dort hineinsteckte. Anschließend nahm er auch noch seinen Bogen und den Köcher und hängte sich diese Sachen über die rechte Schulter. Er war und blieb ein Bogenschütze. Selbst jetzt, wo er ein eigenes Schwert besaß, würde er niemals auf die Idee kommen, seinen Bogen beiseitezulegen. Dies war die Waffe, die Mondri sich vor einigen Jahren, als er wie jeder Elf seine Ausbildung zum Krieger beendet hatte, ausgewählt hatte. Anschließend war er noch zum Spion ausgebildet worden, doch jetzt war er als Kämpfer und nicht als Spitzel gefragt. Ein letztes Mal strich er nun, wie bereits zuvor über die Scheide, auch über den Bogen. Dann trat er hinaus aus dem Zelt. Er war bereit für alles, was nun auf ihn zukommen würde.

Hartmud saß noch immer auf dem harten Stuhl. Mittlerweile war es mitten in der Nacht, dennoch konnte er noch nicht schlafen gehen. Zu groß war der Hunger, der ihn plagte. Obwohl er seinem Sohn die Hälfte seines eigenen Mahls gegeben hatte, war er noch lange nicht satt gewesen. Vielmehr hatte er es getan, damit seine Frau sah, dass seine Familie ihm nicht egal war. Trotz der eisigen Beziehung zwischen ihm und Hilde liebte er seine beiden Schätze immer noch so sehr, dass allein der Anblick einer der beiden ihn sorgenlos machte.

Jetzt jedoch starrte er die Wand an und versuchte, an alles andere zu denken, nur nicht an das Essen, das er seinem Sohn gegeben hatte. Ein letztes Mal wollte er an das Fenster treten, um in die Nacht hinauszublicken. Aus diesem Grund erhob er sich. Seine müden Knochen gaben ein ächzendes Geräusch von sich. Hartmud ignorierte sie und machte einen Schritt an das Fenster. Mit einem Blick sah er in einigem Abstand die Wachfeuer, die abends immer wieder entzündet wurden, um die Bewohner der Stadt zu warnen, nicht aus den Häusern zu kommen. Sie waren auch die Lichtquellen, welche die Wachen benötigten, um überhaupt etwas sehen zu können in dieser tiefen Schwärze, welche die Nacht mit sich brachte.

Gerade wollte er sich wieder umdrehen, um doch noch ein wenig Schlaf zu bekommen, da sah er etwas. Wahrscheinlich war er schon zu müde und bildete sich bereits Sachen ein. Als er genauer hinschaute, sah er es zum zweiten Mal. Jetzt war sich Hartmud sicher. Er bildete sich weder etwas ein, noch träumt er. Nein, was er da draußen sah, war Wirklichkeit.

Mit einigen schnellen Schritten rannte er in das Schlafgemach seiner Frau und ihm und weckte sie.

„Was ist?“, fragte Hilde schlaftrunken, als sie erwachte.

„Steh auf!“, sagte er in einem besorgten Tonfall, während er sich sein ledernes Wams überstreifte. „Weck das Kind und versteckt euch!“

„Aber wieso?“, kam es immer noch verschlafen von seiner Frau.

„Tu es einfach!“, sagte Hartmud sehr eindringlich. Er griff nach seinem Schwert und verließ den Raum.

Hilde schlug die Augen auf. Über sich gebeugt sah sie das Gesicht ihres Mannes. Noch halb im Schlaf fragte sie ihn, was denn los sei. Doch statt auf ihre Frage zu antworten, faselte ihr Mann nur etwas davon, dass sie sich zusammen mit ihrem Sohn verstecken solle. Auch auf ihre erneute Nachfrage erwiderte er nur sehr hektisch und eindringlich: „Tu es einfach!“

Danach war er schon verschwunden. Mit einem deutlichen Seufzer streckte sie sich und brachte somit ihre müden Knochen in Schwung. Einige weitere Augenblicken, in denen sie einfach nur dalag und hoffte, dass ihr Mann gleich wieder hereinkam, um ihr zu erzählen, wieso er sie mitten in der Nacht geweckt hatte, verstrichen. Doch noch immer war nichts zu hören, und so stand sie auf und tapste hinaus in den größten der drei Räume. Dort angekommen sah sie ihren Mann ebenfalls nicht. Mit einem Fluch auf den Lippen betrat sie erneut ihr Schlafgemach. Erst als ihr Blick auf die leere Schwertscheide fiel, begann sie, sich ernsthafte Sorgen zu machen. Niemals, das wusste Hilde, würde ihr Mann ohne einen Grund sein Schwert mitnehmen und mitten in der Nacht das Haus verlassen. Aus diesem Grund schritt sie hinüber zu ihrem Bett, nahm die dünne Decke, die sie eigentlich kaum wärmte, wickelte sie sich einmal um den Körper und ging hinüber in das Zimmer ihres Sohnes.

Dort angekommen rüttelte sie ihn mit solcher Wucht, dass er beinahe aus seinem Bett gefallen wäre. Als er erschrocken die Augen aufriss, wartete sie nicht lange, sondern befahl ihm mit einem barschen Ton: „Nimm dein Laken und komm mit!"

Ihr Sohn machte keinen Hehl daraus, dass er viel lieber in seinem Zimmer bleiben und weiterschlafen wollte, denn trotz ihres energischen Tons, der ihn normalerweise immer dazu veranlasste, seiner Mutter zu gehorchen, blieb er in seinem Bett liegen und drehte sich sogar demonstrativ um.

Mit aufsteigender Wut, die sich Hilde nicht erklären konnte, packte sie zunächst die Decke ihres Kindes und schmiss sie hinaus in das Esszimmer. Anschließend langte sie nach einem der beiden dünnen Arme des Jungen und zog ihn mit großer Kraftanstrengung aus dem Bett und aus dem Zimmer. Wild schreiend und um sich tretend versuchte der Kleine, dem harten Griff seiner Mutter zu entkommen, doch sie schleifte ihn über den Boden bis in das Esszimmer. Erst dort ließ sie ihn wieder los und sagte mit wütender Stimme: „Du nimmst jetzt sofort dein Laken und folgst mir! Ansonsten schleife ich dich, wenn nötig, vor den Augen deiner Freunde durch den Kuhdung!"

Diese Worte saßen. Ohne einen Augenblick zu zögern, sprang der Junge zu seiner Decke, riss sie an sich und folgte seiner Mutter hinaus in die kleine Hütte, die Hartmud für solche Vorfälle hinter ihrem Haus erbaut hatte. Dort gab es einen kleinen Schacht, in den Hilde nun mit ihrem Sohn kletterte, um abzuwarten, was passieren würde. Sollte ihr Mann bis zum Krähen des Hahnes nicht zurück sein, müsste sie mit größter Vorsicht zurück in das Haus, um ihnen eine Kleinigkeit zu essen zu holen.

Horlon Schwertarm setzte einen ersten Schritt in die Stadt der Menschen. Noch war er sich unsicher, ob es tatsächlich ein Triumph wäre. Sollten die Menschen diese Schwachstelle mit Absicht erschaffen haben, um Angreifer zu täuschen, würde es mit großer Sicherheit den Tod für ihn und seine Gefolgsleute bedeuten.

„Ist etwas, mein Herr?“, fragte einer der Elfen hinter ihm. Erst jetzt realisierte der Anführer der persönlichen Leibgarde des Königs, dass er stehen geblieben war. Ohne ein Wort zu erwidern, schüttelte Horlon den Kopf und machte einige weitere Schritte. Da immer noch nichts geschah, was ihm gezeigt hätte, dass es eine Falle war, atmete der Elf zunächst einmal tief durch. Trotz der Tatsache, dass der Großteil seiner Anspannung von ihm abfiel, wusste er auch, dass sie weiterhin sehr vorsichtig vorgehen mussten.

Nachdem alle Elfenkrieger die Stadt betreten hatten, stellte er sich vor ihnen auf und sagte so leise, dass seine Gefolgsleute Mühe hatten ihn zu verstehen: „Ihr geht zu dem großen Tor und wartet auf das vereinbarte Zeichen unseres Königs, bevor ihr es öffnet. Der Rest folgt mir. Jeder passt genau darauf auf, nicht gesehen oder gar gefangen genommen zu werden. Habt ihr mich verstanden?“

Ein einstimmiges Nicken zeigte ihm, dass sie seinen Befehl vernommen und nach bestem Gewissen ausführen würden.

Hartmud schlich durch die dunklen Gassen der Stadt. Er war sich ganz sicher, dass sich die Gestalten, die er in der Dunkelheit ausgemacht hatte, in diese Richtung bewegten. Wo sollten sie auch anders hinwollen als zum Palast des Königs? Sonst würden sich die Unbekannten bestimmt nicht einer so großen Gefahr aussetzen und ihr Leben riskieren. Sie mussten also etwas Verbotenes vorhaben.

„Vielleicht wollen sie dem König etwas Wertvolles stehlen?“, dachte sich der Krieger, während er in eine benachbarte Gasse einbog.

Einen kurzen Augenblick vermutete er, dass er die Fremden aus den Augen verloren hätte, doch als er kurz innehielt, um sich in der Dunkelheit zu orientieren, vernahm er eine Stimme. Zwar schien diese nur wenige Schritte von ihm entfernt zu sein, doch konnte Hartmud die Person, die dort sprach, nicht sehen: „Hier, nimm es und verschwinde! Ich will nicht, dass man uns dabei erwischt. Sonst gibt es große Probleme. Schließlich nehme ich diese große Gefahr nicht gerne in Kauf.“

Hartmud spitzte weiterhin die Ohren, aber er konnte nichts mehr hören. Es war mit Sicherheit eine der Gestalten, die er verfolgte. Mit einigen schnellen Schritten lief er in die Richtung, aus der er die Stimme vernommen hatte, und dann sah er zwei Schatten vor sich. Er war fast bei ihnen angelangt, als sich die eine Person umwandte und ihn sah. Ein leiser Fluch, der jedoch laut genug war, damit Hartmud ihn verstand, entwich den Lippen der zweiten Gestalt. Sie versteckte etwas unter ihrem Mantel und rannte davon. Der Mann, der zuerst gesprochen hatte, versuchte ebenfalls, der heranstürmenden Wache zu enteilen, doch er stolperte und fiel zu Boden.

Einige Augenblicke später stand Hartmud über ihm. Seine Schwertspitze auf den Rücken des Mannes gerichtet sagte er mit verstellter Stimme, sodass er sich bedrohlicher anhörte: „Hab ich dich! Sag mir, wer du bist und was du hier wolltest. Sag mir, wer dein Freund war, und ich lasse dich am Leben."

Mondri Spitzohr lief zusammen mit den anderen Bogenschützen des trotz der geringen Anzahl an Elfen, die noch lebten, gewaltigen Heeres. Mehrere hundert Krieger befanden sich auf dem Marsch auf die Menschenstadt. Zwar würde König Richard ihnen ein mit Sicherheit doppelt so großes Heer entgegenstellen können, doch dafür hatten sie den Vorteil, dass sich bereits einige Elfen im Inneren der Stadt befanden und die Tore für sie öffnen würden.

Jetzt musste sich der junge Elf darauf konzentrieren, die Formation beizubehalten. Alle Bogenschützen hatten von ihrem König den Befehl bekommen, sich zunächst zurückzuhalten und erst dann zu schießen, wenn man die Krieger der Elfen angriff. Aus diesem Grund würden einige Schützen, zu denen auch Mondri gehörte, durch die Schwachstellen in die Stadt der Menschen gelangen. Von dort konnten sie zunächst die Wachen einzeln ausschalten, und zwar am besten so, dass keine der anderen Wachhabenden etwas davon mitbekam. Dann würden sie sich auf die höchsten Gebäude der Stadt verteilen, um von dort aus herannahende Krieger abzuschießen.

„Bogenschützen aufteilen und marschieren!", kam plötzlich der Befehl des Königs. Das war das Zeichen, auf das Mondri und die anderen gewartet hatten. Jetzt schwärmten sie aus.

Horlon Schwertarm betrachtete aus dem Schatten eines der Häuser heraus die große und unüberwindbar scheinende Mauer der Burg. Ein einzelnes Feuer flackerte auf der Brüstung, die von insgesamt zehn Wachen in abwechselnder Reihenfolge auf- und abgeschritten wurde. Zumindest waren es bislang zehn Krieger gewesen, die Horlon gesehen hatte. Wie viele von ihnen noch hinter dem großen und ebenso unüberwindbar ausschauenden Tor bereit standen, konnte sich der Anführer der königlichen Leibgarde nur ausdenken.

Langsam wandte er seinen Blick von der mächtigen Burg ab und drehte sich zu seinen übrigen Kriegern um. Diese hatten direkt hinter ihm Wache gehalten, um herannahende Nachtwanderer zu entdecken, und wenn nötig zum Schweigen zu bringen.

„Kommt her!“, flüsterte er und winkte seine Gefolgsleute zu sich, um ihnen den Plan mitzuteilen, den er selbst noch nicht ganz kannte.

„Also, wir werden uns gleich aufteilen. Jeweils zwei werden die Mauer von einer anderen Seite erklimmen und die Wachen auf der Brüstung niederstrecken. Sobald dies erledigt ist, werden wir uns die Krieger innerhalb des Hofes vornehmen. Achtet darauf, dass man euch vom Hof oder einem der Fenster der Burg aus nicht sehen kann. Sollte es einen Bediensteten geben, der nicht schlafen kann und durch Zufall mitbekommt, wie Unbekannte die Wachen niedermetzeln, müssen wir denjenigen getötet haben, bevor er Alarm schlagen kann. Habt ihr mich verstanden?“

Mikkaeil stand auf der Stadtmauer und spähte in die Nacht. Er war glücklich über seinen Wachpunkt. Dort, wo er Ausschau nach Gefahr halten sollte, war eines der vier Wachfeuer, an dem er sich wärmen konnte. Ein weiteres Mal blickte er nach links und rechts, um zu sehen, ob auch die anderen Wachen noch auf den Beinen waren. Nicht allzu selten kam es vor, dass einige von ihnen so müde waren, dass sie einfach im Stehen einschliefen, und erst nach und nach zu Boden sanken. Aus diesem Grund war es allen Wachen befohlen worden, regelmäßig zu schauen, ob die restlichen Krieger noch auf ihren Posten standen. Sollte Mikkaeil jedoch bemerken, dass dies nicht der Fall war, müsste er seinen eigenen Posten verlassen, um nachzuschauen, weshalb die Wache nicht dort stand, wo sie stehen sollte. Langsam zog der Mann einen seiner Handschuhe aus, um die Hand über dem knisternden Feuer zu wärmen. Auch das war eine seiner Aufgaben. Er musste darauf achten, dass immer genügend Feuerholz nachgelegt wurde. Sollten die Flammen einmal zu erlöschen drohen, musste er an einem Seil ziehen, das neben dem Feuerkessel hing. Dann würde eine Glocke im Haus des Feuerwärters läuten und ihm mitteilen, dass Holz benötigt wurde.

Die Hand immer noch über der Wärme ausgestreckt, blickte Mikkaeil noch einmal nach links. Er nickte dem anderen Wachposten zu, der in diesem Augenblick ebenfalls zu ihm schaute. Anschließend wandte er sich wieder ab. Auch Mikkaeil drehte seinen Kopf, um zu der Wache rechts von ihm zu blicken. Doch dort sah er niemanden.

„Hatte nicht vor einigen Augenblicken da noch jemand gestanden?“, fragte er sich. Mit einem Fluch auf den Lippen, dass er sein schönes wärmendes Feuer verlassen musste, zog er sich seinen Handschuh wieder über und griff nach seiner Lanze, die an der Brüstung lehnte. Dann ging er vorsichtig und in die Dunkelheit spähend hinüber zu der Stelle, wo eigentlich eine Wache hätte stehen müssen.

Horlon Schwertarm hastete hinüber in die Schatten der Burgmauer. Er und die anderen Krieger hatten genau bis zu dem Zeitpunkt gewartet, an dem die Wache ihnen den Rücken zudrehte.

Jetzt pressten sie sich allesamt an den kalten Stein und warteten. Nicht lange und sie vernahmen den Mann, der, so wie es sich anhörte, vermutlich direkt über ihnen stand und etwas sagte.

„Lasst noch etwas von dem Bier übrig.“

Eine zweite Männerstimme drang an Horlons Ohr: „Dann komm! Da draußen ist doch eh nichts los.“ Noch einen kurzen Moment wartete der Elf, dann gab er seinen Männern das Zeichen.

Während einige von ihnen die Mauer mit Seilen und an deren Enden befestigten Haken hinaufkletterten, schlichen die restlichen von ihnen, so auch Horlon Schwertarm, noch ein kleines Stück die Mauer entlang und erklommen die Brüstung dann auf die gleiche Art und Weise.

Sobald sie auf der Mauer standen, duckten sich die Elfen, um für mögliche zusätzliche Wachen unsichtbar zu sein. In dieser zusammengekauerten Position krochen der Anführer der königlichen Leibgarde und seine Gefolgsleute auf die Treppen zu, die hinab in den Hof führten. Am oberen Ende der steinernen Stufen angelangt, lugte sie hinunter in den Hof. Da dort niemand zu sehen war, begannen sie immer noch in geduckter Haltung den Abstieg. Dabei zogen sie alle, so leise wie es nur ging, ihre Schwerter aus den Scheiden, um sich für den Kampf zu wappnen.

Mikkaeil blickte sich um. Die Verwunderung stand ihm in sein rundes Gesicht geschrieben. Dort, wo eigentlich eine Wache hätte stehen sollen, war niemand. Auch in der direkten Umgebung konnte er niemanden sehen. Selbst der Wachmann, der auf der anderen Seite des verschwundenen Postens hätte sein sollen, war nicht dort.

„Wahrscheinlich trinken sie heimlich. Oder ihnen ist einfach zu kalt gewesen und sie sind in die Baracke gegangen", überlegte Mikkaeil. Das durften sie eigentlich gar nicht. Schließlich war es ihre Aufgabe, die Stadt und ihre Bewohner in der Nacht zu schützen.

Mit einem grimmigen Gesichtsausdruck ging er zurück zu seinem Wachfeuer, um von dort dem Oberbefehlshaber dieser Einheit von der Missachtung der Befehle zu unterrichten. An seinem Wachpunkt angelangt, nickte er dem Mann links von ihm noch einmal zu, dann spurtete er die Treppe hinunter zu dem warmen Raum des Oberbefehlshabers. Mit einigen lauten Schlägen gegen die schwere Holztür trat er in den sehr dunklen Raum. Eine einzelne Kerze strahlte ein wenig Licht in die Ecken des Zimmers. An dem kleinen hölzernen Tisch saß eine Person. Sie brütete offenbar sehr konzentriert über einem Stück Pergament, das vor ihm auf dem Tisch lag.

Mikkaeil trat näher, um seinem Kommandanten Bericht zu erstatten, da sah er es.

Hartmud schleifte den Mann über den staubigen Boden der Gasse. Nach kurzer Zeit erreichte er mit seinem Gefangenen das Ziel, das er im Visier gehabt hatte: einen kleinen Brunnen. Dort angekommen zog er den Mann auf dessen steinernen Rand und hielt ihn so am Kragen, dass er, würde Hartmud loslassen, in die Tiefe stürzte.

„Also, fangen wir noch einmal von vorne an", sagte der Wachmann, während er seinen Griff um den Stoff des Mantels ein wenig lockerte, sodass der Gefangene einige Zentimeter weiter in den Brunnen rutschte. „Wer bist du?"

Der andere Mann schwieg einen Augenblick, ganz so, als wolle er prüfen, ob ihn Hartmud auch noch festhielt, dann antwortete er mit vor Angst zitternder Stimme: „Mein Name ist Friedrich."

„Nun gut, Friedrich, was ist dein Beruf?"

Wieder dauerte es einen kleinen Moment, bis die Antwort kam: „Ich bin der Lehrling eines Schusters."

Hartmud seufzte. Bereits zum dritten Mal spielten sie dieses Spiel. Und immer bei der einen, alles entscheidenden Frage, kam die gleiche Antwort: „Ich weiß es nicht!"

„Zum letzten Mal! Du sagst mir jetzt sofort, wie der andere Mann heißt, mit dem du dich getroffen hast."

Mondri Spitzohr schlich an der dunklen Mauer entlang. Er und die anderen Bogenschützen befanden sich bereits auf dem Weg zu dem großen Tor der Stadtmauer, um sich in Position zu bringen. In einer kleinen Seitengasse trafen sie auf die restlichen Elfen, welche die Vorhut gebildet hatten. Im Gegensatz zu den anderen vorgeschickten Kriegern, die versuchen sollten, die Burg zu erobern, war es ihre Aufgabe, bei dem vereinbarten Signal die beiden großen Torflügel zu öffnen, sodass das übrige Heer in die Stadt einfallen konnte, ohne zuvor eine langwierige Belagerung mitgemacht zu haben. Ansonsten wären sie beim Fall der Mauer zum einen so stark dezimiert, dass sie keine große Chance mehr gehabt hätten, und zum anderen würde der König der Menschen genug Zeit haben, um entweder die Burg uneinnehmbar zu machen oder zu fliehen. Dank der Spione, die der König der Elfen vor einiger Zeit in die Menschenstadt schickte, wussten sie nun, dass König Richard über mindestens einen geheimen Tunnel verfügte, der ihn direkt zu einem versteckten Boot brachte. Mit diesem könnte er ohne das Wissen der Elfen verschwinden. Woher diese Informationen stammten und ob diese zuverlässig waren, hatte man Mondri nicht mitgeteilt.

Jetzt jedoch standen sie zusammen mit den Kriegern der Vorhut in einer der dunklen Seitengassen und beratschlagten, wie sie am besten die Tore öffnen könnten, ohne dass dabei der Alarm ausgelöst würde.

Hartmud lockerte seinen Griff erneut. Mittlerweile hielt er den Gefangenen nur noch an einem winzigen Stück seines Mantels.

„Jetzt sag mir, wer dieser Mann war und was ihr trotz der Ausgangssperre heute Nacht getan habt!", brüllte er den Mann an. Speicheltropfen flogen ihm dabei aus dem wutverzerrten Mund und trafen den mysteriösen Mann im Gesicht.

Dieser zuckte durch die Nässe kurz zusammen, ehe er erneut stotterte: „Ich weiß nicht, wer der Mann war. Aber wie ich bereits sagte, ich habe ihm des Öfteren Ware meines Meisters verkauft. So auch heute."

Hartmud konnte es immer noch nicht fassen, dass ihm dieser Bengel so dreist ins Gesicht log. In diesem Augenblick, in dem er den jungen Mann noch einmal an seine Situation erinnern wollte, passierte es. Aus den Augenwinkeln sah er einen Schatten an der nahegelegenen Mauer vorbeihuschen. In dem Moment, in dem er zu dieser Stelle blickte, lockerte er seinen Griff so sehr, dass ihm der Stoff des Mantels durch die Finger glitt. Ein letzter Schrei verriet dem Wachmann, was in diesem Augenblick passiert war. Als sich Hartmud wieder zu dem Schusterlehrling umdrehte, um ihm noch einmal festzuhalten, hörte er den dumpfen Aufprall des Körpers auf dem Wasser des Brunnens.

Auch der Schatten war mittlerweile verschwunden, sodass Hartmud weder einen Gefangenen, der ihm vielleicht Informationen hätte geben können, noch die Spur dieses mysteriösen Schattens, der für ihn ein neues Rätsel offenbarte, hatte.

Horlon Schwertarm rannte, so schnell er konnte, die wenigen Stufen hinunter. Unten angekommen, suchte er schnellstmöglich Schutz im Schatten eines Pferdestalls, der auf dem Innenhof der Burganlage errichtet worden war. Das leise Schnauben der Tiere drang an seine Ohren, doch jetzt hatte er nicht die Zeit, sich mit ihnen zu beschäftigen. Schließlich musste er einen Auftrag von höchster Wichtigkeit erfüllen.

Aus diesem Grund schob er seinen Kopf um die Ecke des Gebäudes und schaute in alle Richtungen. Auch die hell erleuchteten Fenster ließ der Anführer der königlichen Leibgarde nicht aus. Erst als er wich vergewissert hatte, dass niemand in den Hof blickte, gab er seinen Gefolgsleuten das Zeichen, und sie sputeten sich ebenfalls, die Treppe von der Brüstung hinunter in den Hof zu nehmen. Kurze darauf waren sie wieder alle zusammen. Noch einmal wagte der Elf den Blick hinter dem steinernen Gebäude hervor und sah zu seinem Entsetzen eine kleine Gestalt auf den Stall zu laufen.

„Versteckt euch!“, gab er seinen Kriegern den leise geflüsterten Befehl und sie eilten um die nächste Ecke des kleinen Stalls, wo sie zwar vor der herannahenden Person in Sicherheit, für jeden Diener, der zufällig in den Hof blickte, jedoch sehr gut zu sehen waren. Horlon sah sich fieberhaft nach einem geeigneteren Versteck um, konnte auf die Schnelle jedoch nichts entdecken. Aus diesem Grund entschied er, an Ort und Stelle zu verharren und gleichzeitig einige Stoßgebete an ihren Gott zu senden, dass man sie nicht entdeckte.

Hilde verharrte bereits seit einer gefühlten Ewigkeit zusammen mit ihrem Sohn in dem Versteck hinter dem Haus. Noch immer hatte sie nichts von ihrem Ehegatten gehört. Für diese Situation kamen nur zwei Möglichkeiten in Betracht. Erstens, ihr Mann war von den Eindringlingen, sollte es diese überhaupt geben, umgebracht worden. Die zweite, für Hilde deutlich schönere Option war, dass Hartmud noch immer mit irgendetwas oder irgendjemandem kämpfte oder diesen gerade in diesem Augenblick den eigentlichen Wachen des Königs übergab. Immer öfter streckte sie ihren Kopf aus dem Versteck, um zu schauen, ob ihr Mann vielleicht gerade wieder zurückkam. Jedes Mal zog sie ihr Gesicht nach einigen Atemzügen wieder zurück, aus Angst, sich durch dieses leichtsinnige Verhalten den Feinden, von dem sie noch nicht einmal wusste, ob sie überhaupt existierten, gesehen zu werden.

„Warum sollte mir Hartmud sagen, ich solle mich mit unserem Kind verstecken, wenn es gar keinen Angriff gab?“, fragte sich die besorgte Mutter immer und immer wieder. Ihre leisen Zweifel, ob es überhaupt einen Grund gab, in dem Versteck zu verweilen, konnte sie nicht ersticken. Vielmehr wurden sie von Sekunde zu Sekunde lauter.

„Mama, ich hab Hunger“, meldete sich mit einem Mal ihr Sohn. Sein Magen knurrte wie auf Kommando im selben Augenblick. Mit einem mitleidigen Blick schaute sie ihn an.

Hartmud lief durch die engsten Gassen und breitesten Straßen der Stadt, ohne zu wissen, wohin er wollte oder wonach er suchte. Es war ihm bewusst, dass es gefährlich werden konnte, sollte er einer Wache in die Arme laufen, denn dann müsste er dieser erklären, weshalb er mitten in der Nacht und mit seinem Schwert in der Hand durch die Stadt lief. Die Wahrheit würde er jedoch nicht erzählen können. Außer dem toten Körper im Schacht des Brunnens, gab es keine Beweise, dass seine Geschichte stimmte. Aus diesem Grund hatte sich der Wachmann fest vorgenommen, die Stadt nach dem zweiten Mann zu durchsuchen. Schließlich war es nicht möglich, dass er sich einfach in Luft auflöste. Außerdem hoffte Hartmud, vielleicht wieder diesem merkwürdigen Schatten zu begegnen, den er kurz vor dem tragischen Unfall am Brunnen, an der Stadtmauer hatte entlang huschen sehen.

Mit jedem Schritt, den er tat, schwand seine Hoffnung jedoch und er hatte immer stärker das Bedürfnis, zurück nach Hause zu gehen und seiner Frau von den Geschehnissen der heutigen Nacht zu erzählen.

Gerade wollte Hartmud in eine kleine Gasse einbiegen, die ihn zu seinem Haus brachte, da vernahm er einen leisen, aber dennoch hörbaren Aufschrei.

Mikkaeil ließ ein entsetztes Stöhnen hören. In dem Augenblick, in dem er einen Schritt auf seinen Kommandanten zu gemacht hatte, trat er in eine Pfütze auf dem Boden. Mit einem Blick hinunter auf den Boden erbleichte er und sein Atem ging schneller. Der gesamte steinerne Boden war eine einzige große Lache aus Blut. Mit einem schnellen Blick hoch zu dem Oberbefehlshaber der wachhabenden Krieger bemerkte er nun, dass dieser nicht auf seinem Stuhl saß und angestrengt ein Pergament las. Er war lediglich so auf seinen Stuhl gesetzt worden.

Einige Augenblicke brauchte Mikkaeil, um seinen Herzschlag allmählich wieder zu beruhigen. Erst als dieser einigermaßen normal war, trat er einige Schritte weiter auf seinen Kommandanten zu. Bei genauerem Betrachten fiel dem Krieger ein langer, in der Dunkelheit jedoch kaum erkennbarer Schnitt am Hals auf.

In genau diesem Moment hörte er, wie die Tür mit einem lauten Knarren geöffnet wurde. Blitzartig drehte er sich um und sah im Türrahmen die Umrisse eine Person. Schnell zog Mikkaeil sein Schwert, um den Fremden zu attackieren. Doch bevor er diesen erreichte, traf ihn eine stählerne Klinge von hinten und fuhr durch seinen Rücken. Die Spitze stach aus seiner Brust heraus. Mit einem letzten, leisen Aufschrei fiel der Wachmann tot zu Boden. Seine Haare verklebten innerhalb von Sekundenbruchteilen durch das Blut des Kommandanten. Ein letzter Gedanke, der Mikkaeil durch den Kopf schoss, ließ ihn erschauern. Bevor das Schwert ihn durchbohrte, hatte er einen Blick auf seinen Gegner erhaschen dürfen.

Mondri schlich auf die Mauer zu. Seinen Bogen im Anschlag, bereit, bei der kleinsten Gefahr sofort zu schießen. Links und rechts neben sich sah er die anderen Elfen, dir ebenfalls mit Bogen bewaffnet waren. An der Treppe angekommen, lief der junge Elf die wenigen Stufen hinauf und duckte sich. Denn in dem Eifer der Situation hatte er nicht bemerkt, dass eine Wache ganz nah an der Treppe stand. Sobald er sich jedoch sicher war, dass weder die Wache vor, noch die rechts und links von ihm etwas bemerken würden, zielte er und ließ den Pfeil los. Kurz darauf brach der Wachmann vor ihm tot zusammen. Bevor der leblose Körper mit einem verräterischen Geräusch auf den Boden aufschlug, fing ihn Mondri auf und zog ihn die Treppen hinunter in den Hof. Einige Augenblicke später und er wäre einem anderen der wachhabenden Krieger aufgefallen. Denn dieser war, scheinbar um nach dem verschwundenen Wachmann zu suchen, in Richtung der Treppen gegangen und hatte dabei sein wahrscheinlich wärmendes Feuer verlassen.

Horlon blickte wie ein Tier auf der Flucht immer wieder nach rechts und nach links. Mittlerweile kam es ihm wie eine Ewigkeit vor, dass sie für jedermann sichtbar im Hof standen. Auch seine Gefolgsleute, das sah er ihnen an, fühlten sich dabei nicht gerade wohl. Ein Elf, der etwas jünger als er selbst war, schob sich zu dem Anführer der königlichen Leibgarde durch und flüsterte ihm ins Ohr: „Warum töten wir den Stallburschen nicht einfach?"

„Weil er von jemandem geschickt worden ist. Es würde auffallen, sollte der Junge nicht zurückkehren. Wenn man seine Leiche findet, würde außerdem sofort Alarm geschlagen werden, und dann können wir unseren Plan nicht mehr in die Tat umsetzen."

Der Krieger nickte und begab sich wieder auf seine Position. In diesem Moment hörte Horlon, wie das Tor des Stalls mit einem lauten Knarren aufging. Kurze Zeit später schlug es zu und ein rostiger Riegel wurde vor die Stalltür geschoben wurde. Dann entfernten sich hastige Schritte schnell. Als er um die Ecke des Gebäudes blickte, sah er, wie der Stallbursche in ein kleines Haus am anderen Ende des Hofes lief.

Gerade wollte der Elf den Befehl geben, die Baracke zu stürmen, da vernahm er ein lautes Keuchen hinter sich. Blitzartig drehte er sich um und sah, wie einer seiner Gefolgsleute zu einem Torbogen ganz in ihrer Nähe deutete. Mit einem kurzen Blick hinüber sah Horlon es. Eine Magd, die einen großen Eimer schleppte, war unter dem Bogen stehen geblieben und starrte die Elfen an. Dann entfuhr ihr ein lauter Schrei, der zumindest den Teil der Burg weckte, der zum Hof lag.

Mondri Spitzohr beobachtete den Wachmann aus dem Schatten eines Gebäudes heraus. Der Mann schien offensichtlich sehr überrascht davon, dass er niemanden vorfand. Denn immer wieder schaute er sich um. Nach einigen weiteren Augenblicken ging er zurück zu seinem Feuer. Genau darauf hatte der junge Elf gewartet. Mit einem schnellen Spurt lief er hinüber zu dem kleinen Haus, in dem er den Oberbefehlshaber der wachhabenden Krieger vermutete. Die Tür des Gebäudes war nur angelehnt. Schnell legte er einen neuen Pfeil an die Sehne seines Bogens und spannte ihn. Anschließend stieß er mit seinem Schuh die Tür komplett auf und sah noch, wie einer der Elfen der Vorhut dem Kommandanten die Kehle aufschlitzte. Den zusammengesunkenen Körper des Mannes richtete er so her, dass es aussah, als würde er einen Brief lesen. Mit einem kurzen Blick über die Schulter bemerkte Mondri, dass der überraschte Wachmann mit schnellen Schritten die nahegelegene Treppe hinunter und auf das Haus des Oberbefehlshabers der Wachhabenden zu schritt.

„Beeil dich und komm!“, zischte er dem anderen Elfen zu. Dieser beachtete ihn jedoch nicht, sondern versteckte sich in einem kleinen Schrank, der direkt hinter dem Tisch des Kommandanten stand.

Mondri hingegen versteckte sich hinter der Ecke des Gebäudes und wartete. Kurz darauf vernahm er das Knarren der aufgehenden Tür. Auch das Zuschlagen drang an seine Ohren. Der junge Elf schlich aus seinem Versteck und ging vorsichtig auf die Tür zu.

Als er diese öffnete verriet ihn das laute Knarren. Der Wachmann drehte sich zu ihm um und zog sein Schwert. Bevor er ihn jedoch erreichte, stach ihm der Elf der Vorhut mit seinem Schwert von hinten durch die Brust und der Mensch fiel tot zu Boden, direkt vor Mondris Füße. Dieser beachtete den leblosen Körper jedoch keine Sekunde, sondern lief die Treppe hinauf auf die Stadtmauer. Dort hatten die Bogenschützen mittlerweile alle Krieger beseitigt und selber die Posten eingenommen.

Gerade schaute der junge Elf auf den angrenzenden Wald, da sah er die ersten Fahnenträger des Elfenheeres aus den Schatten der Bäume treten.

Beginn der Rückkehr

Bolk kletterte in den Sattel seines Ponys. Dabei versuchte er, zumindest einigermaßen elegant auszusehen. Im Gegensatz zu den Elben waren es die Zwerge nicht gewohnt, sich mit Reittieren fortzubewegen. Sie benötigten Ponys nur in den Stollen oder beim Transportieren von schweren Gegenständen.

„Kann ich Euch behilflich sein, Herr Zwerg?“, fragte eine sehr helle Stimme hinter ihm. Noch bevor sich der Zwerg umgedreht hatte, wusste er, wer mit ihm gesprochen hatte.

„Nein!“, antwortete Bolk schroff und blickte seinen Gegenüber finster an. Die anderen Elben waren wenigstens so höflich gewesen und hatten ihn nicht auf seine gewiss lustigen Versuche angesprochen, auf das Pony zu gelangen.

„Ich dachte nur, weil Ihr ziemlich hilflos dreinschaut, Herr Zwerg“, erwiderte die Elbin und lächelte auf eine Art und Weise, die den Zwerg wütend machten. Nie wusste er, ob sie ihn auslachte oder nur höflich lächelte. Mit der Zeit hatte er sich deshalb dazu entschieden, auf diese Art der Mimik nicht mehr zu achten. So hatte er es geschafft, einigen seiner Wutausbrüchen zu entgehen. Denn immer, wenn ihn ein Elb ansprach, während Bolk erfolglos versuchte, etwas zu tun, fühlte sich der Zwerg verspottet.

„Ich blicke nicht hilflos drein. Ich will auch keine Hilfe!“, brüllte er die Elbin an, die danach noch breiter grinste und sich mit einer kurzen Verbeugung zum Abschied davon machte, um nun ebenfalls auf ihr Pferd zu steigen.

„Wieso muss sie nur mitkommen?“, fragte sich der Zwerg, ehe er Anlauf nahm und mit einem Kraftakt in die Luft und über den Rücken des Reittieres flog. Dabei hatte er allerdings zu viel Schwung. Mit einem lauten Poltern, das von seiner neu geschmiedeten Rüstung herrührte, landete Bolk auf der anderen Seite des Ponys auf seinem Hinterteil.

Ein einziges helles Lachen schallte über den Hof.

Sie bestieg ihr Pferd und wartete darauf, dass ihre Herrscherin den Befehl zum Aufbruch gab. Noch ein letztes Mal schaute sie hinüber zu dem Zwerg, der mittlerweile in dem Sattel seines Ponys saß und sehr angespannt wirkte. Wie es aussah, waren die Geschichten wahr, wonach Zwerge sich auf Reittieren nicht besonders wohlfühlten. Die meiste Zeit, so besagten es die Erzählungen, würden sie ihre Strecken, egal wie weit diese auch waren, zu Fuß zurücklegen. Dabei liefen sie sowohl über die flachsten und grünsten Ebene, als auch über die steinigsten und holprigsten Hügel und Berge. Einzig Flüsse und Bäche, so die Geschichten, mieden sie. Warum dies so berichtet wurde und ob diese Erzählungen auch tatsächlich der Wahrheit entsprachen, würde sie auf der langen Reise bis zu dem Treffpunkt, an dem sie auf die Delegation der Zwerge treffen würden, mit Sicherheit sehen dürfen.

Jetzt jedoch gab sie ihrem Pferd mit einem leichten Druck ihrer Stiefel in die Flanken des Tieres, den Befehl loszutraben. Die Immra, ihre Herrscherin, hatte soeben das Zeichen zum Aufbruch gegeben. Mit großer Neugier im Bauch ritt sie durch den hohen Bogen des gewaltigen Tores des Waldpalastes. Zum ersten Mal in ihrem Leben durfte sie ein solches Abenteuer miterleben.

Bolk spürte jeden noch so kleinen Stein, über den sein Pony trabte. Zwar musste er sich eingestehen, dass diese Art der Fortbewegung deutlich zügiger voranging als das Laufen, allerdings war es seiner Meinung nach deutlich anstrengender. Man musste sich an die Bewegungen des schaukelnden und hüpfenden Sattels anpassen, um nicht herunterzufallen. Besonders unangenehm war es auf solch steinigem Gelände wie dieses, auf dem sie gerade ritten. Es war besonders schwierig, einzuschätzen, welche Bewegungen sein Reittier machte. Einmal wäre es sogar fast auf einem kleinen Stein ausgerutscht und zusammen mit dem Zwerg hingefallen. Es hatte sich gerade noch so halten können. Viel größere Probleme bekam Bolk, denn durch diesen unerwarteten Stolperer, war er in seinem Sattel so weit nach vorne gerutscht, dass er beinahe über den Kopf des Ponys geflogen wäre. Zwei Elben hatten herbei reiten müssen und ihn gemeinsam zurück in seinen Sattel ziehen. Alles in allem war der Zwerg froh, wenn sie ihre erste Pause einlegen würden.

Die Immra ritt an der Spitze der kleinen elbischen Delegation. Neben der Aufgabe des Zuges, den wieder genesenen Zwerg zu seinem Volk zurückzubringen, wollte die Herrscherin über das Volk der Elben das erste Treffen seit vielen Jahrhunderten dazu nutzen, ein Band der Freundschaft zwischen ihren beiden Völkern zu knüpfen. Zwar war dieses nicht ganz uneigennützig, doch glaubte sie fest daran, dass auch der König der Zwerge an einem langjährigen Frieden interessiert war.

Es gab keine direkte Feindschaft zwischen dem Volk der Elben und dem der Zwerge, allerdings herrschte seit sehr vielen Jahrhunderten ein recht angespanntes Verhältnis. Würde es auch nur auf einer der beiden Seiten zu einer unüberlegten Handlung kommen, könnte dies eine von Zorn geprägte Attacke nach sich ziehen. Genau das musste die Immra verhindern. Einen Krieg konnte sie sich im Moment nicht leisten.

„Haltet an! Wir werden hier unsere erste Rast einlegen“, sagte sie mit erhobener Hand und Stimme. Die restlichen Elben befolgten ihren Befehl augenblicklich. Auch der Zwerg zügelte sein Pony und war einer der Ersten, der auf den moosbewachsenen Boden glitt.

Mit einem kleinen Lächeln beobachtete sie ihn, wie er mit schmerzverzerrtem Gesicht über sein Gesäß strich.

„Für den nächsten Abschnitt unserer Reise muss ich mir etwas überlegen. Schließlich will ich nicht, dass der Zwerg bei unserer Ankunft am Treffpunkt nicht mehr laufen kann“, überlegte sie.

Erst als alle ihre Krieger und Bediensteten abgesessen waren, ließ auch sie sich aus dem Sattel ihrer schneeweißen Stute gleiten.

Bolk war erfreut darüber, als er die Stimme der Herrscherin der Elben vernahm. Nach einer gefühlten Ewigkeit durfte der Zwerg endlich aus dem Sattel und auf den weichen Boden. Zwar hatte er sich mit der Zeit immer mehr an das unsichere Gefühl auf dem Rücken des Tieres gewöhnt, allerdings war ihm schon jetzt klar, dass er und das Reiten keine Freunde werden würden.

Kaum hatte Bolk den Boden mit seinen Füßen berührt, durchzuckte ein heftiger Schmerz sein Gesäß, und ohne an die Sitten zu denken, rieb er sich mit beiden Händen über die schmerzende Stelle. Die Blicke, die der Zwerg dabei von den scheinbar angewiderten Elben bekam, interessierten ihn nicht wirklich. Schließlich musste er, dass er es, so sein Gott es nicht anders mit ihm vorhatte, nie wieder mit den Elben zu tun bekommen würde.

Langsam erholte er sich von dem langen Ritt und dem ersten Abschnitt ihrer Reise. Insgesamt würden sie, wenn man den Einschätzungen der Elbin glauben durfte, die ihn in den letzten Tagen des Öfteren besuchte, zwei solcher Pausen einlegen und eine davon nutzen, um ihr Nachtlager zu errichten. Da es zurzeit jedoch weder dunkel war, noch danach aussah, als würden die Elben mit einer längeren Rast rechnen, nahm sich Bolk lediglich seine Flasche mit dem leckeren Wein der Elben und lief einige Male hin und her. Das musste er den Spitzohren wirklich lassen. Den Wein, den sie herstellten, schmeckte köstlich.

Die Immra ging hinüber zu der Stelle, an der sie den Zwerg zwischen die angrenzenden Bäume hatte verschwinden sehen. Ohne ein einziges Geräusch zu verursachen, schritt sie durch das Unterholz und hielt Ausschau nach einem Anzeichen, wo sich der Zwerg aufhielt.

Gerade wollte sie sich durch ein Gebüsch rechts von ihr durchkämpfen, da stapfte der kleine Mann hinter einem der Bäume vor.

„Huaah ... Kann man noch nicht einmal in Ruhe Wasser lassen?“, fragte dieser ganz erschrocken und funkelte die Herrscherin der Elben böse an.

Diese blickte ebenso verwirrt drein, versuchte aber, die Situation mit einem ihrer bezaubernden Lächeln wieder geradezubiegen, und antwortete: „Es tut mir außerordentlich leid, Herr Zwerg! Ich werde versuchen, beim nächste Mal, wenn ich auf der Suche nach Euch bin, etwas Krach zu machen, damit ihr mich auch kommen hört.“

Täuschte sie sich, oder war gerade tatsächlich ein kleines Grinsen über das bärtige Gesicht gehuscht. Sie versuchte, es zu ignorieren, und strich sich mit einer ihrer Hände das Haar aus dem Gesicht.

In diesem Augenblick, in dem das schwache Sonnenlicht, es hatte Mühe durch das Dickicht der Bäume bis auf den Waldboden zu dringen, auf ihre Ringe traf und diese zum Glitzern brachte, schien der Zwerg etwas zu realisieren. In seinem Gesicht machte sich eine merkwürdige Grimasse aus Verlegenheit, Verwunderung und Neugier breit.

Bolk erkannte erst jetzt, wen er vor sich stehen hatte. Es war nicht, wie er zunächst glaubte, diese ewig nervende Elbin, die ihn schon seit mehreren Tagen immer wieder besuchte, nein, es war die Herrscherin über das Volk der Elben höchstpersönlich, die ihn beinahe in eine extrem peinliche Situation gebracht hätte.

„Es tut mir sehr leid!“, sagte der Zwerg zur Immra und deutete ein entschuldigendes Lächeln an. Die Frau ihm gegenüber bemerkte offenbar, wie schwer es ihm fiel, sich bei einer Person ihres Volkes zu entschuldigen. Es hatte schließlich viele Jahre lang einen großen Riss zwischen ihren Völkern gegeben, den sich eigentlich niemand erklären konnte. Ihr Grinsen verstärkte sich und sie sagte mit engelsgleicher Stimme: „Ihr habt wirklich keinen Grund, Euch zu entschuldigen, Herr Zwerg! Doch wo wie nur schon einmal beisammen sind, hätte ich einige Fragen an Euch.“

Der Zwerg hob fragend eine Augenbraue und dachte sich: „Wieso hat sie fragen an mich?“

Er antwortete jedoch: „Selbstverständlich könnt Ihr mir jede Frage stellen. Ich werde sie nach bestem Wissen beantworten.“

Wieder lächelte die Herrscherin über das Volk der Elben und erwiderte: „Erklärt mir doch bitte, wie ich mich bei dem Treffen mit Eurem König zu verhalten habe. Gibt es irgendwelche bestimmten Rituale?“

Bolk war von dieser Frage sehr überrascht, nickte jedoch und holte tief Luft. Dann begann er zu erzählen ...

Der Fluch des Dondrodis

Richard hatte es beinahe geschafft. Es würde nicht mehr lange dauern und der Geist dieses Elfen wäre gebrochen. Anschließend würde er, Richard, über das wertvollste Wissen der Welt verfügen. Denn dann wüsste er endlich, wo das Versteck der magischen vier Diamanten war.

„Du wirst mich niemals brechen!", presste der Gefangene vor ihm heraus, während er mit vor Anstrengung verzerrtem Gesicht den König der Menschen beobachtete.

„Das werden wir noch sehen", erwiderte Richard mit einem Lächeln, aber dennoch nicht weniger angestrengt.

Der Kampf war lange Zeit ausgeglichen gewesen, doch vor einigen Minuten hatte es der König tatsächlich für kurze Zeit geschafft, die immer stabiler werdende Mauer um den Geist des Elfen an einer Stelle zu zerstören. Doch als er dann durch das Loch geschlüpft war, musste er feststellen, dass sich dahinter eine zweite, noch stabilere Mauer verbarg.

Zwar sah er, je näher er dem Kern der Vielzahl an geistigen Schutzwällen kam, immer mehr Erinnerungen des Elfen, allerdings konnte er mit diesen noch nichts anfangen.

Während der eine Teil von ihm fieberhaft versuchte, weiter vorzudringen, überlegte der andere, ob man nicht doch etwas mit diesen Gedanken anfangen konnte.

„Mein Herr!", schallte eine Stimme an seine Ohren und Richard war für einen kurzen Augenblick abgelenkt, was dem Gefangenen die Gelegenheit einbrachte, seine eingestürzten Mauern wieder zu errichten und den König der Menschen somit komplett aus seinem Geist zu verdrängen.

Wütend schlug Richard die Augen auf und beendete den geistigen Angriff.

Er bemerkte, dass der Druck, der hinter dem magischen Angriff steckte, schwächer wurde und von ihm abließ. Diese Chance musste er einfach nutzen. Mit letzter Kraftanstrengung errichtete er in seinem Geist neue Schutzwälle und schaffte es so, den Angreifer zurückzudrängen.

Einige Augenblicke verharrte er noch in seinem Geist, um bei einem möglichen erneuten Angriff auf sein Wissen gewappnet zu sein, doch dieser blieb aus. Er schlug seine Augen auf und erkannte, dass der König der Menschen sich intensiv mit einem anderen Mann unterhielt. Dieser war in eine schwarze Rüstung gekleidet. Einzig den Helm, den er unter dem Arm hielt, saß nicht an der üblichen Stelle. Erst nach und nach erhielt der Elf seine Sinne zurück. Es war einer der Nachteile, wenn man sich zu lange in seinem Geist aufhielt, man verlor nach und nach die einzelnen Sinne. Würde er sich mehr als einen Tag nicht in der Realität bewegen, könnte es sogar passieren, dass er einen Sinn für immer verlieren würde.

„Wie bitte? Die Stadtmauer ist verloren? Wie haben es diese Viecher denn hinter den Schutzwall geschafft?“, schrie der König seinen Krieger an.

Dieser zuckte ein wenig zusammen, ehe er mit gesenkter Stimme und betretend zu Boden schauend erklärte: „Das wissen wir nicht. Aber das ist nicht das einzige Problem, mein Herr. Einige der Elfen haben es scheinbar hinter die Burgmauer geschafft. Eine Magd erzählte mir, dass sie eine Schar von Bewaffneten im Inneren Hof gesehen hätte, ehe sie weglief, um mir Bericht zu erstatten.“

Als der Elf diese Worte vernahm, konnte er sie zunächst nicht richtig einordnen. Erst nach einigen Momenten verstand er, was der Mann in der schwarzen Rüstung gerade gesagt hatte.

Richard wandte sich mit einem wütenden Schnauben von seinem nach ihm obersten Offizier ab. Erst jetzt bemerkte der König, dass der Gefangene scheinbar die wichtigsten Neuigkeiten mitgehört und auch verstanden hatte. Eine verächtliche Grimasse legte sich auf das Gesicht des Königs und zeigte dem Elfen, welcher Hass in ihm brodelte.

„Auch wenn deine Freunde offenbar eine Lücke gefunden haben, durch die sie hinter die Mauern der Stadt und meiner Burg gelangt sind, werde ich sie nicht entkommen lassen. Keiner dieser Viecher wird sich meinem Schwert auf ewig entwinden können. Und was dich angeht, du elendiger und dreckiger Elf, du wirst tot sein, ehe sie dich finden werden. Obwohl ich sogar glaube, dass du der letzte deines Volks sein wird, der jemals das Tageslicht sehen wird. Denn für deinen Tod werde ich dich hinauszerren. Du sollst sehen, wie sich die Leichen deiner Freunde in den Gassen meiner Stadt stapeln. Niemand kann mir das Wasser reichen."

Ein grausames und boshaftes Lachen entwich seiner Kehle. Es wurde immer lauter, sodass es bald schon wie ein mehrstimmiger Chor von den steinernen Wänden widerhallte und dem Elfen offensichtlich rasend vor Wut machte. Sein Gesicht verzog sich zu einer bestialischen Grimasse.

Der Elf kochte vor Wut. Die Worte, die aus dem Mund seines Gegenübers kamen, entfachten ein loderndes Feuer des Zornes in ihm. „Wenn ich hier jemals rauskomme, werde ich ihn eigenhändig töten", sagte er sich. „Wenn du auch nur einem meines Volks etwas antust, dann werde ich ..."

„Was wirst du dann?", fiel ihm der König der Menschen ins Wort. „Mir etwa etwas antun? Dass ich nicht lache! Du bist noch nicht einmal in der Lage, zumindest ein wenig deiner Würde zu behalten. Schaue dich doch mal an."

Der Mann lachte laut auf und konnte sich kaum beruhigen, dann jedoch drehte er sich um und verließ den Raum, verließ den Kerker.

Der Elf saß alleine in dem steinernen Verlies, in dem er die letzten Jahre gelebt hatte. Nichts kam ihm mittlerweile abscheulicher vor als diese grauen Steine, diese Kälte und dieser Schmerz. Nichts, außer dem Gedanken daran, was Richard wohl damit gemeint hatte, dass kein Elf ihm das Wasser reichen könne.

Der König der Elfen ritt auf seinem wunderschönen Pferd an der Spitze des Heeres. Direkt hinter ihm gingen die Fahnenträger, die das Wappen des elfischen Volks hoch in die Luft hielten. Erst danach kamen die Krieger, wobei zunächst die wenigen berittenen, die zu der Leibgarde des Königs zählten, dann die übrigen Krieger und ganz zum Schluss die Bogenschützen. Sie alle marschierten auf die Stadt der Menschen zu.

Der König betrachtete von seinem Pferd aus die kleine Armee, die er zusammengestellt hatte. Zwar war sein Volk nicht gerade sehr groß, allerdings wollten fast alle mit in die Schlacht ziehen. Einzig die Alten sowie die Kinder mit ihren Müttern hatte er zurücklassen müssen.

Er wandte sich und sein Ross nach einigen Augenblicken wieder der Stadt zu. Auf der Mauer erhoffte sich der König seine eigenen Krieger und nicht die des Menschenkönigs. Nur dann würde sein Plan umsetzbar sein und er und seine Gefolgsleute eine Chance haben, gegen die deutliche Überzahl des menschlichen Heeres zu bestehen.

Der Elf saß in einer Ecke seines Verlieses und malte sich aus, was draußen in der Stadt wohl vor sich ging. Hatten die Krieger seines Königs vielleicht schon die gesamte Stadt eingenommen und versuchten sie jetzt, die Burg zu stürmen? Oder konnte Richard sie mit seinen brutalen Rittern abwehren und sogar Schritt für Schritt zurück drängen? War sein Kind vielleicht auch unter den Kriegern des Elfenheeres oder war es zusammen mit seiner Mutter im Wald geblieben?

Fragen, die dem Elf immer und immer wieder durch den Kopf gingen, während er frierend und keuchend von der kurz zuvor noch erbrachten Anstrengung in seinem Gefängnis hockte und betete. Immer wieder sandte er seine Hoffnungen und seine Bitten hinaus. Doch wohin eigentlich? Einen Gott, an den er und sein Volk glaubten, gab es nicht. Bisher hatten sie ihre Gebete, wenn sie welche gesungen oder gesprochen hatten, immer an die Natur oder an die vier magischen Diamanten gerichtet. Beides war von diesem Kerker der Burg Richards zu weit entfernt, als dass er etwas mit seinen Bitten bewegen könnte.

Richard ließ sich gerade seine Arm- und Beinschienen anlegen, als er das Horn vernahm. Aus seinen Reihen kam dieses Signal nicht. Viel wahrscheinlicher war es, dass die Elfen bereits mit ihrem Heer vor den Toren seiner Stadt standen und jeden Augenblick mit der Belagerung begannen. Den Berichten nach sollten es einige dieser Kreaturen tatsächlich geschafft haben, in die Stadt und teilweise sogar bis in seine Burg vorzudringen. Er schenkte ihnen keinen Glauben. Zwar hatte er im Beisein des Elfen so getan, als würde er sich darüber ärgern, mögliche Schwachstellen seiner Festung übersehen zu haben, doch war alles nur gespielt.

Noch während er sich Gedanken darüber machte, wie er alle Elfen am besten erledigen konnte und was sie überhaupt dazu veranlasst hatte, so töricht zu sein, seine Stadt anzugreifen, erklang ein zweites Hornsignal. Dieses schien jedoch nicht wie das erste von außerhalb der Stadt zu kommen. Vielmehr schien es von der Mauer herzurühren. Doch auch dieser Ton klang vollkommen anders, als die Hornsignale seiner Krieger.

„Haben sie die Stadtmauer vielleicht doch schon eingenommen?" Dem König der Menschen kamen plötzlich Zweifel. Noch ehe er diese beiseiteschieben konnte, erklang ein drittes Horn. Dieses, so schien es, wurde im Inneren seiner Burg geblasen.

Erst jetzt wurde dem König allmählich bewusst, dass dieser Kampf vielleicht doch nicht so schnell vorbei sein würde, wie er es sich erhofft hatte.

Mondri vernahm das vereinbarte Hornsignal. Er blickte hinüber zu dem Kommandanten der Vorhut, der einige Schritte links von ihm stand und nun seinerseits an dem Horn, das an seinem Gürtel hing, herumnestelte. Als er dieses nach einigen Atemzügen endlich abgenommen und an den Mund gesetzt hatte, spürte Mondri Spitzohr, dass dieser Ton, der nun ertönte, vielleicht der Ton der Freiheit war. Jetzt wussten alle Krieger vor den Toren der Menschenstadt, dass die Schlacht begann.

Einige weitere Augenblicke vergingen, bis zum dritten Mal an diesem Tag ein Signalhorn ertönte. Dieses befand sich jedoch weder vor der Stadt, noch auf der Stadtmauer. Nein, es gehörte zu Horlon Schwertarm, der sich hinter den noch größeren Burgmauern befand. „Endlich ist es soweit! Vielleicht finde ich in der Schlacht meinen Vater wieder", sagte sich der junge Elf, während er zusammen mit den anderen Bogenschützen die Treppen des Schutzwalls hinabeilte, um sich auf den Dächern der größten Häuser der Stadt zu verteilen. Von dort würden sie die Krieger Richards als leichte Beute beschießen können. Während Mondri durch die Gassen der Stadt lief, um sich ein geeignetes Haus zu suchen, bemerkte er immer wieder, wie Köpfe hinter Fensterscheiben auftauchten und beim Anblick des Elfen schnell wieder verschwanden.

Horlon Schwertarm setzte das Horn an den Mund und blies hinein. Der Ton, der nun über die Stadt schallte, löste in ihm ein Gefühl der Freiheit aus. Jetzt war der Zeitpunkt gekommen, das

Schicksal des Volks der Elfen in die eigene Hand zu nehmen. Kaum hatte Horlon das Signalhorn wieder an seinen Gürtel gehängt, da vernahm er auch schon einen Ruf. Er kam aus nordöstlicher Richtung und stammte von einem dicklichen Krieger, der aus der naheliegenden Baracke schaute. Als sein Blick auf die Gruppe elfischer Krieger fiel, konnte er seinen Augen nicht trauen. Einige Lidschläge später schaffte er es erst, sich wieder zu fangen, und die restlichen Wachen im Inneren des kleinen Hauses zu alarmieren. Auch Horlon brüllte seine Befehle, die von den üblichen Kriegern sofort befolgt wurden.

Während die Hälfte von ihnen mit erhobenen Waffen auf das Haus zustürmte, betrat der Rest ein nahegelegenes Gebäude, um es zu durchsuchen. Zu ihrer großen Überraschung fanden sie dort einige Waffen, darunter auch Bogen und Armbrüste. Scheinbar hatten sie eine kleine Waffenkammer entdeckt. Während sich die meisten von ihnen Bogen und Pfeile nahmen, trauten sich lediglich zwei Elfen an die Armbrüste und ihre Bolzen. Sobald sie vollkommen ausgerüstet waren, stürmten sie nach draußen, um ihren Freunden zur Seite zu stehen. Horlon hatte sich eine Armbrust genommen und lud diese nun zum ersten Mal.

Hartmud musste schlucken. Was er dort vor sich sah, übertraf seine schlimmsten Befürchtungen. Dort, wo normalerweise die Nachtwächter Wache hielten, standen nun Krieger der Elfen. Sie hatten anscheinend ohne Verluste die Mauer seiner über alles geliebten Stadt überrannt und sich somit Zutritt verschafft. Jetzt vernahm er mehrere verschiedene, aber vor allem fremdartige Hornsignale. Was das zu bedeuten hatte, konnte sich der Wachmann nur vorstellen. Wenn er sich nicht sehr irrte, schien vor den Toren der Stadt weitere Elfen darauf zu warten, hineingelassen zu werden.

Noch während er sich über die bislang vorgefallenen Geschehnisse Gedanken machte, sah er, wie ein Flügel des gewaltigen Tores mit einem lauten Knarren und Ächzen sehr langsam aufschwang. Offensichtlich hatten die bereits in der Stadt befindlichen Feinde die Winden gefunden, mit denen man die Tore öffnen konnte. Jetzt gab es für Hartmud nur noch eine Möglichkeit: Er musste alles daran setzen, diese elendigen Kreaturen daran zu hindern, in Scharen in die Stadt einzufallen. Zwar wusste er, dass die Situation für ihn nicht aussichtsloser hätte sein können, doch war auch keine Zeit mehr da, um auf Verstärkung zu warten. Das Einzige, was er nun tun konnte, war das Öffnen des zweiten Flügels zu verhindern und einige Stoßgebete gen Himmel zu senden, dass sein König bereits Kenntnis über den Angriff der Elfen hatte.

Richard schwang sich auf sein Pferd, während ihm über die Lage in den Straßen der Stadt Bericht erstattet wurde. Mit einem besorgten Unterton erzählte sein oberster Kommandant ihm, was sich in der Zeit, zwischen dem ersten Bericht und jetzt alles getan hatte: „Ich habe Krieger in Richtung der Stadtmauer geschickt. Doch noch ehe sie die Hälfte der Strecke hinter sich gebracht hatten, wurden sie von einem Pfeilhagel überrascht. Keiner von ihnen hat überlebt. Es scheint ganz so, als hätten die Elfen einige Häuser erklommen, um uns mit Bogenschützen zurückzuhalten. Bisher haben wir noch keine Stelle gefunden, an der wir an den Bogenschützen unbemerkt vorbeikommen."

„Wie sieht es mit dem Stadttor aus? Können wir es noch halten?", fragte der König.

„Es tut mir leid, mein Herr, Euch die schlechte Nachricht überbringen zu müssen, aber die Stadt ist verloren. Die Tore sind geöffnet und während wir hier miteinander sprechen, marschieren die Bestien in Scharen durch die Gassen und Straßen auf die Burg zu. Es scheint ganz so, als hätten sie es schon seit längerer Zeit geplant."

Richard kochte vor Wut, als er diese Neuigkeiten vernahm, und brüllte den Mann vor sich an: „Die Stadt ist erst verloren, wenn ich es sage!" Anschließend setzte er sich seinen Helm auf und ritt an die Spitze der Berittenen, die sich an einem geheimen Ausgang der Burg versammelt hatten.

„Wenn alles glatt läuft, werden wir diese Viecher schon am morgigen Tag endgültig los sein", dachte er sich, bevor er den Befehl zum Aufbruch gab.

Horlon Schwertarm spähte um die Ecke des kleinen Gebäudes und suchte die Umgebung nach Feinden ab. Da er niemanden entdeckte, gab er den anderen Kriegern ein Zeichen und sie liefen so schnell, wie sie konnten, auf den Eingang des Schlosses zu. Nach dem gewonnenen Kampf gegen die wenigen Wachen, die sich in der Baracke befunden hatten, waren sie, ohne auch nur eine Sekunde zu zögern, weitermarschiert. Ihr eigentlicher Auftrag war es, König Richard zu finden und zu töten. Sollte ihnen dies nicht gelingen, mussten sie zumindest versuchen, den restlichen Kriegern ihres Volks schon mal die meisten Hindernisse aus dem Weg zu räumen.

Jetzt standen sie kurz davor, das Schloss zu betreten und dort die Räume nach dem feindlichen König zu durchsuchen.

„Bald sind wir frei!", dachte sich der Anführer der königlichen Leibgarde, bevor er seinen Kriegern den Befehl gab, das Schloss zu stürmen.

Der König der Elfen ritt als Erster durch das große und mittlerweile weit geöffnete Tor in die Stadt hinein. Ein Gefühl der Freiheit durchströmte ihn. Zum ersten Mal seit langer, viel zu langer Zeit, kämpften die Elfen für ihre Freiheit. Bald schon, davon ging der Herrscher des Elfenvolks felsenfest aus, würden sie ein freies und vor allem ein Volk ohne Angst sein.

„Mein Herr, wir haben die Stadt in unserer Gewalt. Die Bogenschützen halten die Angreifer zurück und wir marschieren langsam, aber konstant in Richtung Burg. Dort versucht der zweite Teil der Vorhut, den König zu finden, um ihn zu töten", berichtete ihm ein Elf, der direkt hinter den Toren gewartet hatte.

„Wie verhält sich die restliche Bevölkerung?", erkundigte sich der König.

„Die meisten bleiben in ihren Häusern. Ein kleiner Teil versucht, uns aufzuhalten. Zumeist können wir sie, ohne die Waffen zu erheben, dazu bringen, sich zu ergeben. Einige wenige mussten wir mit Gewalt zurückdrängen." Der König nickte und erteilte anschließend den Befehl, das elfische Heer aufzuteilen, um die Burg zu belagern.

Mondri Spitzohr legte einen neuen Pfeil an, spannte die Sehne und schoss. Das Geschoss surrte durch die Luft und traf den Krieger in die Brust. Kurz strauchelte der Feind, doch dann fing er sich wieder und lief mit erhobenem Schwert weiter. Nur wenige Augenblicke später trafen ihn gleich zwei Pfeile und er fiel tot zu Boden. Es war bereits der zehnte Krieger, der auf diese Art und Weise niedergestreckt wurde. Noch immer kamen weitere aus dem

Inneren der Burg. Scheinbar wollte der König der Menschen seine Männer solange gegen die Feinde anrennen lassen, bis ihnen die Pfeile ausgingen. Dann würde sich der Kampf auf die Straßen der Stadt verlagern und die Menschen würden wahrscheinlich eine viel größere Chance erlangen, die Elfen zurückzudrängen.

„Vielleicht ist es auch nur eine Ablenkung", schoss es dem jungen Elfen plötzlich durch den Kopf und er überlegte fieberhaft, wie sich feststellen ließ, ob seine Vermutung der Wahrheit entsprach oder nicht. Ihm keine Möglichkeit ein, außer der, einen Spion in die Burg zu schicken, weswegen er zum wiederholten Male einen Pfeil anlegte und zielte.

Richard trieb sein Pferd an, noch schneller zu galoppieren, sodass es schon Schaum vor dem Maul hatte. Er hatte sein Ziel beinahe erreicht. Zusammen mit den anderen Berittenen war er durch einen geheimen Ausgang aus der Burg geritten. Anschließend war er in einem großen Bogen durch den Wald gehetzt, um nun geradewegs auf das Stadttor und seine Mauer zuzuhalten. Mit dieser Finte hatten die Elfen mit großer Sicherheit nicht gerechnet. Zur Ablenkung hatte er befohlen, weiterhin mit allen möglichen Mitteln die Stadt zurückzuerobern.

Zwar waren er und seine dreißig Reiter zahlenmäßig deutlich unterlegen, jedoch würden sie durch den Überraschungseffekt einen beträchtlichen Schaden bei der feindlichen Armee erzielen können. Dies allein, so hoffte der König der Menschen, würde das Heer der Elfen auseinandertreiben, sodass seine restlichen Krieger von der Burg her die Chance bekamen, an den Bogenschützen auf den Dächern vorbeizugelangen. Das Ziel war es, die Kreaturen in einen Kampf in den Straßen der Stadt zu verwickeln. Dann könnten die Bogenschützen sie nicht mehr mit Pfeil und Bogen beschießen, ohne Angst zu haben, versehentlich einen ihrer eigenen Krieger zu treffen und zu töten. Mit diesen Gedanken gab Richard seinem Hengst ein letztes Mal die Sporen, bevor er mit einem lauten Schrei zum Angriff rief. Die restlichen Berittenen fielen in seinen Ruf mit ein und preschten vorwärts.

Nach wenigen Sekunden ritten sie durch das immer noch weit offen stehende Stadttor und zogen ihre Schwerter, bereit für den Kampf.

Mondri wandte sich für einen kurzen Augenblick von den heranstürmenden Kriegern ab, um einen Schluck aus seiner Wasserflasche zu trinken. In dem Moment, in dem er sich umdrehte, sah er sie: mindestens zwei Dutzend ganz in schwarz gerüstete Reiter. Mit einer Geschwindigkeit, als wäre ein Holder hinter ihnen her, galoppierten sie mit gezückten Schwertern durch das offen stehende Stadttor. Wenn der junge Elf nicht sofort etwas unternahm, würden sie die letzten Reihen der Elfen ohne Gegenwehr niedermetzeln können.

Ohne einen weiteren Augenblick zu zögern, legte Mondri einen Pfeil an die Sehne, spannte und zielte. Kurz darauf ließ er das Geschoss durch die Luft fliegen. Nur haarscharf verfehlte es den ungeschützten Hals des vordersten Reiters. Dieser schüttelte sich einen kurzen Moment, dann blickte er suchend nach dem Angreifer umher. Der junge Elf legte seinen Bogen auf das Dach des Hauses, auf dem er stand, ab und sprang in die Luft, wild mit den Armen rudernd. So wollte er auf sich aufmerksam machen, um die Reiter so vielleicht in seine Richtung locken können.

„Was machst du da?“, blaffte ihn sein Befehlshaber an, der nur wenige Meter von ihm entfernt auf einem anderen Dach stand und die feindlichen Krieger mit seinen Pfeilen beschoss.

„Ich versuche, die Reiter dahinten abzulenken“, antwortete der junge Elf atemlos, während er auf die herannahende Gefahr deutete. Bei diesen Worten drehte sich der Kommandant der kleinen Einheit von Bogenschützen um und riss die Augen vor Schreck weit auf. Im nächsten Augenblick ließ er seine Waffe fallen und setzte ein Horn, das zuvor an seinem Gürtel gehangen hatte, an den Mund. Nur wenige Sekunden später erklang zum vierten Mal an diesem Tag ein Signal.

Richard schüttelte sich einmal und zuckte kurz zusammen, als ein Pfeil ihn nur einen fingerbreit verfehlte. Anschließend schaute er sich um und versuchte so, den unbekannten Bogenschützen ausfindig zu machen. Es dauerte nur wenige Augenblicke, da entdeckte er eine Gestalt, die nicht weit von seinem Standpunkt auf einem Haus stand, hüpfte und dabei mit seinen Armen wedelte. Scheinbar wollte diese Person, dass er auf sie aufmerksam wurde. Noch während er überlegte, ob er sich zusammen mit seinen Reitern um diesen einen Bogenschützen kümmern sollte, erklang erneut ein fremdartiges Signalhorn.

Kurz darauf erkannte der König der Menschen, dass sich einige berittene Elfen zu ihnen umwandten und, als sie sie erblickten, auf ihn und seine Gefolgsleute zu galoppierten. Scheinbar hatte der Bogenschütze durch seine Aktion die anderen seines Volkes vor der herannahenden Gefahr warnen wollen. Diese Warnung kam für einige der Kreaturen zu spät, denn trotz des Überraschungsangriffs war Richard mit seinen Kriegern weiterhin auf die hintersten Reihen des elfischen Heeres zu geritten.

In dem Augenblick, in dem das Horn der Feinde wieder verstummte, schlug der König der Menschen dem ersten der vielen Kreaturen, die er abgrundtief hasste, den Kopf von den Schultern.

Erst einige Atemzüge später versuchten die Elfen, ihnen bei ihrem Angriff etwas entgegen zusetzen.

Horlon Schwertarm vernahm den Ton des Horns in dem Augenblick, in dem er die erste Tür im Inneren des Schlosses öffnete. Einen kurzen Moment zögerte er deshalb, bevor er das Zimmer betrat, und feststellte, dass er offensichtlich eines der vielen Gemächer der unzähligen Diener des feindlichen Herrschers gefunden hatte.

„Mein Herr, was bedeutet dieses Signal?“, fragte ihn einer der Elfen, die mit ihm zusammen den nördlichen Teil des langen Ganges nach König Richard durchsuchte.

Horlon zuckte mit den Schultern, schüttelte seinen Kopf und antwortete dann: „Ich weiß es nicht. Vielleicht bedeutet es, dass unsere Brüder und Schwestern vor den Toren der Burg stehen und darauf warten, hineingelassen zu werden.“

„Sollten wir nicht jemanden zu der Burgmauer schicken, um überprüfen zu lassen, was vorgefallen ist?“, hakte der Krieger erneut nach.

Horlon gefiel diese Idee und er nickte. Kurz darauf war ein Elf aus der Vorhut entsandt worden, um sich einen Überblick zu verschaffen. Noch ehe der Anführer der königlichen Leibgarde den nächsten Raum betreten konnte, kam der losgeschickte den Gang entlang gehastet, ihm auf den Versen waren vier ganz in schwarz gerüstete Krieger.

Mondri Spitzohr sah von seinem erhöhten Standort aus, wie die berittene Leibgarde seines Königs den feindlichen Reitern immer näher kam. Erst nach weiteren Augenblicken bemerkte der junge Elf, dass er seine eigentliche Aufgabe, nämlich die feindlichen Angreifer mit Bogen und Pfeil zurückzuhalten, bereits seit einiger Zeit vernachlässigte.

„Nimm sofort wieder deine Waffe auf und schieß von mir aus diese Reiter ab. Aber steh nicht einfach nur regungslos da rum!“, kam im selben Augenblick der Befehl seines Kommandanten.

Mondri drehte sich zu ihm um und sah, dass er mit wütendem Blick angestarrt wurde. Der junge Elf nickte und hob seinen Bogen auf. Kurz darauf hatte er bereits den ersten Pfeil in Richtung der schwarzen Reiter geschossen und versuchte nun, diese daran zu hindern, die vollkommen überraschten Elfen niederzumetzeln.

Hilde kauerte sich gemeinsam mit ihrem Sohn in dem Versteck zusammen. Der Lärm, der sich gegenüberstehenden Krieger, betäubte sie. Nichts anderes konnte sie mehr wahrnehmen, als das Schreien eines Mannes, wenn er tödlich getroffen oder verletzt wurde, das Scheppern einer Rüstung, wenn jemand zu Boden ging, das Schreien der Befehle und das Geräusch, das die Krieger verursachten, wenn sie einen Schritt nach dem anderen machten.

Ihr Sohn neben ihr zitterte und schluchzte schon seit geraumer Zeit, doch seine Mutter war wie gelähmt vor Angst und vor Schrecken, als dass sie sich um ihr weinendes Kind hätte kümmern können. Die Ungewissheit, von welcher der beiden Armee das Schreien der Verwundeten kam und welches der beiden Heere in diesem Augenblick einen Vorteil besaß, machte sie fast wahnsinnig. Dazu kam noch das mulmige Gefühl, dass ihr geliebter Ehemann irgendwo dort draußen sein musste und sich entweder mitten im Kampf mit einem Elfen befand, oder irgendwo tot in einer der staubigen Gassen der Stadt lag.

Bei diesem Gedanken wurde ihr schlecht, doch riss diese Befürchtung sie aus ihrer Starre, und erst jetzt bemerkte sie, dass ihr Sohn sie rüttelte und von ihr in den Arm genommen und getröstet werden wollte. Hilde blickte ihn einen kurzen Moment ungläubig an, dann jedoch drückte sie ihn an ihre Brust und beruhigte ihn.

Richard stach dem Elfen vor sich sein Schwert durch die Brust. Als er es wieder herauszog, war die Klinge rot vor Blut. Da die Elfen sich über die gesamte Breite der Straße verteilt hatten, war es für sein Pferd schwierig geworden, vorwärtszukommen. Aus diesem Grund hatte er sich aus seinem Sattel geschwungen und kämpfte sich seit diesem Augenblick ohne sein Ross durch die Menge an Feinden. So gelang es ihm deutlich besser, viele Elfen in einer kurzen Zeitspanne zu töten. Er bemerkte aber auch, dass die Reiter der elfischen Armee ihm und seinen Männern immer näherkamen. Aus diesem Grund schlug er seinem Gegenüber mit einem schnellen Hieb die Waffe aus der Hand und stach ihm mit seinem Schwert mitten durch das Herz. Einige Hautfetzen blieben beim Herausziehen an der Schneide hängen. Diese wischte er schnell am Mantel des gerade eben Getöteten ab und entwich noch rechtzeitig in eine Seitengasse, bevor ihn der Schwertstoß einer der berittenen Elfen traf. Erst dann schlug er seinerseits zu und traf das Pferd des Kriegers am rechten Vorderbein. Es wieherte einmal kurz auf und brach zusammen. Das abgetrennte Bein kullerte über den staubigen Boden. In dem Moment, in dem der Reiter von seinem Ross stürzte, stach der König der Menschen nach ihm und traf mit einem sehr gut gezielten Stoß die einzig ungeschützte Stelle am Hals des Elfen.

Horlon Schwertarm stieß dem Krieger, dem er gegenüber stand, mit seinem Schwert gegen die Rüstung. Sein Schlag war dabei so gewaltig, dass eine tiefe Beule in den Platten der Brustpanzerung zu sehen war. Scheinbar hatte der Mann durch diese Ausbeulung Probleme beim Atmen, denn immer wieder griff er sich an den Hals und schnappte nach Luft. Der Anführer der königlichen Leibgarde ließ sich davon jedoch nicht ablenken. Vielmehr versuchte er nun, diesen Schwachpunkt des feindlichen Kriegers auszunutzen. Immer wieder schlug er auf die gleiche Stelle, bis der Mann plötzlich bewusstlos zusammenbrach. Nur einige Lidschläge später tropfte Blut aus seinem Mund und er hörte auf zu leben.

Horlon hielt sich nicht lange mit dem Toten auf, sondern lief hinüber zu den restlichen Elfen, die ebenfalls in Kämpfe verwickelt waren, und versuchte, ihnen zu helfen.

Gerade hatte er einen der in schwarz gerüsteten Krieger von hinten attackiert, da sah er aus den Augenwinkeln, wie ein Elf blutüberströmt zusammensank. Über ihm stand einer der feindlichen Ritter und hob sein Schwert zum entscheidenden, tödlichen Stoß. Ohne großartig darüber nachzudenken, was er tat, zog Horlon seinen Dolch aus der Halterung an seinem Gürtel und warf diesen mit einem gezielten Wurf in Richtung des Feindes. Zwar prallte die Klinge von der Rüstung des Mannes ab, allerdings hatte der Anführer der königlichen Leibgarde erreicht, was er wollte, denn der Krieger wandte sich von dem am Boden liegenden Elfen ab und kam auf Horlon zu. Dieser streckte ihm die Spitze seiner Waffe entgegen, bereit für den unumgänglichen Zweikampf.

Noch ehe er einen einzigen Schlag ausführen konnte, spürte er einen harten Gegenstand auf seinen Kopf prallen. Dunkelheit hüllte ihn ein.

Hartmud hatte es doch nicht getan. Er war nicht in der Lage gewesen, es zumindest zu versuchen. Stattdessen versteckte er sich in einem an das Tor angrenzende Gebäude und hoffte, dass die Ungeheuer ihn nicht entdecken würden. Kurze Zeit später vernahm er die ersten Todesschreie von gefallenen Männern. Mit einem vorsichtigen Blick aus dem Haus heraus wollte er sich davon überzeugen, welche der beiden Heere Verluste erlitt. Was er sah, übertraf seine schlimmsten Befürchtungen. Anstelle tot zusammenbrechende Elfen zu sehen, erblickte er eine überwältigende Anzahl von diesen Kreaturen, die sich langsam, aber andauernd durch die Straßen der Stadt schob. Mit einem kurzen Blick zu den Dächern der umstehenden Häuser stellte der Wachmann fest, dass von dort Bogenschützen einen Schwarm aus Pfeilen auf die Bewacher der Stadt niederprasseln ließen. Gerade wollte er sich wieder in das Gebäude zurückziehen, da sah er, wie mehrere in schwarzen Rüstungen gekleidete Reiter durch das offenstehende Tor galoppierten und sich kurze Zeit später mit lautem Gebrüll auf die hintersten Reihen der Elfen warf. Dieses Szenario machte ihm wieder Mut, und ohne zu wissen, warum er es tat, hob er sein Schwert und trat hinaus auf die Straße, hinein in den Kampf.

Mondri Spitzohr sah, wie sich einer der Reiter in eine Seitengasse flüchtete und von dort aus die herangeeilte Leibgarde des Königs angriff. Schnell fielen durch diese kluge Taktik zwei der Elfen dem

Schwert des Schwarzen Ritters zum Opfer. „Ich beziehe eine andere Stellung, von der ich die Feinde besser beschießen kann“, brüllte er seinem Kommandanten über den Kampflärm hinweg zu. Dieser blickte ihn zwar nicht an, nickte jedoch und erlaubte es ihm somit.

Mondri nahm Anlauf, sprang auf das benachbarte Dach und tat dies immer wieder, bis er ein Dach genau in der Gasse erreicht hatte, in der sich der schwarze Reiter befand.

Gerade wollte der junge Elf einen Pfeil an die Sehne seines Bogens legen, da vernahm er einen lauten Ruf: „Aufpassen!“

Blitzartig wandte sich Mondri in die Richtung, aus welcher der Schrei gekommen war und sah, wie die Mauer der Burg, welche die vorderste Reihe des elfischen Heeres mittlerweile erreicht hatte, durch eine gewaltige Explosion in Bruchstücke zerfiel.

Kurz darauf vernahm er den Jubel der Krieger seines Volks, die nun in das geschaffene Loch in der Mauer drängte und versuchte, in den Innenhof der Burganlage zu gelangen.

Mondri richtete seinen Blick wieder zurück auf die Gasse unter sich und musste feststellen, dass der Mann verschwunden war. Der junge Elf fluchte und schaute nach links und rechts, konnte jedoch kein Anzeichen auf den Verbleib des Reiters finden.

Richard stach seinem Gegner die Klinge durch die Kehle und wappnete sich bereits für den nächsten Angriff. Zu seiner großen Überraschung schienen sich die berittenen Elfen zurückgezogen haben. Wieso?

In diesem Augenblick gab es eine laute Explosion, welche die Häuser der Stadt zum Erzittern brachte, und eine gewaltige Staubwolke stieg in den Himmel.

Der König der Menschen wartete nicht, sondern wandte sich von der Hauptstraße ab und lief in einem weiten Bogen zurück zu seinem Pferd und den restlichen, nicht getöteten Kriegern seiner Reiterei.

„Wir reiten zurück in die Burg!“, befahl er ihnen. Doch einige schienen ihn nicht gehört zu haben. Vielmehr starrten sie mit weit aufgerissenem Mund hinauf zu der Burgmauer. Erst jetzt richtete auch Richard seinen Blick auf die Festung und sah, dass die Explosion ein sehr großes Loch in die Brüstung gesprengt hatte. Hinter sich vernahm er leise geflüstert: „Die Burgmauer ist gefallen.“

Der König drehte sich um und blickte seine Reiter zornentbrannt an. Dann sagte er mit vor Wut verzerrter Stimme: „Wir reiten sofort zurück und werden die restlichen Krieger unterstützen!"

Im nächsten Augenblick setzten sie ihren Weg zurück in die Burg, sie benutzten erneut den geheimen Pfad, fort.

Sie hatten gerade das Tor der Stadt erreicht, als ihnen ein einzelner Wachmann der Stadtwache mit erhobenem Schwert entgegen.

„Kämpfe für die Ehre und den Erhalt deiner Heimat!", sagte der Herrscher im Vorbeireiten. Dann hatten sie das offene Tor durchritten.

Horlon erwachte durch einen lauten Knall. Blitzartig schlug er die Augen auf und blickte zu seiner großen Verwunderung auf ein von Feuchtigkeit glänzendes Gestein. Das Nächste, was er spürte, war, dass er anscheinend auf einem Stuhl mit sehr harter Lehne. Seine Hände wurden dabei durch in die Haut schneidende Seile an den hinteren Beinen des Stuhls festgehalten, sodass er sich in keinster Weise bewegen konnte. Auch seine Füße waren an den Knöcheln durch ein dickeres Seil zusammengebunden. Fieberhaft versuchte der Anführer der königlichen Leibgarde, sich daran zu erinnern, wie er in diese unangenehme Situation geraten war. Doch das Einzige, was er noch wusste, war die Tatsache, dass er und seine Gefolgsleute gegen einige Wachen des Feindes gekämpft hatten.

„Wie ich sehe, ist unser ehrenwerter Gast erwacht", drang mit einem mal eine Stimme an sein Ohr. Noch während die Person sprach, lief es dem Elfen eiskalt den Rücken hinunter. Wenn er sich nicht sehr täuschte, und normalerweise tat er dies selten, kannte er denjenigen, der in diesem Augenblick zu ihm sprach.

„Was machst du denn hier?", fragte er, immer noch die Wand anstarrend. Einige Sekunden hallte seine Frage von den steinernen Wänden wider, dann erst, als sie vollends verklungen war, hörte Horlon, wie sich ihm ein Paar Stiefel näherte. Nur kurze Zeit später sah er ihn vor sich stehen, gekleidet in eine schwarze Rüstung und mit einem vor Blut tropfenden Schwert in der Hand.

Richard ließ sich aus dem Sattel gleiten. Noch während er auf den gepflasterten Innenhof sprang, zog er sein Schwert aus der Scheide. Anschließend lief er mit den restlichen Kriegern seiner Leibwache zu der Stelle, wo die Burgmauer gesprengt worden war. Noch ehe er dort ankam, vernahm er eine Stimme, welche seinen Namen rief: „König Richard! König Richard!"

Der Herrscher drehte sich auf dem Absatz um und sah, wie einer seiner vielen Bediensteten auf ihn zugelaufen kam. Als der junge Mann ihn erreichte, fragte Richard: „Was gibt es?"

„Der Kommandant schickt mich. Er sagt, dass die Mauer gefallen ist. Er versucht nun, solange wie möglich, die Eingänge zur Burg zu verteidigen. Außerdem hat er einen Elfen gefangen nehmen können. Er sitzt in den Verliesen und wird in diesem Augenblick vernommen. Vielleicht, so sagt er weiter, berichtet uns der Gefangene von den Plänen seines Königs."

Bei der Erwähnung des Elfen, der aufgegriffen worden war, fiel ihm ein, dass er immer noch nicht wusste, wo die magischen vier Diamanten versteckt waren.

Einen Moment trat Schweigen ein, während der Herrscher der Stadt nachdachte. Dann nickte er, als wolle er etwas bestätigen, und befahl: „Bringe meiner Männer zu dem Kommandanten und sage ihm, dass er die Schiffe und die Krieger auf eine schnelle Abfahrt vorbereiten soll. Sage ihm auch, dass er mich in den Verliesen findet!" Der Bedienstete nickte und kehrte zusammen mit den Kriegern der königlichen Leibwache zurück zu dem Kommandanten. Richard hingegen trat durch eine Tür und lief mit hastigen Schritten die dahinterliegenden Stufen hinab.

Er saß immer noch in der Ecke seines Gefängnisses und starrte die Wand an. Seine Gedanken spielten verrückt. Er konnte nicht sagen, ob die lange Abwesenheit Richards ein gutes Zeichen war oder nicht. Auf der einen Seite könnte es bedeuten, dass sein König und die restlichen Elfen ihn aufhielten, vielleicht sogar schwer verwundet hatten. Allerdings war es auch möglich, dass das Nichtwiederauftauchen des Herrschers damit zusammenhing, dass er einen oder mehrere andere Elfen in seiner Gewalt hatte, und nun versuchte, diese nach dem geheimen Wissen auszuquetschen. Doch den Ort, nach dem der mörderische König der Menschen verlangte, war nur ihm und zwei weiteren seines Volkes bekannt. In diesem Augenblick schlug die Tür auf und eine schwarzgerüstete Person betrat den Kerkerraum. Erst als die Tür wieder verschlossen worden war, nahm sie ihren Helm ab und er erkannte, dass der König zurückgekehrt war. Innerlich stellte sich der Gefangene bereits auf weitere Folterungen und magische Angriffe ein, doch es kam anders, als gedacht. Statt ihn sofort mit einem geistigen Angriff zu überraschen, kam Richard einige Schritte auf ihn zu und flüsterte ihm ins Ohr: „Dein Volk macht mir mehr Probleme, als gedacht. Allerdings ist dies nicht von Bedeutung. Ich werde sie trotzdem zermalmen. Mein erstes Opfer habe ich bereits. Es ist ein Elf namens Horlon Schwertarm. Er ist laut meinen Informationen der Anführer der Leibgarde eures sogenannten Königs. Kennst du ihn?"

Er schluckte. Wenn dies stimmte, war der König in noch größerer Gefahr, als er vermutet hatte. Die einzige magische Quelle, die der Herrscher über das Volk der Elfen benutzen konnte, war im Besitz Horlons. Sollte dieser nun tatsächlich ein Gefangener Richards sein, würde der König sich im Falle eines Angriffes nicht mehr mit Magie verteidigen können. Zwar gab es noch andere Magier in den Reihen seines Volkes, doch beherrschten diese lediglich einfache Zauber.

Ein kalter Schauer lief ihm den Rücken hinunter.

Dann jedoch überwog die Wut und er spuckte vor dem König aus. Dieser verzog angewidert und erzürnt sei Gesicht, hob die Hand und schlug ihm mit der gepanzerten Faust ins Gesicht. Auf der Stelle schmeckte er Blut in seinem Mund. Ohne darauf zu achten, spie er erneut aus und brüllte: „Ich verfluche dich, Richard! Ich verfluche dich! Nie wieder wirst du einen Ort finden, an dem du Ruhe findest. Du sollst diese Insel hier verlassen und nie zurückkehren! Dein größter Erfolg soll zugleich auch dein größter Fall in die Tiefe werden! Mit jedem Tag soll dich der Hauch des Lebens verlassen, sodass du deine seelischen Qualen im Körper eines Toten ausharren musst. Zwar wirst du weiterhin alles tun können, was ein Lebender tut, aber dafür wirst du den Schmerz alle Ewigkeit mit dir tragen müssen!" Für diesen Fluch nutzte er seine letzten magischen Reserven, die er eigentlich für die Abwehr der geistigen Attacken benötigte.

Noch ahnte der Elf nicht, was er durch diesen Fluch schuf. Denn die bald dadurch kommenden Geschehnisse und Ereignisse führten alle zurück zu dem Tag, an dem der Elf diesen Fluch aussprach.

Rückkehrender

Fralk Eisenfinger saß zusammen mit Golk, Aldri und der fremden Gestalt am äußersten Rand des kleinen Nachtlagers. Zur Vorsicht hatten sie der Fremden die Hände und Füße gefesselt, sodass sie weder weglaufen, noch nach ihren Waffen greifen konnte. Diese lagen sicher verstaut neben dem Anführer des Zwergbefreiungstrupps.

„Also, ich frage dich noch einmal, wer bist du?", wollte der Zwerg wissen. Der Elb, der neben ihm saß, sprach die Worte auf seiner Sprache noch einmal nach. Es konnte schließlich der Fall sein, dass die Kreatur nur die Worte des Elben verstand.

Insgesamt fand er die Gestalt, die weiterhin stumm blieb und lediglich stur gerade aus blickte, ziemlich befremdlich. Zwar hatte sie den Körper eines Elben, allerdings unterschied sich der Rest von ihr komplett von dem Volk ihres Begleiters.

Ihre Augen leuchteten grün, jedoch schienen sie zwischendurch ihre Farbe zu wechseln. Wenn sich der Zwerg nicht komplett täuschte, waren sie vor einigen Augenblicken noch blau gewesen.

Auch ihre Ohren sahen ungewöhnlich aus. Sie waren seitlich an den Kopf gepresst, sodass, wenn man sie von vorne betrachtete, man meinen könnte, sie besäße gar keine. Als Letztes war noch ihre Nase, die eigentlich nur aus zwei Löchern bestand. Diese waren jedoch von einer dünnen Hautschicht überzogen, sodass es beim Ein- und Ausatmen aussah, als würde eine kleine Fahne in ihrem Gesicht flattern. Am verständlichsten fand Fralk Eisenfinger die schwarze Farbe ihrer Haut. Durch diese konnte sich die Fremde in der Nacht so gut wie unsichtbar machen.

Golk überlegte, wie man die Fremde zum Reden bringen könnte. All ihre Versuche waren bislang gescheitert. Weder den Zwergen, noch dem Elben antwortete sie.

„Wie heißt du?", fragte sein Kommandant erneut und der persönliche Berater der Immra übersetzte die Frage in die Sprache der Elben. Doch auch nach weiteren Augenblicken saß die Fremde regungslos und stumm auf ihrem Platz.

„Sollten wir ihr nicht etwas zu trinken und zu essen geben?“, fragte Golk seinen Oberbefehlshaber.

Dieser drehte sich mit einem verwirrten Blick zu ihm um und erwiderte nur: „Sie bekommt nichts, bevor sie uns nicht die Fragen beantwortet hat.“

Der Unteroffizier blickte betreten zu Boden und grübelte weiter darüber nach, woran es liegen könnte, dass dieses Person nicht mit ihnen sprach.

„Vielleicht hat sie Angst, jemanden zu verraten“, schoss es ihm mit einem Mal durch den Kopf. Aber vor wem konnte man so viel Angst haben, dass man sein eigenes Leben dafür aufs Spiel setzte?

Mitleid machte sich bei dem Zwerg breit. Natürlich hatte sie versucht, ihn umzubringen, und war für einige Morde an Zwergen verantwortlich, doch trotzdem konnte er es nicht mit ansehen, wenn sich jemand nicht wohlfühlte.

Gerade wollte Fralk Eisenfinger erneut seine Frage stellen, da fiel ihm Golk ins Wort und statt dem Namen, wollte er wissen: „Hast du vor irgendjemandem Angst?“

Sein Offizier starrte ihn wütend an. Noch nie hatte es ein Zwerg gewagt, ihm ins Wort zu fallen.

Bei dem Elb hingegen konnte Golk ein undefinierbares Funkeln in den Augen entdecken und er übersetzte die Frage rasch. Noch ehe er sie vollends in seiner Sprache wiederholt hatte, öffnete die fremde Gestalt ihren Mund und sagte etwas.

Aldri konnte nicht glauben, was er soeben hörte. Die Worte schienen ihn zu benebeln. Es war einfach unmöglich, was er vernahm.

Die Fremde hatte ihnen ihren Namen nicht genannt, jedoch gesagt, dass sie vom Volk der Waldläufer stammte. Von diesem Volk hatte Aldri bisher nur gerüchteweise gehört und nicht glauben können, dass es tatsächlich existierte.

Die Fremde redete weiter davon, dass die uralte und zerfallene Ruine, welche die Zwerge bei ihrer letzten Rast betreten hatten, bei ihrem Volk als eines der größten Heiligtümer galt. Dort sollte einer Legende nach einst der große Gott gelebt haben.

Auch erzählte sie ihnen, dass ihr Meister, der sie ausgebildet hatte, ihr den Auftrag gab, jeden, der dieses Heiligtum ohne seine Erlaubnis betrat, zu töten. Dies wäre der Grund gewesen, weshalb sie die Zwerge in der Nacht angegriffen hatte. Da sie ihren Auftrag innerhalb von zwei Tagen hatte beenden sollen und der zweite Tag mit dem Ende der Nacht vorbei war, würde ihr Meister sie mit großer Sicherheit sehr hart bestrafen. Gerüchten zufolge sollte er dabei sogar schon einmal soweit gegangen sein, dass er seinen damaligen Schüler zu Tode prügelte.

Aldri saß mit offenem Mund am Feuer und konnte einfach nicht fassen, dass die Geschichten über das Volk der Waldläufer tatsächlich wahr zu sein schienen. Wenn er sich richtig erinnerte, war sein Volk einst aus dem der Fremden entstanden. Mittlerweile gab es den Mythen nach nur noch wenige von ihnen, sodass sie sich zusammen im Wald versteckten, um nicht komplett ausgelöscht zu werden. Sollte die Geschichte der fremden Gestalt tatsächlich wahr sein, so hätte seine Schwester, die Immra über das Elbenvolk, einen weiteren möglichen Verbündeten.

Fralk Eisenfinger konnte nicht fassen, dass sein Unteroffizier tatsächlich so dreist war und ihm ins Wort fiel. Allerdings hatte er durch diese Unverschämtheit die Fremde endlich zum Reden gebracht. Zwar kannten sie noch immer nicht ihren Namen, jedoch wussten sie nun, weshalb sie Jagd auf ihn und seine Krieger gemacht hatte. Mit einem Blick hinüber zu dem Elben sah der Kommandant, dass dieser mit offenem Mund und erstauntem Blick die Frau anstarrte. Scheinbar wusste er etwas mit dem Volk der Waldläufer anzufangen. Er, Fralk Eisenfinger, kannte es jedenfalls nicht und konnte sich auch nicht vorstellen, wie dieses Volk so lange Zeit unentdeckt im Frendster Wald hatte hausen konnte. Natürlich war der Wald sehr groß, doch neben den Gnomen, Holdern, Schnaaks und Elben, war dem Zwerg noch nie etwas über die Waldläufer zu Ohren gekommen. Wenn es einer seines Volkes wissen musste, dann er, schließlich war der Anführer des Zwergbefreiungstrupps einer der am besten informierten Zwerge des gesamten Königreichs. Er hatte auch die Aufgabe, seinem Herrn alles mitzuteilen, was er wusste, oder gehört hatte. Da ihm jedoch noch nie jemand etwas über dieses merkwürdige Volk berichtet hatte, vermutete Fralk Eisenfinger ganz stark, dass auch sein König nichts davon wusste.

Die Fremde endete mit ihrer Geschichte und blickte zu Boden. Die Anspannung war noch immer nicht von ihr gewichen, das konnte der Zwerg erkennen. „Und wie kommt es, dass du uns dies alles erzählst?“, fragte der Anführer des Zwergbefreiungstrupps argwöhnisch. Der Elb und sein Unteroffizier blickten ihn erstaunt an, doch die Fremde hob nur den Kopf und starrte ihm einige Augenblicke tief in die Augen. Jetzt sah er es, die Farben der Iriden änderten sich tatsächlich.

Sie öffnete den Mund und erklärte: „Weil ich gehofft habe, dass ihr mein Volk von der Unterdrückung durch meinen Meister befreien könntet.“

Sie senkte den Kopf erneut und dachte darüber nach, ob es klug gewesen war, die fremden Geschöpfe einzuweihen. Sie kannte sie und ihre Absichten nicht.

„Bist du denn die Einzige, die Angst vor deinem Meister hat?“, fragte der schönere der drei Kreaturen. Sie blickte ihn an und betrachtete ihn zum ersten Mal genauer. Er war wirklich wunderschön, viel schöner als die männlichen Vertreter ihres eigenen Volkes. Ihr Herz schlug bei seinem Anblick schneller als sonst und ihr Atem ging stoßweise. Seine wunderbar glänzenden Haare sahen so weich aus und dufteten himmlisch. Sein wohlgeformter Mund öffnete sich und die engelsgleichen Worte traten erneut aus seiner Kehle: „Bist du denn die Einzige, die Angst vor deinem Meister hat?“

Sie konnte nicht antworten, da sie sprachlos vor lauter Herzklopfen war, und sich ihre Kehle scheinbar zugeschnürt hatte. Stattdessen schüttelte sie ein wenig den Kopf und ließ die Schönheit dabei nicht aus ihren Augen.

Nun sprach einer der beiden dicklichen und bärtigen Geschöpfe zu ihr mit einer dröhnenden Stimme:

„Und warum tut ihr dann nichts gegen ihn?“Der Zauber der wunderbaren Kreatur ließ mit einem Mal von ihr ab und sie fühlte sich unendlich leer und traurig. Mit einem fast schon wütenden Blick wandte sie sich dem Störenden zu und erwiderte: „Weil er sehr mächtig ist und auch keine Scheu zeigt, diejenigen, die sich ihm in den Weg stellen, zu beseitigen.“

Bolk fühlte das weiche Kissen, das ihm die Immra auf seinen Sattel hatte binden lassen. Auch sie hatte mitbekommen, dass er sich auf dem harten ledernen Sattel nicht sehr wohl fühlte. Direkt nach ihrem kurzen Gespräch über die zu beachtenden Formalitäten bei dem Zusammentreffen mit seinem eigenen König, hatte sie ihn gefragt, ob ihm das Reiten behagte. Zunächst wollte er antworten, dass ihm sein Arsch ziemlich wehtat, doch dann hatte er sich erinnert, wer vor ihm stand. Zwar konnte er die Spitzohren, wie er sie insgeheim nannte, immer noch nicht leiden, jedoch respektierte er die Immra des Elbenvolks. Der Herrscher über die Zwerge musste darüber entscheiden, ob ihr Volk mit dem der Elben eine Freundschaft eingehen wollte.

„Ihr darauf achten, ihm auf jeden Fall in die Augen zu blicken. Er kann es nicht leiden, wenn man den Boden anstarrt. Außerdem solltet ihr wissen, dass bei weiblichen Zwergen, ein Knicks erwartet wird. Ob er es sich bei Euch genauso erhofft, weiß ich nicht. Ansonsten reden wir Zwerge unseren König mit Vater an. Allerdings bin ich mir nicht sicher, ob er es auch bei Euch so verlangt, denn dann wäret ihr unseren Gesetzen zu Folge eine Zwergin und müsstet Euch auch so verhalten. Deswegen empfehle ich, ihn einfach mit König der Zwerge und Hüter der Kinder Släggas anzusprechen.“

Daraufhin hatte die Immra genickt und sich bei ihm bedankt. Einige Zeit später waren sie wieder aufgebrochen, um ihren zweiten Abschnitt der Reise anzutreten.

Jetzt waren sie kurz vor ihrem Ziel. Der dritte und letzte Abschnitt des Weges war so gut wie gemeistert. Wenn er sich auf die Angaben des Elben, der neben ihm ritt, verlassen konnte, würden sie noch im Laufe dieses Tages am vereinbarten Treffpunkt ankommen.

Sie ritt direkt hinter dem Zwerg und schmunzelte darüber, dass er auf einem Kissen ritt. Natürlich wusste sie auch, dass Zwerge nicht an das Reiten gewöhnt waren, doch das sie es so schrecklich fanden, hatte sie sich einfach nicht vorstellen können.

„Wir sind bald da, macht euch bereit, den Zwergen gegenüberzutreten!“, drang mit einem Mal die Stimme der Immra durch die Luft.

Auf dieses Zeichen hatte sie gewartet. Sie ritt mit ihrer schneeweißen Stute direkt neben dem Zwerg, beugte sich zu ihm hinüber und sagte: „Darf ich Euch bitten, Herr Zwerg, mich nach vorne zu begleiten? Schließlich sollt Ihr, Herr Zwerg, für die Vertreter Eures Volkes sichtbar sein. Sonst denken sie nachher noch, wir hätten sie in eine Falle gelockt.“ Sie lächelte erneut und hoffte, den Zwerg damit zu ermutigen, sein Pony ein wenig schneller laufen zu lassen. In seinem Gesicht spiegelte sich zwar das blanke Entsetzen aufgrund dieser Tatsache, doch scheinbar wollte er sich nicht vor den anderen Zwergen blamieren, weshalb er mutig und entschlossen seine Stiefel in die Flanken seines Reittieres presste, wodurch es zu der Immra aufschloss.

Bolk wusste innerlich bereits, was auf ihn zukam. Doch selbst als es dann soweit war, fühlte er sich immer noch nicht sehr wohl. Dennoch wollte und musste er es tun. Schließlich sollte die Elbin nicht denken, dass er ein Weichei war. Aus diesem Grund gab er seinem Pony die Sporen und ritt direkt neben die Herrscherin der Elben.

„Wir werden in wenigen Momenten am vereinbarten Treffpunkt ankommen. Ich hoffe, Ihr seid bereit dafür, wieder auf Euer Volk zu treffen", sagte die Immra mit einem Lächeln.

Bolk nickte kurz und antwortete dann: „Selbstverständlich! Ich freue mich schon riesig, endlich wieder Zwerge zu sehen. Hätte ich mich nicht im Wasser betrachtet, wüsste ich wahrscheinlich gar nicht mehr, wie ein Zwerg aussieht."

Sowohl die Herrscherin über das Volk der Elben, als auch die Frau, die ihn in den Tagen seiner Genesung immer wieder besucht und mittlerweile zu ihnen aufgeschlossen hatte, lachten bei diesen Worten laut los. Der Zwerg schaute sie irritiert an und fragte: „Was war denn so lustig?"

Sie rieb sich die Knöchel ihrer Hände und ihrer Füße. Nach einigen weiteren argwöhnischen Nachfragen waren die fremden Geschöpfe, die sich als Zwerge und Elb vorgestellt hatten, endlich von ihren Berichten überzeugt, sodass man ihr die Fesseln abgenommen hatte.

Jetzt saß sie an dem wärmenden Lagerfeuer, rieb sich noch einmal über die Abdrücke, welche die Seile hinterlassen hatten, dann nahm sie die Schüssel eines der Zwerge entgegen und aß hungrig und begierig die Suppe.

Noch immer konnte sie ihre Augen nicht von dem wunderschönen Elb lassen. Er hatte sich ihr mit dem Namen Aldri vorgestellt. Dieser Name, so fand sie, passte wunderbar zu ihm. Ebenso wie sein wunderschöner Körper, der eine Leichtigkeit ausstrahlte, die sie noch nirgendwo gesehen hatte, klang auch sein Name wie eine leichte Frühlingsbrise.

„Wieso verrätst du uns eigentlich nicht deinen Namen?", fragte mit einem Mal einer der Zwerge.

Sie konnte diese dicken und bärtigen Kreaturen einfach nicht auseinanderhalten. Zwar hatten sich nur zwei von ihnen mit Namen vorgestellt, nämlich die beiden, die mit am Feuer saßen, dennoch wusste sie nicht, wer von den beiden der Anführer dieser Truppe namens Fralk Eisenfinger war und welcher der Unteroffizier Golk.

Langsam schluckte sie ihren Bissen hinunter, während sie darüber nachdachte, wie sie es ihnen am besten erklären sollte. Dann war ihr Mund frei von Speisen und sie öffnete den Mund.

Golk betrachtete unterdessen die Fremde, während sie den Bissen hinunterschluckte, und dann auf seine Frage antworten wollte. Er bemerkte, dass sie sich dabei scheinbar extra viel Zeit ließ. Warum, konnte er sich nur denken.

Ein leiser Verdacht machte sich in ihm breit, dass sie ihnen noch immer nicht so recht vertraute. Vielleicht hatte sie die Waldläuferin auch angelogen und diese Geschichte über den brutalen Meister nur erfunden, damit man ihr ihre Fesseln löste. Dann konnte sie, wenn alle anderen schliefen, hinüber zu ihren Waffen schleichen und sie alle auf einen Streich töten. Immer mehr von dieser immer spektakuläreren Motive, die hinter dem langen Schweigen steckten, kreisten dem Zwerg durch den Kopf.

Gerade hatte sie ihren Mund geöffnet, um eine Antwort auf seine Frage zu antworten, vernahm er ein Hornsignal. Blitzartig drehte er sich um und blickte mit zusammengekniffenen Augen durch die Dunkelheit. Ein merkwürdiges Gefühl machte sich in seiner Magengegend breit. Dieses Signal war nicht aus dem Lager der Zwerge gekommen. Er konnte nicht anders und lockerte seine Axt, die an seinem Gürtel hing, ein wenig, um sie im Falle eines Angriffes sehr schnell zur Hand zu haben.

Mit einem Blick zur Seite sah er, dass auch sein Offizier die Hand an seine Waffe gelegt hatte. Der Elb jedoch schien deutlich entspannter als die Zwerge, er sah sogar sehr freudig aus. Ein Lächeln breitete sich auf seinem Gesicht aus. Der Befehlshaber des Zwergbefreiungstrupps blickte nun den persönlichen Berater der Immra an. Als dieser die auf ihm ruhenden Blicke bemerkte, lächelte er noch breiter und sagte: „Meine Herrscherin, die Immra über das Elbenvolk, ist da."

Die Immra gab das Handzeichen, auf welches hin einer ihrer Reiter ein Hornsignal gab. Dieses sollte ihrem Bruder ankündigen, dass sie sich näherten und in wenigen Augenblicken am vereinbarten Treffpunkt angelangten.

„Denkt Ihr, der König der Zwerge ist auch schon da?“, fragte einer ihrer Krieger.

Ohne auf die Frage einzugehen, trieb sie ihr Pferd noch einmal an, sodass der Zwerg und die Elbin zusammen mit den restlichen Kriegern ein wenig zurückfielen. Erst als sie bemerkte, dass das Pony des Zwerges offensichtlich nicht mit dem Tempo ihres Reittieres mithalten konnte, zügelte sie ihren Schimmel und wartete, bis der Rest ihrer Gruppe wieder aufgeschlossen hatte.

Einige Augenblicke später erkannte die Herrscherin über das Volk der Elben flackernde Lichter. Scheinbar waren sie nicht mehr weit vom Lager der Zwerge entfernt. Dann traten dunkle Schemen aus der Dunkelheit heraus und sie und ihre Krieger zügelten ihre Reittiere.

Nachdem sie sich aus dem Sattel und auf das feuchte Gras gleiten ließ, hörte sie Schritte näher kommen. Drei Personen standen vor ihr. Eine von ihnen erkannte sie. Es war ihr Bruder und ihr persönlicher Berater. Die beiden Zwerge kannte sie nicht, jedoch liefen sie mit ausgebreiteten Armen auf den Zwerg zu, der sich gerade aus dem Sattel des Ponys befreite.

Zufrieden betrachtete die Immra das Szenario. Zum einen waren die getrennten Zwerge endlich wieder zusammengeführt, zum anderen stand sie nun kurz davor, ein wichtiges Bündnis einzugehen. Kurz darauf trat einer der Zwerge auf sie zu und verbeugte sich.

Der gebrochene Geist

Mondri stand auf der Brüstung der Burgmauer und schoss seinen letzten Pfeil auf die Feinde. Er ließ die Sehne los und betrachtete das Geschoss, wie es durch die Luft sirrte und anschließend einen Krieger, der sich gerade auf einen Elfen stürzen wollte, traf. Der Mann fiel um und blieb regungslos liegen. Selbst wenn er noch nicht tot war, würde er die Menge, die nun über ihn drüber lief, nicht überleben.

Mondri hakte die Sehne seines Bogens aus und verstaute diesen zusammen mit seinem leeren Köcher unter den Zinnen der Mauer. Dann nahm er zum ersten Mal sein Schwert ins Visier. Er umschloss den Schaft der Waffe mit seiner Hand und zog sie mit einem einzigen Ruck aus der Scheide. Die Sonne spiegelte sich in dem blank polierten Metall und blendete den jungen Elfen einen Moment. Schnell sah er aus diesem Grund zur Seite und blinzelte.

In diesem Augenblick bemerkte er einige schwarz gerüstete Krieger die Stufen zur Burgmauer hinauf hasteten. Ohne zu zögern, lief Mondri hinüber zu der Treppe, um die restlichen Bogenschützen zu verteidigen.

„Zum ersten Mal werde ich nun mit einem Schwert kämpfen", dachte er sich noch, da kam auch schon der erste Feind mit erhobener Waffe auf ihn zu.

Richard beugte sich über den Elfen und sagte mit höhnischem Unterton: „Du kannst so viel fluchen, wie du willst! Du wirst mich trotzdem nicht mehr aufhalten können, Dondrodis."

Während er ein paar Schritte zurückging, griff er ihn unerwartet an. Sein Geist stach einmal, zweimal, dreimal zu, ehe der Elf überhaupt wusste, was mit ihm geschah.

Der Geist des Gefangenen war verwundet. Zwar gab es noch einen letzten Versuch, den magischen Angriff zurückzuschlagen, doch mit einer einzigen leichten Handbewegung wischte der König der Menschen die errichtete und stark schwankende Mauer beiseite. Dann endlich lag der Geist des Elfen frei und vollkommen ungeschützt vor ihm. Mit einem großen Hunger auf das so lange geschützte Wissen, stürzte er sich in den Fluss der Gedanken und Erinnerungen.

Immer aggressiver wurde er beim Durchsuchen der vielen auf ihn einströmenden Erinnerungen des Elfen.

Dann fand er etwas, was ihn stutzig machte. Langsam nahm er die Erinnerung in die Hand und betrachtete sie.

„Ich kann es nicht fassen!", dachte sich der Herrscher, als er erfuhr, dass der Elf, der in einem anderen Kerkerraum gefangen saß, wichtig für den feindlichen König war. Denn nur durch ihn, konnte er Magie wirken.

Horlon Schwertarm blickte in das Gesicht des Mannes und konnte es immer noch nicht glauben. „Ich dachte, du wärst tot", sagte er mit zittriger Stimme.

Der Krieger vor ihm lächelte ihn an und erwiderte dann: „Das war auch mein Plan. Ich wollte nicht, dass alle nach mir suchen. Deswegen habe ich meinen Tod vorgetäuscht."

„Aber ich habe doch gesehen, wie dein Leichnam beerdigt worden ist."

„Ach das", sagte der Mann lachend, „das war ein Bettler, den ich kurz zuvor getötet hatte. Somit hatten alle den Beweis, dass ich nicht mehr lebte."

„Aber wieso? Wieso hast du es getan?"

„Ganz einfach! Ich hatte es satt, mich herumkommandieren zu lassen und jeden Tag Angst zu haben, ob ich den nächsten noch überleben würde. Aus diesem Grund habe ich mich dazu entschlossen, so zu handeln. Und jetzt sieh, was aus mir geworden ist", wieder lachte er einmal boshaft auf.

Horlon konnte nicht anders und schüttelte leicht seinen Kopf. Dann sagte er mit einem missbilligenden Tonfall in der immer noch zitternden Stimme: „Ich sehe, was aus dir geworden ist. Ein Mörder!" In diesem Augenblick sprang die Tür auf. Die Augen des Mannes rissen weit auf und er zog sein Schwert, doch es war zu spät. Im nächsten Augenblick durchbohrten ihn fünf Pfeile und ein Speer. Er sackte tot zusammen. „Sieh, was aus dir geworden ist, ein Toter", dachte der Anführer der königlichen Leibgarde mit einem Blick auf den toten Mann am Boden.

Dondrodis fühlte sich leer. Sein Kopf war befreit von allen Erinnerungen und Gedanken. Eine himmlische Leichtigkeit hatte Besitz von ihm ergriffen und er fühlte, wie sich seine Muskeln entspannten. Den fremden Körper in seinem Geist nahm er immer undeutlicher wahr.

„Du darfst noch nicht einschlafen Dondrodis!“, befahl ihm eine leise Stimme, die sich in ihm zu befinden schien.

„Ich will aber, ich bin müde“, erwiderte der Elf.

Immer schwerer fiel es ihm, die Augen offen zu halten. Er sank in sich zusammen und wollte nur noch ruhen, für immer ruhen.

„Du darfst noch nicht!“, sagte die Stimme erneut, dieses Mal ein wenig lauter als zuvor.

Allmählich kamen seine Lebensgeister wieder und er spürte, dass die Müdigkeit verschwand.

Einige weitere Augenblicke vergingen, bis er bemerkte, dass eine fremde Person Lebenskraft in seinen Körper fließen ließ. Scheinbar wollte jemand, dass er nicht starb.

„Wer bist du?“, fragte Dondrodis in seinen Gedanken. Die Stimme jedoch blieb stumm.

Immer wieder wiederholte er seine Frage, doch immer wieder gab es keine Antwort.

Dann versiegte der Strom an Energie und sein Körper wurde erneut von einer Wolke aus Müdigkeit eingehüllt.

„Jetzt darfst du schlafen Dondrodis. Jetzt habe ich das Wissen, das ich benötigte, beisammen. Du kannst schlafen. Dein dunkelstes Geheimnis ist bei mir gut aufgehoben.“

Dondrodis lächelte innerlich und wollte sich bei der Stimme bedanken, doch da war er schon eingeschlafen.

Er atmete ein paar letzte Atemzüge. Ein, aus, ein, aus, ein, aus. Dann verlangsamte sich sein Herzschlag und ein letztes Lächeln breitete sich auf seinem Gesicht aus. Der letzte Hüter der Diamanten war tot. Sein Körper lag in der Ecke des Verlieses und strahlte eine ungeheure Wärme aus.

Mondri Spitzohr war beeindruckt davon, wie leicht es war, mit einem Schwert zu kämpfen. Ohne größere Schwierigkeiten hatte er es geschafft, die Krieger, welche die Treppe hinauf zur Burgmauer gestürmt waren, zu besiegen. Zwei von ihnen hatte er mit einem gezielten Stich ins Herz das Leben genommen. Ein anderer war sogar enthauptet worden. Der vierte Krieger hatte nach einem Schwertstoß Mondris das Gleichgewicht verloren und rücklings die Stufen hinuntergefallen. Dabei wurden zwei weitere Wachen mitgerissen. Als sie am Ende der Treppe angelangt waren, blieben sie leblos am Boden liegen.

Anschließend war der junge Elf in den Hof gestürmt und hatte sich in den Kampf geworfen.

Nachdem er sich mit einigen Kämpfern duellierte, schallte sein Name durch den Kampflärm zu ihm.

Schnell entledigte er sich seines Gegners und schaute anschließend, wer ihn gerufen hatte. Mit einem Winken rief der Offizier der Vorhut ihn zu sich. Mondri lief durch die kämpfenden Krieger und stieß einige Zeit später zu dem Mann, der ihn gerufen hatte.

„Du wirst diese Gruppe hier begleiten. Ihr werdet in die Burg eindringen und die Kerkerräume nach Gefangenen durchsuchen. Wie mir berichtet wurde, ist der Anführer der königlichen Leibgarde, Horlon Schwertarm, bei einem Versuch, die Burg zu erobern, gefangen genommen worden. Ihr werdet nach ihm suchen!"

Hartmud zog sein Schwert aus dem erschlafften Körper vor sich. Der Elf fiel zu Boden und der Wachmann konnte über ihn hinwegsteigen. Mittlerweile war er an dem in die Burgmauer gesprengten Loch angekommen und versuchte nun, sich in den Hof zu kämpfen. Immer wieder traten ihm Krieger der Elfen in den Weg, sodass er nicht weiter vordringen konnte.

Auf einmal jedoch sah er aus den Augenwinkeln, wie ein Körper über die Brüstung stürzte und in eine staubige Gasse fiel. Erst bei genauerem Betrachten stellte er fest, dass der Krieger in eine schwarze Rüstung gekleidet war. Das bedeutete, dass es sich um einen Wächter seines Königs handelte.

Er konnte sich nicht erklären wieso es so war, doch der tote Körper schien ihm sein gesamtes Selbstvertrauen zu nehmen. Mit einem Mal wusste er nicht mehr, ob es überhaupt klug war, sich den Elfen in den Weg zu stellen. Es befand sich das gesamte Heer der Feinde aus dem Wald bereits im Inneren der Burg. Wenn es nicht noch ein Wunder gab, würde man den Kampf gegen die Elfen mit großer Sicherheit verlieren.

Hartmud fasste einen Entschluss. Er wollte nicht länger für etwas kämpfen, von dem er nicht überzeugt war, dass es noch lange bestehen würde. Aus diesem Grund wollte er zurück zu seiner Familie gehen und es den anderen Kriegern überlassen, wie der Kampf ausging. Gerade hatte er sich von der Burgmauer abgewendet, da fing es an, zu regnen. Zunächst tropfte es nur ein wenig, dann begann es, immer heftiger zu regnen. Als er die Tür des Hauses hinter sich ins Schloss fallen ließ, kam es ihm so vor, als wäre ein gewaltiger Sturm am Wüten.

Hilde hörte, wie die Tür ihres Hauses zuschlug. Auch vernahm sie die schweren Schritte, die das Haus durchquerten. Eine Stimme drang an ihre Ohren, doch noch war die Person, zu der sie gehörte, zu weit entfernt, als dass sie hätte hören können, was gerufen wurde. Langsam und vorsichtig kroch die Mutter aus ihrem Versteck an die frische Luft, bedeutete ihrem Sohn, zu warten, und horchte dann erneut in die Stille. Bevor sie reagieren konnte, ging die Hintertür des Hauses auf. Schnell wollte Hilde ihren Kopf einziehen, doch mit einem Gefühl der Erleichterung bemerkte sie, dass die Person, die nun auf sie zukam, ihr Ehemann war. Außer Atem und mit seinem Schwert, von dessen Ende Blut auf den Boden tropfte, starrte er sie an. Der Regen, der mittlerweile mehrere Pfützen auf dem Boden gebildet hatte, tropfte von seiner Nasenspitze und seinem Haar. Sie bemerkte nicht, dass auch ihre Kleider durchnässten und die Feuchtigkeit selbst in ihre Schuhe eindrang.

„Mama, was ist da draußen los?“, hörte sie eine gedämpfte Stimme hinter sich und erst in diesem Augenblick realisierte sie, dass ihr Sohn noch immer in dem Versteck darauf wartete, erzählt zu bekommen, was sie sah. Mit einem letzten Kraftakt zog sich die Frau aus dem Loch heraus, beugte sich zum Eingang der kleinen Höhle und rief ihrem Sohn zu: „Du kannst herauskommen. Dein Vater ist wieder da!“ Gerade noch rechtzeitig konnte sie ihren Kopf zurückziehen. Andernfalls wäre sie mit voller Wucht von ihrem herausstürzenden Sohnemann getroffen worden, der mit einem gewaltigen Satz aus dem Versteck sprang und seine dünnen, zerbrechlich wirkenden Arme um seinen Vater schlang. Dieser lächelte ihn an und warf dann seiner Frau einen vielsagenden und besorgniserregenden Blick zu.

Mondri Spitzohr brach die schwere hölzerne Kerkertür auf und stürmte mit erhobener Lanze in den dahinterliegenden Raum. Was er dort erblickte, ließ ihn vor Zorn erbeben. Ein in eine schwarze Rüstung gekleideter Mann stand an die Wand gelehnt und mit vor Blut triefendem Schwert vor einem Stuhl. Auf diesem saß, da hatte der junge Elf keinerlei Zweifel, der gesuchte und jetzt gefundene Horlon Schwertarm.

Mit einem lauten Schrei warf Mondri seine Lanze nach dem Körper des Mannes. Kurz zuvor hatten auch die Bogenschützen, die der kleinen Truppe angehörten, ihre Sehnen zurückschnellen lassen und die Pfeile somit abgeschossen. Der entsetzte Gesichtsausdruck des Mannes, als er sah, was dort auf ihn zuflog, schwächte Mondris Zorn ab. Doch selbst als der Mann durchbohrt und tot zu Boden ging, war der junge Elf noch nicht vollkommen besänftigt. Schnell durchquerte er den kleinen Raum und hockte sich dann vor den Gefesselten. „Hat er dir etwas getan?", fragte er mit einer fast schon kindlichen Art den Elfen.

Dieser verneinte und starrte mit fassungsloser Mimik auf den am Boden liegenden Toten.

„Schneidet ihm die Fesseln durch und bringt ihn hier raus!", schallte mit einem Mal der Befehl des Kommandanten, der soeben das Verlies betrat, durch den Raum.

Schnell zog Mondri seinen Dolch aus seinem Gürtel und umrundete den Stuhl. Mit einem einzigen Schnitt durchtrennte er die Seile und der Elf, der scheinbar immer noch nicht fassen konnte, was soeben passiert war, rieb sich seine Handgelenke. Mondri half ihm beim Aufstehen und schob ihn dann zur Tür. Erst als der Anführer der königlichen Leibwache den Kerker verlassen hatte, kehrte der junge Elf noch einmal zu dem Leichnam zurück und zog mit einem kurzen Ruck den Speer aus dem toten Körper des Mannes.

Horlon Schwertarm wankte etwas, als er die Stufen hinauf ging. Noch immer war er von dem Ausgang der Situation geschockt. Natürlich freute er sich, dass der König ihn so schnell hatte befreien lassen, doch das der Mann dabei getötet worden war, ließ ihn nicht los. Immer wieder tauchte sein Gesicht vor seinem geistigen Auge auf. Den ganzen Weg entlang hörte er die Stimme des Mannes, die er so lange nicht mehr gehört, so lange nicht mehr wahrgenommen hatte. Niemandem durfte er je von dem Verhältnis zwischen ihm und dem mittlerweile toten Mann erzählen. Selbst seinem König würde er es verschweigen müssen. Ansonsten schlug ihm mit ziemlich großer Sicherheit die ganze Abneigung seines Volks entgegen. Auch müsste er dann bestimmt um sein Leben bangen. Die Geschichte, die mit diesem Mann zusammenhing, war sein größtes Geheimnis. Die letzten dreiundsechzig Jahre hatte er sie verschwiegen. Genauso musste es auch bleiben.

Er stolperte. Ganz in Gedanken versunken hatte Horlon Schwertarm die letzte Stufe nicht gesehen und war infolgedessen mit seinem Fuß hängengeblieben. Jetzt lag der Anführer der königlichen Leibgarde bäuchlings auf dem kalten und von einer für ihn nicht erkennbaren Flüssigkeit feuchten Boden eines Flures. Sofort kamen ihm mehrere Hände zur Hilfe und gemeinsam schafften sie es, den immer noch vollkommen konsternierten Elfen hochzuheben. Erst jetzt sah dieser, in welche Flüssigkeit er gelegen hatte. Es war Blut.

Richard stockte der Atem. Es war unglaublich, was er soeben entdeckt hatte. Während er den langen Gang entlangging, dachte der König der Menschen darüber nach, was er erfahren hatte. Nach sehr langer, für ihn zu langer Zeit, hatte er das Wissen gefunden, nach dem er suchte. Endlich wusste er, wo die magischen vier Diamanten versteckt waren, mit denen er die Macht über die gesamte Welt erlangen konnte. Gleichzeitig lüftete er durch dieses Wissen auch ein noch größeres, wenn nicht sogar das größte Geheimnis der Elfen. Ein Zittern ging durch seinen Körper. „Endlich habe ich es geschafft!", sagte er sich immer und immer wieder.

Endlich war es soweit. Die langersehnte Reise konnte beginnen. Keine Sekunde länger würde er warten mit dem Aufbruch. Richard beschleunigte seine Schritte und gelangte nach kurzer Zeit zu dem geheimen Gang, der ihn direkt unter der Stadt entlang zu dem außerhalb angelegten Hafen brachte.

„Mein Herr! Ihr müsst sofort kommen! Die Elfen haben die Burg eingenommen!", schallte mit einem Mal eine Stimme durch den langen Flur. Die Hand noch immer am Griff der versteckten Tür drehte der König seinen Kopf und erblickte den heranlaufenden Krieger. Blitzartig hob der Herrscher seine andere Hand und schleuderte dem Mann einen pechschwarzen Lichtstrahl entgegen.

Der Krieger sackte tot zusammen und Richard sagte zu dem leblosen Körper gewandt: „Es interessiert mich nicht, ob diese Elfen die Burg eingenommen haben! Ich werde diese Stadt sowieso verlassen und euch eurem Schicksal überlassen.“ Dann drückte er die Klinke hinunter und betrat den geheimen Gang.

Berg und Wald – Wald und Berg

Bolk verbrachte gefühlt die gesamte Nacht damit, jeden einzelnen der Zwerge, die sich in dem Befreiungstrupp befanden, gleich zweimal zu umarmen. Die Stimmung war durch das gehaltene Versprechen der Elben, den verlorenen Bruder zu seinem Volk zurückzubringen, gelockert. Kaum einer dachte an diesem Abend daran, zu schlafen. Vielmehr wollten alle die Geschichte Bolks hören und somit erfahren, was für schreckliche Dinge ihm alles zugestoßen waren.

„Warum sollte ich das Ganze nicht eigentlich ein wenig ausschmücken?“, fragte er sich unwissend, dass der persönliche Berater der Immra den Zwergen bereits davon berichtete, was sich tatsächlich zugetragen hatte.

„Ich ging also diesen Weg im Wald entlang, der mich direkt zu den Schnaaks bringen würde, doch auf der Hälfte der Strecke wurde ich mit einem Mal zu Fall gebracht. Ohne darauf zu achten, war mir ein Stock zwischen meine Füße geschoben worden, sodass ich darüber fiel. Ich wollte mich gerade wieder aufrichten, da sah ich sie den Pfad entlang und auf mich zu rennen.“ Er legte eine kleine dramatische Pause ein, in der einige, vor allem die jüngeren und unerfahreneren Zwerge aufkeuchten und nachhakten: „Wer?“

Bolk holte tief Luft und setzte seine Geschichte fort: „Mindestens eintausend Gnome. Manche von ihnen ritten auf gezähmten Holdern und hielten lange Speere in den Händen. Mich konnten diese kleinen Kartoffelköpfe jedoch nicht so leicht zur Strecke bringen. Ich wehrte mich und hatte fast alle besiegt, als es geschah ...“ Erneut legte er eine kurze Pause ein. Dann rutschte er näher an das wärmende Feuer und flüsterte mit geheimnisvoller Stimme ...

Sie saß noch immer an dem Feuer und hörte sich die Geschichte des Zwerges an. Sie wusste ganz genau, dass nicht annähernd die Hälfte von dem, was er dort erzählte, der Wahrheit entsprach. Auch ihr Volk hatte den Zwerg bei seiner Wanderung durch den Wald und den darauffolgenden Geschehnissen sehr genau beobachtet.

„Wer seid Ihr, wenn ich fragen darf?“, vernahm sie mit einem Mal eine weibliche Stimme.

Sie blickte hinüber zu der Elbin, die sich mit einer eleganten Bewegung auf einen Holzstumpf nahe am Feuer niederließ. Sie wunderte sich darüber, dass die Elbin sie so höflich ansprach. Sie war einen anderen Umgang mit ihrer Person gewohnt. „Meinen Namen kann ich Euch nicht verraten. Jedoch sei so viel verraten, dass ich dem Volk der Waldläufer angehöre“, antwortete sie mit der gleichen Floskel, wie jedem, der sie nach ihrer Identität befragte.

Die Frau hob eine Augenbraue, ihre Neugier schien geweckt. „Das Volk der Waldläufer sagtet Ihr?“

„Ja, genau das habe ich gesagt.“

Die Elbin schien diese Neuigkeit zu erleichtern, denn sie erhob sich, kam auf sie zu und setzte sich dann direkt neben sie.

Mit scheinbar großem Interesse begann die Frau ein Gespräch mit ihr. Sie war ebenso interessiert und neugierig wie die Frau, da sie nun unbedingt erfahren wollte, weshalb die Elbin so viele Fragen stellte.

Die Immra hörte der Waldläuferin angeregt zu und stellte immer wieder einige Nachfragen. Sie wollte so viel wie möglich über das Volk herausfinden. Bei einer möglichen Gefahr gab es in ihren Augen nicht genug Völker, mit denen man ein Bündnis eingehen konnte. Zwar war dies alles sehr egoistisch gedacht, doch musste sie zu aller erst an das Wohl ihrer eigenen Untertanen denken.

„Was meintet Ihr damit, als Ihr sagtet, dass Euer Meister nicht sehr beliebt ist?“, hakte die Herrscherin über das Elbenvolk interessiert nach. Vielleicht war dies eine Möglichkeit, die Gunst der Waldläufer zu erlangen, wenn man ihnen half, den jetzigen, scheinbar brutalen und unfähigen Anführer zu beseitigen.

„Nun ja, er unterjocht das gesamte Volk und schreckt auch nicht vor Morden zurück. Das ist insbesondere schlimm, da unser Volk sowieso schon stark dezimiert ist. Wenn er nun weiterhin nach Lust und Laune seine Untertanen umbringt, wird es das Volk der Waldläufer schon bald nicht mehr geben.“

Die Immra hielt den Atem an. Nein, soweit durfte es tatsächlich nicht kommen. Schließlich war das Volk der Frau, die ihr gegenüber saß, eines der ältesten Völker, wenn nicht sogar das älteste der gesamten Gegend. Außerdem gab es Gerüchte, wonach die Elben einst ebenfalls Waldläufer gewesen sein sollen. Mit einem beruhigenden Lächeln und einem mitleidigen Blick fasste die Herrscherin über die Elben einen Entschluss und versprach der Fremden: „Ich, die Immra über das Elbenvolk, gebe dir hiermit mein Wort, dass dein Volk, sobald der Frieden zwischen dem Volk der Zwerge und dem meinen geschlossen ist, die benötigte Hilfe erhalten wird, um sich ein für allemal von diesem Tyrannen loszulösen."

Fralk sah zu, wie sich die beiden Frauen unterhielten. Gerne würde er ihnen zuhören, um zu erfahren, ob sie etwas Wichtiges besprachen. Doch noch während er darüber nachdachte, wie er sich heimlich in ihre Nähe begeben konnte, lachten die meisten seiner Krieger laut auf. Mit einem Blick auf die Ansammlung der Zwerge bemerkte er, dass der Zurückgekehrte, inzwischen leicht angetrunken durch den vielen Wein, den ihm die anderen immer und immer wieder reichten, auf einem der Baumstämme stand und in einer Heldenpose seine Geschichte erzählte.

„Und dann habe ich ... dann habe ich diesen Elben jesagt, dasch ... dasch sie sich verziehn solln ..." Der Redner wankte bedrohlich und kippte dann nach vorne weg. Laut schnarchend lag er auf dem Boden. Die anderen Zwerge standen um ihn herum und lachten.

Fralk wandte seinen Blick von dem Schauspiel ab und blickte in die Richtung, wo gerade noch die beiden Frauen gesessen und sich unterhalten hatten. Zu seiner großen Enttäuschung waren beide verschwunden. Erst einige Augenblicke später entdeckte er die Herrscherin der Elben. Die Fremde vom Volk der Waldläufer konnte er jedoch nirgendwo sehen.

Golk lachte laut auf, als der Zwerg von seinem Baumstumpf fiel und schnarchend auf dem harten Boden aufschlug. Kurze Zeit später legte auch er sich auf sein Nachtlager. Alle Zwerge, vor allem aber der Kommandant und dessen Unteroffiziere sollten am morgigen Tag, wenn ihr König eintreffen würde, hellwach und, was noch wichtiger war, nüchtern sein. Ein letzter Blick schweifte über die restlichen Zwerge der Einheit des Zwergbefreiungstrupps. Wie stolz Golk doch war, ein Teil dieser Gruppe zu sein. Wenn am morgigen Tag alles glatt ging, würden sie einen sehr großen Anteil daran haben, dass das Volk der Elben und das der Zwerge, die seit vielen Jahrhunderten ein ausgesprochen kühles Verhältnis zueinander hatten, ein Bündnis der Freundschaft besiegeln. Mit diesem Gedanken legte er sich hin, kurz wurde ihm schwindelig, dann jedoch überwog die Müdigkeit und er schlief schnell ein.

Fralk erwachte in dem Moment, in dem die Sonne hinter den Gipfeln der Bäume aufging. Ein wunderschönes rotes Licht fiel in das Nachtlager der Zwerge und ließ die Rüstungen aller in einem wunderbaren Farbenspiel glitzern. Einen kurzen Blick ließ er hinüber zu dem Lager der Elben schweifen. Dort saßen die meisten von ihnen bereits um ein Feuer herum und aßen etwas. Ein Druck in seiner Leistengegend verriet dem Anführer des Zwergbefreiungstrupps, dass er dringend Wasser lassen musste. Aus diesem Grund erhob er sich und ging hinüber zu den Ausläufern des Waldes. Das Unterholz knackte, als er einige Augenblicke später wieder zurückkehrte. Mittlerweile waren auch einige andere seiner Krieger erwacht und starrten, scheinbar vom Hunger geplagt, hinüber zu den lecker duftenden Köstlichkeiten der Elben. Fralk beschloss, nun auch die restlichen noch Schlafenden zu wecken, um ebenfalls eine Mahlzeit zubereiten zu lassen.

Einige seiner Männer hielten sich den Kopf. Offenbar setzte ihnen der Wein vom vorherigen Abend noch enorm zu.

Aldri Langfinger, der persönliche Berater der Immra, saß zusammen mit einigen anderen ranghohen Mitgliedern der Gruppe, die zu dem Treffen mit dem Zwergenkönig mitgekommen waren, am Feuer. Die Suppe, die er aß, schmeckte ausgezeichnet. Nach einigen Tagen, an denen er den Geschmack der Zwerge hatte ertragen müssen, erfreute sich neben seinem Herzen auch sein Magen dieser Köstlichkeiten.

„Was denkt ihr, wann wird der König wohl eintreffen?", erhob einer der Offiziere das Wort. Die restlichen Elben in der Runde zuckten mit den Schultern und blickten fragend in Aldris Richtung, so als dachten sie, er müsse darüber Bescheid wissen. Allerdings hatte auch er keine genauen Informationen darüber, wann das Treffen stattfinden sollte.

Nachdem er ebenfalls kurz den Kopf schüttelte, um anzudeuten, dass er keine Ahnung hatte, ließ er seinen Blick zu dem Lager der Zwerge hinüberschweifen. In diesem Moment erkannte der junge Elb eine schwarze Linie, die sich über die Kuppe des naheliegenden Hügels bewegte. Einige weitere Augenblicke vergingen, ehe er die Fahnen der Reiter erkannte.

Zum selben Zeitpunkt, als er die Runen der Fahnen als die der Zwerge ausmachte, ertönte ein Hornsignal, das die Ankunft eben dieser ankündigte. Ein Jubel brach in dem Lager des Zwergbefreiungstrupps aus und auch Aldri freute sich innerlich.

„Jetzt ist es endlich soweit. Nun trifft das Volk der Berge auf das des Waldes, der Berg trifft auf den Wald, der Wald auf den Berg."

Einige Atemzüge später verneigte er sich vor dem König der Zwerge, dann begaben sich alle Zugelassenen zu der Besprechung, in der es um den endgültigen Frieden zwischen Zwergen und Elben ging.

Dunklere Wolken

Am Abend eben jenes Tages, an dem die Elben mit den Zwergen über Frieden verhandelten, an welchem die Elfen ihre Freiheit zurückgewannen, an welchem König Richard den geheimen Gang betrat, an eben diesem Abend wurden die Wolken am Horizont immer dunkler. Die Anzeichen von eindeutiger Gefahr machte Lycia mehr als nervös.

Was sollte das bedeuten? Waren sie vielleicht alle in größter Gefahr? Konnten die Diamantenkrieger wirklich jeden Angriff abwehren und was am wichtigsten war, würde die Mauer halten? Diese Fragen stellte sich Lycia, als sie am Rand von Leffert einen letzten Blick auf das Meer warf, bevor sie von Walter zu einem erneuten Treffen der vier Könige abgeholt wurde ...

Danksagung

Wenn ihr diesen Text lest, haltet ihr mein zweites Buch in den Händen. Voller Stolz und mit Tränen in den Augen hatte ich das Päckchen mit den ersten Exemplaren von „Die vier Diamanten und das Erbe der Grauen“ entgegen genommen. Noch größer war nun meine Freude, als ich dieses Gefühl zum zweiten Mal erleben durfte. Dieses Bild werde ich wahrscheinlich niemals wieder vergessen!

Doch warum habe ich eigentlich mit dem Schreiben begonnen?
Wie ich dazu kam, kann ich nicht so richtig sagen. Ich habe einfach angefangen. Doch das Schreiben an sich ist für mich nicht nur ein Hobby. Vielmehr ist es eine Befreiung, eine Befreiung vom Alltag. Der Alltag, der heutzutage nur noch an uns vorbeirast. Diesem Tempo entziehe ich mich, indem ich in meine eigene kleine Welt der Bücher eintauche. Doch nie kann man den Alltag komplett abstreifen, was auch gut ist. Ansonsten kann man den Sinn für die Realität nämlich sehr schnell verlieren. Dieses Stück meines Alltags habe ich versucht in diesem Buch widerzuspiegeln.
Wenn ihr euch beim Lesen fragt, wo denn die Zeit geblieben ist, dann habe ich es geschafft. Denn durch die nicht vorhandenen Zeitangaben und die immer wieder wechselnden Zeitformen möchte ich euch zeigen, dass man manchmal nicht mehr weiß, wie die Zeit so tickt. Die Zeit vergeht und wir gehen mit.
Doch sollte sich jeder von uns auch einmal eine Auszeit nehmen. Vielleicht durch das Lesen eines guten Buches. Ich tue dies durch das Schreiben.

Dabei gibt es einige Leute, die mir in dieser Zeit den Rücken stärken. Daher gilt mein Dank meiner Familie, die mir in der Schnelllebigkeit immer wieder geholfen hat, eine Pause einzulegen.
Danken möchte ich ebenfalls allen mitwirkenden MitarbeiterInnen des Papierfresserchens-MTM-Verlags, die sich die Zeit genommen haben, dieses Buch umzusetzen.

Der größte Dank gilt jedoch euch! Ohne die Leser meines ersten Buches hätte ich diesen zweiten Teil wahrscheinlich nie geschrieben. Danke für die Zeit, die ihr euch genommen habt, für die Pause, die ihr in eurem Alltag genutzt habt, einen jungen Autor zu unterstützen.
Danke!

Euer Nico Salfeld

Der Autor

Nico Salfeld wurde 1996 in Gladbeck geboren und besuchte dort das Heisenberg Gymnasium, wo er 2014 sein Abitur machte. Seit Oktober 2014 studiert er an der Ruhr-Universität Bochum Germanistik und Philosophie auf Lehramt im 3. Semester.

Bereits seit seinem zehnten Lebensjahr verfasst er Gedichte und Kurzgeschichten. Sein Interesse am Schreiben wuchs, nachdem er 2006 während einer Hirntumoroperation einen Schlaganfall erlitt und seitdem an einer spastischen Halbseitenlähmung leidet.

Trotz allem macht er regelmäßig Sport und leitet als Schiedsrichter des DFB Fußballspiele. Außerdem organisiert er Benefiz-Fußballturniere für krebskranke Kinder, bei denen in den vergangenen Jahren bislang 6.000€ zusammen kamen. Für diese Tätigkeit ist er 2014 mit dem Ehrenamtspreis ausgezeichnet worden.

Zudem ist er neuerdings als Kabarettist tätig. Sein erstes Programm trägt den Titel „Willkommen an Bord“.

Unser Buchtipp

Nico Salfeld
Die vier Diamanten und das Erbe der Grauen
ISBN: 978-3-86196-323-3, Taschenbuch, 188 Seiten

Die vier Königinnen und Könige Lycia, Walter, Helena und Carlos wollen die Insel Leffert besiedeln. Doch noch bevor alle Völker ihre neue Heimat bezogen haben, entwickelt sich ein Streit, welcher durch Hass, Intrige und Liebe viele überraschende Wendungen nimmt. Das Schicksal der Insel und der vier Völker ist in Gefahr.

Es gibt nur einen Ausweg: Dondrodis, der Beschützer der vier magischen Diamanten aus dem Volk der Elfen muss die Insel rechtzeitig erreichen. Nur wenn er seinen Auftrag erfüllt, kann es Frieden geben.